# Vluchtplaats

Voor Reed,
mijn lieve kleinzoon.
Ik hou van je!

Deborah Raney

# Vluchtplaats

Roman

Vertaald door Connie van de Velde-Oosterom

 Voorhoeve

© Uitgeverij Voorhoeve – Kampen, 2008
Postbus 5018, 8260 GA Kampen
*www.kok.nl*

Oorspronkelijk verschenen onder de titel *Remember to Forget* bij Howard Books, a division of Simon & Schuster, 1230 Avenue of the Americas, New York, NY 10020.
© Deborah Raney, 2008

Vertaling Connie van de Velde-Oosterom
Omslagontwerp Douglas Design
ISBN 978 90 297 1894 3
NUR 302

*Eén ding is zeker: ik vergeet wat achter me ligt en richt mij op wat voor me ligt. Ik ga recht op mijn doel af: de hemelse prijs waartoe God mij door Christus Jezus roept.*

Filippenzen 3:13, 14

Een indrukwekkende volle maan schilderde een grillige baan licht over Lafayette Avenue. Maggie Anderson keek even naar de cijfers op het dashboardklokje: *vier uur 's nachts.*

Er hing een griezelige rust boven New York, nu de straat ontdaan was van het gebruikelijke zich bumper aan bumper voortbewegende verkeer. Ze zou in elk geval op tijd terug zijn in de flat. Misschien zou ze hem deze ene keer geen gedetailleerd verslag hoeven uitbrengen om iedere minuut die ze buiten zijn gezichtsveld was geweest te rechtvaardigen.

Een zwerver wankelde het zebrapad voor haar op en wierp haar een wellustige blik toe. Ze wendde haar gezicht af, reikte over de middenconsole van de Honda Civic en gaf even een klopje op de bruine papieren zak onder de veiligheidsgordel op de stoel naast haar, om zich er nogmaals van te verzekeren dat hij stevig vastzat. Voordat ze bij de slijter wegreed, had ze de veiligheidsriem om Kevins kostbare fles vastgegespt alsof het voorwerp een kind was. Dat zou het ook net zo goed kunnen zijn. Ze zou ervoor boeten als ze plotseling zou moeten remmen en zijn volgende dosis door de voorruit zou vliegen. Heel even ontlokte die gedachte haar een cynisch lachje… tot het beeld van de mogelijke gevolgen op haar netvlies verscheen.

Ze wreef over haar linkerpols terwijl ze dacht aan zijn laatste driftbui, en dwong haar geest dat beeld uit te bannen. Het had geen zin deze korte ogenblikken van vrijheid te bederven met een portie realiteit.

Terwijl ze Clinton Street overstak, veranderde ze van rijstrook en stak haar hand uit om de airco te verstellen. De koele lucht streelde haar gezicht, een weldaad bij de temperatuur van begin juni, die nauwelijks gedaald was in de nacht. Ze leunde achterover tegen de hoofdsteun en liet haar adem langzaam ontsnappen, terwijl ze haar gedachten dwong haar naar de plek te brengen die haar altijd tot rust bracht. Ze was eraan verslaafd geraakt het tafereel op te roepen. De straten van de stad verdwenen naar de achtergrond en daar was het...

De oever van de rivier, zacht onder haar blote voeten. Koel water dat rond haar tenen kabbelde. En boven haar hoge bomen die fluisterden in de wind, haar opriepen om dieper de stroom van de rivier in te stappen. Met halfgesloten ogen liet ze zich meedrijven.

Achter haar oogleden wierp net zo'n maan als die vannacht boven New York hing, een zilveren gloed over het landschap. Alleen was de maan van haar verbeelding ver, ver weg van de stad. Waar, dat wist ze niet. Waar het om ging was, dat het ver weg was van waar ze nu was.

Toen ze haar ogen opendeed, richtte ze zich weer op de weg. Maar het tafereel bleef en verwarmde haar van binnenuit, op een manier die niets te maken had met de plakkerige zomerhitte.

Ze probeerde nog meer op te gaan in de dagdroom, maar voor haar sprong een verkeerslicht van groen op oranje. Ze was de enige auto die op het kruispunt af reed. Ze zou waarschijnlijk ongestraft door rood kunnen rijden. Maar in plaats daarvan remde ze af en kwam tot stilstand. Het stoplicht betekende dat ze nog eens anderhalve minuut in haar vredige fantasiewereld zou kunnen doorbrengen.

Ze zou haar vriend naar waarheid kunnen zeggen dat ze in het verkeer opgehouden was. Daar kon ze niets aan doen. Dat kon hij haar niet kwalijk nemen. Ze herhaalde haar excuus en raakte de papieren zak nog eens aan om zichzelf gerust te stellen dat haar vrachtje veilig was.

Terwijl ze haar ogen weer dichtdeed, telde ze de seconden af voor het licht weer op groen zou springen en keerde terug naar de rivieroever in haar geest.

*Het koele water, kabbelend aan haar…*

*Boem-boem-boem!* Hard gebonk deed de motorkap trillen. Hete lucht en uitlaatgassen golfden over haar heen en voerden de karakteristieke stadsmuziek van sirenes en taxiclaxons in de verte mee.

Maggie kwam met een schok terug in de werkelijkheid. Plotseling doemde een wazig beeld op in haar zijraam. Een man in een grijs joggingpak… met een capuchon over zijn hoofd. Een knie hield haar portier open.

Hij bonkte weer – harder – op het dak van haar auto. 'Uitstappen! Kom uit die auto!' Hij gooide de woorden eruit als kogels uit een machinegeweer.

Met wild bonkend hart probeerde Maggie het portier dicht te slaan op zijn knie. Maar zijn been wrikte het nog verder open. Vingers als van staal reikten door de opening, sloten zich om haar arm en rukten haar opzij.

Ze deed een uitval naar het stuur en probeerde vergeefs op de claxon te drukken. Zou ook maar iemand er aandacht aan schenken als het haar zou lukken? De straat was verlaten.

'Kom die auto uit!' schreeuwde de man weer. Zijn stem klonk net zo schril als die van een vrouw.

Ze schudde haar hoofd heen en weer in een poging het beeld helder te krijgen in het maanlicht. Toen zag ze zijn hand. Zijn linkerhand was verborgen in de grote middenzak van zijn sweatshirt. Door de stof heen waren de contouren van een stomp voorwerp zichtbaar. Een pistool?

Een golf van paniek steeg op in haar keel. 'Wat wil je?'

'Kop dicht en kom die auto uit!'

Haar blik viel op de bruine zak naast haar. Als ze zonder de kostbare Jack Daniel's naar huis zou gaan… Ze rilde, wetend dat wat deze kerel haar zou kunnen aandoen niet veel erger kon zijn dan wat haar thuis te wachten zou staan.

Ze keek in haar achteruitkijkspiegel. Op de autoweg in de verte zoefde het verkeer voorbij, maar er stonden geen andere auto's voor het stoplicht. Zou die vent bluffen dat hij een pistool had? Ze was niet van plan midden in de nacht in dit deel van de stad uit de auto te stappen.

Toen het licht op groen sprong, kwam er links van haar nog een auto aanrijden. De man met de capuchon deed het portier nog verder open. In één vloeiende beweging maakte hij haar veiligheidsgordel los en duwde hij haar met een vlezige heup naar de bijrijdersstoel. Door de snelheid waarmee het gebeurde belandde ze languit tussen de stoel en de vloer.

Hij sloeg het portier dicht en gaf gas. De auto reed slingerend over het kruispunt.

Maggie kwam voorzichtig een beetje omhoog uit haar half voorovergebogen houding op het puntje van de stoel en klampte zich aan het dashboard vast om haar evenwicht te herstellen. 'Wat wil je…'

'Kop dicht, zei ik!' Hij hief zijn elleboog en gebruikte die als wapen.

Ze dook met een geoefende beweging weg en greep zich aan het portier vast. De whiskyfles prikte in haar rug. 'Alsjeblieft.' Ze stak haar hand achter haar rug. 'Neem deze maar. Het is goed spul. Maar laat me… alsjeblieft gaan.'

De man wierp haar een kwade blik toe en keek haar voor het eerst echt aan. Hij snoof en richtte zijn blik toen weer op de weg alsof hij iemand als zij niet eens een antwoord waard achtte.

Ze stak haar hand in haar broekzak en haalde er het geld uit dat ze overhad van het briefje van vijftig dat Kevin haar meegegeven had naar de slijterij. 'Alsjeblieft.' Ze stak hem het geld toe.

'Houd je geld bij je,' blafte hij. 'En hou je kop dicht.'

Ontmoedigd stopte ze het geld weer in haar zak en bleef zwijgend naast hem zitten. Ze greep zich vast aan de zijkanten van de stoel, terwijl ze over iedere hobbel in de weg stuiterden. Haar geest draaide op volle toeren en hield gelijke tred met de motor, terwijl de auto door de straten van de stad vloog. Als sterke drank en geld hem niet interesseerden, hoopte ze dat hij alleen maar uit was op het gebruik van haar auto, of beter Kevins auto.

Toen ze aan het eind van Lafayette kwamen, werd het wat drukker met mensen die vroeg naar hun werk gingen. Met één blik in de achteruitkijkspiegel voegde de man zich in de stroom voertuigen.

Maggie bevond zich nu op onbekend terrein. Wat er vanaf nu ook zou gebeuren, één ding was zeker: ze zou niets afleveren bij Kevin. Voorlopig niet in elk geval. En misschien wel nooit. Ze staarde naar het klokje op het dashboard en keek hoe de cijfers versprongen. Ze hadden minstens een halfuur gereden in de tegenovergestelde richting van de flat. Kevin zou inmiddels wel vloekend en tierend door de gang lopen ijsberen.

Ze keek even naar haar belager, waarna ze haar lichaam iets achteroverboog om te proberen een blik op de benzinemeter te slaan. Ze kon het niet goed zien. Maar ze wist vrij zeker dat er niet genoeg benzine in de Civic zat om naar huis te rijden.

Wat zou die vent doen als de auto zonder benzine kwam te staan? In een flits dacht ze terug aan een andere dag, op een andere snelweg. Kevin was te laat geweest voor een sollicitatiegesprek, en hij had haar op haar werk gebeld en haar gedwongen hem te komen halen en naar het sollicitatiegesprek te brengen. De auto was zonder benzine komen te staan, wat Kevin een woedeuitbarsting had ontlokt, zoals ze nog niet eerder meegemaakt had. Uiteindelijk kreeg hij de baan niet en daar gaf hij haar de schuld van, omdat ze niet getankt had. Het was de eerste keer geweest dat zijn verbale geweld dreigde over te gaan in fysiek geweld.

Nu moest ze bijna lachen om de ironie van het feit dat ze haast letterlijk een gevangene was van deze vreemdeling, terwijl ze in werkelijkheid al bijna twee jaar als gijzelaar van Kevin Bryson had geleefd.

## 2

Een halfuur later remde Maggies belager af. Ze verstijfde op haar stoel en haar ogen vlogen heen en weer van de weg naar het gezicht van de man, dat nog altijd half verborgen was onder de capuchon. Alleen zijn scherpe neus en een onverzorgd, bruin baardje staken voldoende uit om haar iets te geven om hem te identificeren in een politieconfrontatie.

Zijn bleke, slanke vingers trommelden ongeduldig op het stuur en zijn nek en schouders maakten krampachtige bewegingen, alsof de capuchon hem mateloos irriteerde.

Terwijl ze over een viaduct reden, ontwaarde ze een dun lijntje roze tussen de gebouwen aan de oostelijke horizon. Ze liet haar blik over het landschap glijden om zich te oriënteren. Het zou snel licht worden. Voor hen flikkerden met korte tussenpozen koplampen op de snelweg. Kon ze maar iemands aandacht trekken…

De man drukte het gaspedaal in en voegde in op de I-287.

Kevin zou inmiddels laaiend zijn. Ze wist werkelijk niet hoe hij zou reageren als ze hem vertelde wat er gebeurd was.

Terwijl ze vanuit haar ooghoeken naar haar belager keek, bedacht ze dat ze eigenlijk banger zou moeten zijn. Ze was tenslotte zojuist ontvoerd door een man die zeer waarschijnlijk een vuurwapen had. Hij bleef het lijvige voorwerp in zijn zak tenminste maar betasten, alsof hij zich ervan wilde vergewissen dat het er nog was.

Haar ontvoerder was ongetwijfeld van plan het wapen tegen haar te gebruiken. Een vreemde emotie – was het opluchting? – schoot langs haar ruggengraat naar beneden. Ze wist niet wat ze moest denken van haar eigenaardige kalmte.

Als ze al enige angst voelde, was het bij het vooruitzicht van

Kevins beschuldigingen als ze hem over haar ontvoering zou vertellen.

Hij zou haar nooit geloven. Maar misschien, als hij zou ontdekken dat het waar was, zou hij eindelijk inzien hoe belangrijk het was dat zij een mobiele telefoon had.

Maar terwijl de verkeersborden langs haar raam voorbijgleden, keerde haar echte angst in alle hevigheid terug. Ze reden de stad uit. De Civic reed harder op de snelweg dan ooit. Voor ze het wist zaten ze al op de Tappan Zee Bridge en staken ze de Hudson over. Kort nadat ze over de brug gereden waren, zag ze een bord naar Saddle River. Ze was maar één keer in Jersey geweest, maar ze wist vrij zeker dat ze nu meer dan een uur verwijderd waren van de flat die ze met Kevin deelde.

Haar ontvoerder leek zich een beetje te ontspannen. Hij schoof de capuchon van zijn voorhoofd, zodat er vlassig blond haar tevoorschijn kwam. Alsof hij merkte dat ze naar hem keek, wierp hij een blik opzij en daarna vlug in de achteruitkijkspiegel. Hij trapte op de rem en reed de berm in. Ze denderden een volle minuut door, terwijl de geribbelde strepen op de weg onder de banden knarsten en roffelden. Uiteindelijk zwenkte hij, nog half in de berm, een afrit op en stopte. Hij deed geen poging om uit te stappen, maar boog zich over het stuur en tuurde in het halfdonker naar het andere verkeer op het verkeersknooppunt.

Maggie zag hoe zijn staalgrijze ogen alle kanten op vlogen. Was hij op zoek naar een lift, wachtte hij op iemand die hem zou oppikken? Maar toen hij zijn blik weer op haar liet rusten, sloeg haar hart een slag over. Ze schoof langzaam naar haar portier en sloeg haar armen over elkaar.

De ontvoerder leek haar gedachten te kunnen lezen. Haar maag kneep zich samen en ze voelde gal omhoogkomen. Ze was in het verleden bang geweest voor pijn, maar ze was nooit bang geweest om te sterven. Sterker nog, nog niet zo lang geleden had ze op een avond zelfs gebeden dat ze mocht sterven. Gebeden tot een God van wie ze niet eens zeker wist of Hij wel bestond. Ze dacht er nu met schaamte aan terug, maar op dat moment had ze alleen maar willen ontkomen aan de ondraaglijke pijn die Kevin veroorzaakt had.

De pijn was niet lichamelijk geweest, die keer niet tenminste.

Nee, die avond waren *woorden* zijn wapen geweest. En die hadden veel diepere wonden geslagen dan zijn vuisten in de daaropvolgende maanden zouden doen. Ze was nog steeds bezig die wonden te verzorgen. En anders dan blauwe plekken die uiteindelijk langzaam verdwenen en korstjes die afvielen, vermoedde ze dat die woorden littekens bij haar zouden achterlaten die misschien wel nooit zouden genezen.

Ze draaide zich weer om naar de vreemdeling achter het stuur. Hij keek recht voor zich uit, wachtend op iets. *Waarop?* vroeg ze zich af.

Toen keerde hij zich abrupt naar haar toe, keek haar strak aan en zei: 'Stap uit.'

'Maar er is…'

'Stap. Uit. *Nu.*' Hij perste de woorden tussen zijn opeengeklemde tanden door, alsof iedere lettergreep zijn laatste zou kunnen zijn.

Ze stak haar hand uit naar de deurhendel en morrelde er opzettelijk mee. Om tijd te winnen. Ze kon deze auto niet opgeven. Kevin zou haar zeker vermoorden.

Een plotselinge beweging links van haar deed haar schrikken. Haar belager haalde iets uit de zak van zijn sweatshirt. De flits van metaal onthulde een klein pistool.

Hij richtte het op haar. Het hevige trillen van zijn handen overtuigde haar ervan dat het geladen was. Maar het maakte haar nog iets duidelijk: deze man was niet gewend om dit soort dingen te doen. Het was ofwel dat, of hij was onder invloed van iets.

'Ik zei: uitstappen. Stap uit, of je gaat eraan.' Aan zijn gezicht kon ze zien dat hij het meende.

Ze deed het portier open en stapte haastig uit. Toen dacht ze aan Kevins fles. Als ze de whisky had, zou ze Kevin in elk geval kunnen bewijzen dat ze geweest was waar ze moest zijn; waar hij haar naartoe gestuurd had.

Ze pakte de deurhendel van de Civic, maar het plotselinge geluid van gierende banden dwong haar los te laten, alsof de deurhendel onder stroom stond. De auto schoot met een ruk vooruit en deed een regen van fijn gruis op haar neerdalen.

Door de schok tuimelde Maggie ruggelings van de smalle berm naar beneden. Ze greep een handvol onkruid vast, maar dat brak haar val nauwelijks. Ze kwam met een smak in een modderige afwateringsgreppel terecht.

Ze wreef in haar ogen en wachtte tot de duizeligheid zou wegtrekken. Toen ze weer een beetje bij haar positieven was, strikte ze haar losgeraakte schoenveter en klauterde langs het steile talud omhoog naar de weg. Ze probeerde vergeefs een grasvlek van haar witte blouse te krijgen en klopte het zand van haar broek. Toen ze haar handen afveegde, zag ze dat er zandkorrels en stukjes asfalt in haar handpalmen waren gedrongen. Het prikte alsof ze zich gebrand had.

*Wat nu?*

Voor ze tijd had om na te denken reed er een pick-uptruck de afslag op en zoefde met een snelheid die zeker twee keer zo hoog was als de toegestane vijftig kilometer per uur langs haar heen. Twee jonge mannen die erin zaten, gaapten haar aan, joelden en floten bewonderend.

De man op de bijrijdersstoel, die een ontbloot bovenlijf had, boog zich uit het raampje en riep: 'Hé schoonheid, wat heb je in de aanbieding?'

De truck remde af en Maggies hart bonkte in haar keel. Maar de pick-uptruck gaf weer gas toen er een donkerblauwe personenauto de afrit op reed. De truck sloeg rechtsaf toen de personenauto onderaan de afrit stopte. Maar in plaats van af te slaan, reed hij achteruit naar haar toe.

Maggie verstijfde. Voor zover zij wist, was ze misschien veiliger geweest in de Civic met een gestoorde schutter dan bij de bestuurder van deze auto. De personenwagen bleef een paar meter voor haar staan. Maggie probeerde uit alle macht te bedenken wat ze tegen de bestuurder moest zeggen toen het donkere glas van het raampje aan de passagierskant soepeltjes omlaaggleed.

'Heb je een lift nodig, schat?' riep een snerpende vrouwenstem.

Maggie boog zich voorover om door het raampje naar binnen te kijken en schoot bijna in de lach. Het monster uit haar verbeelding was een klein grijs vrouwtje. Toen Maggie haar eigen spiegelbeeld zag in het getinte glas, drong het tot haar door dat de oude vrouw waarschijnlijk net zo bang was voor haar onverzorgde uiterlijk als Maggie voor het onbekende.

'Nee, dank u,' zei ze tegen de vrouw. 'Ik… ik wacht op iemand.'

'Dit is geen plek voor een meisje,' zei de vrouw berispend. 'Waarom rijd je niet met mij mee naar de plek waar je heen moet?'

Maggie aarzelde even en stak toen haar hand uit naar het portier. Een veiliger aanbod dan dit zou ze niet krijgen.

Maggie liet zich op de passagiersstoel zakken. De vrouw stak een met juwelen behangen arm uit om haar achteruitkijkspiegeltje bij te stellen. In de zijspiegel zag Maggie een auto de afrit op komen. Ze trok het portier met een ruk dicht en zocht naar de veiligheidsgordel.

Er hing een zware, zoete parfumgeur in de auto. De bestuurder richtte haar blik op de weg en voegde snel in in het verkeer op de eenrichtingsverkeersweg, waar inmiddels de ochtendspits op gang kwam.

Maggie nam de vrouw vanuit haar ooghoeken op. Ze bekeek het ijsblauwe joggingpak, dat perfect paste bij het keurig opgestoken haar. Glinsterende oorbellen en bijpassende armbanden en ringen leken op de een of andere manier prima bij de nonchalante outfit te passen.

Twee straten verderop duwde de vrouw bij een rood stoplicht met een onberispelijk witte gymschoen op het rempedaal en stak een tengere, geaderde hand uit naar Maggie.

'Ik heet Opal Sanchez. Noem me maar Opal.'

'Hallo. Ik ben Maggie Anderson.' Ze forceerde een glimlach. 'Bedankt voor de lift.'

Opal keek naar de met grasvlekken bedekte knieën van Maggies broek. 'Gaat het wel met je?'

'Ja, hoor.' Ze zou aangifte moeten doen van de autodiefstal, maar ze deinsde ervoor terug deze vrouw te vertellen wat er gebeurd was. Ze had langgeleden geleerd niet te goed van vertrouwen te zijn.

'Als jij het zegt. Waar kan ik je heen brengen? Ben je al zo vroeg op weg naar je werk?'

Maggie schudde haar hoofd. 'Mijn hui…'

Iets hield haar tegen. Kevin zou laaiend zijn als ze thuiskwam. En hij zou haar waarschijnlijk meteen terugsturen naar de slijter, nadat hij haar ervanlangs gegeven had.

Opal reed verder, wachtend op verdere aanwijzingen van Maggie. Maggie wou dat ze door kon blijven rijden. Door kon blijven rijden tot de weg ophield, waar dat ook mocht zijn. Dat ze gewoon kon verdwijnen.

Ze hield haar adem in. Het kwetsbare zaadje van die gedachte bleef in haar hoofd hangen, bracht haar in verleiding. Ze keek uit het raam naar de vangrail, die als in een waas voorbijgleed. De kant van de weg was overwoekerd met onkruid.

*Waarom zou ze niet gewoon verdwijnen?*

Kevin had geen flauw idee waar ze nu was. Wat hield haar tegen? Hij zou overal in de stad naar haar zoeken, maar deze keer had ze een kans. Deze keer zou hij haar niet vinden. Niet zoals de keer dat hij haar gevolgd was naar de flat van haar zus, toen ze daar op haar vierentwintigste verjaardag haar toevlucht had gezocht. Niet zoals een jaar later, toen hij haar opgespoord had in het blijf-van-mijn-lijfhuis. Ze zouden haar toch niet hebben laten blijven. Kevin had haar toen nog niet lichamelijk mishandeld en daar was hun beleid op gericht. Trouwens, hij speelde het klaar om de leiding met zijn mooie praatjes in te palmen… en lokte haar toen weer terug in zijn armen, in zijn hol.

*Maar nu…*

Misschien was ze eindelijk op een schuilplaats gestuit waar Kevin Bryson geen inbreuk op kon maken. En die haar zou beschermen tegen haar eigen dwaasheid.

Maggies gedachten buitelden over elkaar heen. 'Ik moet naar…' Ze herinnerde zich het bord dat ze gezien had nadat ze de Tappan Zee overgestoken waren. 'Ik moet naar Saddle River.'

De frons op Opals voorhoofd werd dieper. 'We gaan precies de andere kant op, schat. Weet je het zeker?'

*Wist* ze het zeker? Als ze verdween, zou ze alles achter moeten laten. Maar de waarde van de weinige bezittingen die ze had, verbleekte bij deze kans om te ontsnappen aan de nachtmerrie die haar leven geworden was. Toch, ze zou niet meer terug kunnen. Niet voor haar tekeningen en de verzameling tekenbenodigdheden waar ze een klein fortuin aan uitgegeven had. Zelfs niet voor Piccolo. Ze slikte. De grote cyperse kat met de groene ogen was haar vertrouweling geweest als ze niemand anders had om tegen te praten. Op menige avond had ze de vacht van de grote kat doorweekt met haar tranen. De gedachte dat ze hem nooit meer zou zien, bracht haar nu ook bijna aan het huilen.

Ze hoefde zich in elk geval geen zorgen te maken dat Kevin de kat kwaad zou doen. Eerlijk gezegd had de man Piccolo meer respect en liefde betoond dan haar. Voor de duizendste keer vroeg ze zich af waarom ze niet door had gehad hoe Kevin Bryson werkelijk was. Voor het te laat was.

Helaas wist ze nu al maanden, sinds de avond dat hij eindelijk zijn dreigementen uitgevoerd had, dat Kevin in geen enkel opzicht de man was die ze dacht dat hij was toen ze verliefd op hem werd. Die avond waren de blauwe plekken en de gekneusde spieren die hij haar bezorgd had niets vergeleken bij de pijn in haar hart. Maar ze was een lafaard geweest. Te bang om iets aan haar situatie te doen.

Nu lag haar vrijheid voor het grijpen.

Opal stopte aan de kant van de weg. 'Wil je terug?'

'Ik… weet u zeker dat u tijd hebt?'

Opal Sanchez had een welluidende lach. 'Schat, tijd is iets wat ik in overvloed heb. Jouw wens is mij een bevel.' Ze stak haar hand op een filmsterachtige manier uit.

Maggie schoot ook in de lach. 'Goed dan. Ja. Ik wil graag naar Saddle River.'

Ze had het gezegd voor ze goed en wel besefte wat ze zei. Maar zodra de woorden over haar lippen waren, vervulden ze haar met een gevoel van trots dat ze heel lang niet had gehad.

Ze vervulden haar ook met iets wat ze nauwelijks herkende. Iets wat ze bijna vergeten was.

*Hoop.*

'En waar woon je in Saddle River?'

Lag er wantrouwen in de aarzelende vraag? Maggie wierp een snelle blik op Opal. De twijfel in de ogen van de vrouw deed niet onder voor die in haar stem.

Maggie haalde eens diep adem. Dit was het moment van de waarheid. Als ze dit doorzette, zou ze het tegen niemand kunnen vertellen. Kevin was te slim. En hij had haar al te vaak weten te vinden. Nee, als ze dit wilde doen, mocht niemand het weten. Zelfs Jennifer niet.

De gedachte aan het lieve gezicht van haar zus deed haar aarzelen. Stel dat Kevin haar zou gaan zoeken bij Jenn? Stel dat hij zou denken dat Jennifer loog? Hij zou kwaad genoeg zijn om haar iets aan te doen. Om te zorgen dat ze hem zou vertellen wat ze onmogelijk kon weten. Natuurlijk had Jenn Mark om haar te beschermen. Jenns zwaargebouwde, boomlange echtgenoot had Kevin altijd geïmponeerd. Maar stel nu dat hij wachtte tot hij wist dat Mark weg was?

Misschien zou ze haar zus op de een of andere manier kunnen waarschuwen. Of Kevin op een dwaalspoor brengen. Maar daar zou ze zich later wel zorgen over maken. Nu moest ze een beslissing nemen. Of ze ging hiermee door, of ze ging terug naar het leven dat ondraaglijk geworden was. Om het oordeel onder ogen te zien dat Kevin voor haar in petto had.

'Ik heb vrienden in Saddle River.' De woorden kwamen er in een stortvloed uit. 'Ik heb in de stad met hen afgesproken. U kunt me daar ergens afzetten. Ik weet de weg.'

Heel even leek het of Opal Maggies woorden in twijfel wilde trekken. Maar toen schudde ze even haar hoofd, zette de auto in de eerste versnelling en voegde weer in in het verkeer.

## 3

Maggie probeerde niet als een toerist om zich heen te kijken toen ze de bebouwde kom van Saddle River binnenreden. Ze had hier tenslotte zogenaamd vrienden. Ze voelde de blik van Opal Sanchez op zich rusten toen de vrouw afremde om zich aan de toegestane snelheid te houden.

Opal trommelde met een gemanicuurde vinger op het stuur. 'Ik weet niet precies waar het centrum is.'

Maggie dacht verwoed na. Ze zocht naar een verkeersbord of iets anders wat haar een aanwijzing zou kunnen geven. Verderop in de straat zag ze een café. 'U kunt me er daar wel uit laten. Ik wil toch even iets eten.'

'O. Nou, laat mij je dan trakteren op een ontbijtje.' Opal gaf een klopje op haar glanzend witte, lakleren handtas. 'Ik heb sinds vanmorgen vroeg ook nog niets anders gehad dan een kop koffie.'

Maggie begon te vermoeden dat de oudere vrouw haar doorhad. Maar ze had honger. En bovendien was ze de vrouw iets verschuldigd voor de lift. Ze haalde het geld dat ze overhad van Kevins briefje van vijftig uit haar zak. Het was nauwelijks twintig dollar, maar dat moest genoeg zijn voor een ontbijt. 'Ik trakteer.'

'O, dat hoef je niet te doen. Laat mij maar betalen. Ik heb van je gezelschap genoten.'

'Ik... zou me bezwaard voelen.' Maar Maggies protest klonk zelfs haarzelf zwak in de oren. Als ze een heel eind uit de buurt van Kevin Bryson wilde komen, zou ze iedere stuiver in haar zak nodig hebben.

'Onzin,' zei Opal met klem. 'Ik heb genoeg en jij komt nog maar net kijken in de wereld. Houd jij je centen maar.'

*Jij komt nog maar net kijken in de wereld.*

Opal Sanchez kon niet weten hoe waar haar woorden waren. Maar ze bemoedigden Maggie. 'Dank u wel. Ik ben echt blij met de lift en zo.'

'Geen dank.' Opal reed de auto de parkeerplaats voor het café op en stopte. Ze morrelde met haar veiligheidsgordel alsof ze artritis in haar handen had. Met een pijnlijk gezicht wreef ze over haar schouder en stak toen haar hand uit naar de deurhendel.

Maggie sprong uit de auto en rende eromheen om Opal te helpen met het portier.

Blijdschap welde in haar op toen ze achter de oude vrouw het restaurant in liep. Hoelang was het geleden dat ze ergens heen gegaan was of iets gedaan had zonder dat Kevin er eerst zijn goedkeuring aan gegeven had? Zelfs als hij om een uitzonderlijke reden eens niet met haar meeging, hield hij al haar bewegingen nauwkeurig in de gaten en schreef hij haar voor met wie ze mocht praten en wanneer ze thuis moest zijn.

Toen ze de deur van het café opendeden, rinkelde er ergens boven hun hoofd een belletje, dat hun komst aankondigde. Twee politieagenten van het plaatselijke politiekorps, die op een kruk aan de lange bar zaten, draaiden zich om.

Maggie was meteen op haar hoede. Had Kevin hen al achter haar aan gestuurd? Hij had er geen gras over laten groeien.

Toen de jongste van de twee zachtjes iets tegen zijn collega zei, mompelde Maggie tegen Opal: 'Ik moet ervandoor.' Ze liep langs haar heen en holde naar de deur.

'Wacht, schat,' zei Opal. 'Wacht! Kom nou even...'

Maar de dichtslaande deur onderbrak haar woorden. Maggie rende een paar honderd meter, waarna ze op de stoep bleef staan en om zich heen keek op zoek naar een plek waar ze zich zou kunnen verstoppen als de agenten achter haar aan zouden komen.

'Maggie? Wacht!' klonk Opals stem achter haar.

Maggie draaide zich vliegensvlug om. Opal kwam op een drafje naar haar toe lopen.

De politieagenten waren nergens te zien.

Ze wachtte tot Opal haar ingehaald had. De oude vrouw was helemaal buiten adem.

Maggie voelde zich schuldig. 'Ik moet gaan.' Ze keek over Opals schouder om zich ervan te verzekeren dat de agenten niet achter haar aan kwamen. 'Ik... ik herinnerde me net dat ik met mijn vrienden afgesproken heb.'

'Nou, hier dan.' Opal rommelde in haar handtas. 'Ik wil je iets geven.'

Maggie stond zenuwachtig te draaien, omdat ze zo snel mogelijk uit de buurt van het restaurantje wilde zijn. Maar ze was ook nieuwsgierig.

Opal stak haar een pakje opgerolde bankbiljetten toe.

'Wat is dit?'

'Dat wil ik aan je geven.'

'Maar waarom?'

Opal grinnikte en keek omhoog. 'Schat, als God zegt dat je iets moet doen, stel je Hem niet teleur en vraag je niet waarom.'

'God?' vroeg Maggie. Onwillekeurig keek ze ook omhoog.

De vrouw glimlachte en gaf Maggie een klopje op haar hand, de hand met het geld. 'Wat het ook is waarvoor je op de vlucht bent, wat het ook is waar je naar op zoek bent... misschien zal dit je helpen op je reis.'

'Maar...'

'Sst. Neem het nu maar gewoon aan. Misschien kun jij hetzelfde doen voor iemand anders, als je net zo'n oude vrouw bent als ik.'

Maggie wist niet wat ze ervan moest denken. Ze had het geld nodig. Het was misschien het enige wat haar ervan zou kunnen weerhouden om weer terug te keren naar Kevin. Maar het voelde niet goed om geld van een vreemde aan te nemen. En trouwens, Opal had haar al een lift gegeven en aangeboden haar ontbijt voor haar te betalen.

Ze keek de vrouw vragend aan.

'Alsjeblieft,' zei Opal, 'ik heb genoeg, als je je daar soms beter door voelt. Mijn vader heeft me in goeden doen achtergelaten.'

Maggie kwam tot een besluit. Ze pakte Opals geaderde hand. 'Dank u wel. U weet niet hoeveel dit voor me betekent.'

'Ik heb denk ik wel een idee.' Opal glimlachte. 'Ga nu maar. God zegene je.'

Maggie wilde haar omhelzen, maar op de een of andere manier kon ze zich er niet toe zetten haar armen om de broze vrouw heen te slaan. Het was haar te vaak overkomen dat ze zich kwetsbaar opgesteld had en afgewezen werd. 'Dank je, Opal. Moge God jou ook zegenen.'

Maggie draaide zich om en rende de straat verder in. Ze hield haar vaart pas in toen ze een zijstraatje insloeg. Daar draaide ze zich om en begon een stukje terug te lopen, in de hoop Opal te zien. Toen een flits van ijsblauw in het café verdween, bleef Maggie op de hoek van de straat staan en stak in een vergeefse groet een hand op.

'Dank u wel,' fluisterde ze. Aarzelend ging ze de hoek om. Ze rende een heel eind, er angstvallig op lettend dat ze in een gelijkmatig tempo bleef lopen, zodat ze een gewone ochtendjogger leek. Maar ze nam een kronkelweg: eerst een stuk naar het noorden, toen een stuk naar het westen en toen weer zigzaggend naar het noorden via een brede parallelweg. Als de politieagenten naar haar op zoek waren, zou ze het hun niet gemakkelijk maken.

Nu ze er vrij zeker van was dat ze niet gevolgd werd, stopte ze bij een bankje voor een postkantoor, uitgeput en buiten adem. Terwijl ze om zich heen keek om zich ervan te verzekeren dat niemand op haar lette, trok ze het bundeltje bankbiljetten dat Opal Sanchez haar gegeven had uit haar broekzak en rolde het open. Ze spreidde de bankbiljetten ver genoeg uit om de coupures te zien. Haar adem bleef in haar keel steken toen ze twee briefjes van honderd en nog een paar kleinere coupures zag. Ze maakte een snel rekensommetje. Samen met het wisselgeld van de slijter had ze bijna driehonderd dollar. Op het overmaken van de rekeningen voor de flat na had ze niet meer zo veel geld tot haar beschikking gehad sinds de dag dat ze haar baan bij de ontwerpstudio opzegde en bij Kevin introk.

Met driehonderd dollar zou ze niet lang doen, maar misschien lang genoeg om haar ver, ver van New York vandaan te brengen. Het slaperige stadje Saddle River begon wakker te worden. De klok op de gevel van een bankgebouw verderop in de straat gaf beurtelings aan dat het vijfentwintig graden en kwart over zes was. Ze was in New Jersey. Waarschijnlijk een paar uur verwijderd van de flat.

Ze was al verder weg gekomen dan ze ooit had durven dromen. Het gekke was dat ze, na alle nachten waarin ze starend naar het plafond, doodsbang om te bewegen, hem wakker te maken en zijn woede te wekken een ontsnapping had gepland, ze nu, zonder één moment van planning, kilometers ver weg was zonder dat hij er ook maar iets van wist. Ze schudde vol ongeloof haar hoofd. Het was alsof ze een groter geschenk had gekregen dan ze ooit had kunnen wensen.

Maar wat nu? Waar kon ze heen met driehonderd dollar? En, wat belangrijker was, als ze ergens een baan zou weten te vinden en een plek om te wonen, zou ze haar identiteit moeten aantonen, zich moeten laten inschrijven. En dan zou hij haar vinden. Daar kende ze hem goed genoeg voor.

De zon scheen schuin tussen de gebouwen door en verwarmde haar gezicht. Er verschenen zweetdruppeltjes op haar voorhoofd. Ze kon maar beter vlug beslissen.

Toen haar maag knorde, herinnerde ze zich dat ze sinds de vorige avond niets meer gegeten had. Ze stond op en stopte het geld dieper in haar zak. Het beste wat ze nu kon doen was zorgen dat ze zo ver mogelijk bij Kevin Bryson uit de buurt kwam.

Was hij al naar kantoor gegaan? Zou hij thuisblijven en zich zorgen om haar maken, of zou hij gewoon verdergaan als altijd? Zou hij zijn eigen lunch klaarmaken of zou hij iets kopen in de kantine van het bedrijf? Ze zou zo in de nesten zitten als hij…

Ze schudde de gedachte van zich af, waarbij ze haar hoofd zo hard heen en weer bewoog dat haar haar langs haar wangen streek. Ze zou nooit meer problemen krijgen met hem. Het werd tijd om zijn controlerende, hersenspoelende boodschappen uit haar hoofd te wissen.

Ze was vrij. *Vrij*.

Met hernieuwde vastberadenheid liep ze verder. Maar na tien minuten doelloos te hebben rondgelopen, besefte ze dat ze niet wist waar ze naartoe ging. Ze kon niet in dit stadje blijven hangen alsof ze verdwaald was.

Toen ze langs een cafeetje kwam, zwaaide een aardig serveerstertje haar toe vanachter het raam. Op de een of andere manier gaf dat kleine blijk van vriendelijkheid haar moed. Ze draaide zich om en ging naar binnen. De geur van kaneel en vanille en sterke koffie kwam haar tegemoet. Haar maag knorde weer.

'Goedemorgen. Helemaal alleen?'

Maggie bleef even stokstijf staan.

De serveerster wachtte verwachtingsvol, nog altijd met die verwelkomende glimlach.

Maggie keek naar het snoepgoed bij de kassa, terwijl ze haar gedachten verzamelde. 'Ik wil alleen maar een pakje kauwgom en eh...' Terwijl ze diep ademhaalde, nam ze een besluit. 'Ik vroeg me af waar ik een buskaartje kan kopen.'

Vier uur later en negenennegentig dollar armer, en met pijnlijke gewrichten van de lange wandeling naar het busstation in Ridgewood, keek Maggie uit het raam van een greyhoundbus die op weg was naar Columbus in Ohio. Zonder het geld van mevrouw Sanchez zou ze reddeloos verloren zijn geweest. Ze mocht sowieso van geluk spreken dat ze haar hadden laten instappen zonder identiteitsbewijs. Ze had hun de waarheid verteld, zij het niet de hele waarheid en niets dan de waarheid, dat ze haar rijbewijs in het dashboardkastje van haar auto had laten liggen.

Ze staarde naar de telefoonpalen die uitstaken boven de spoorweg die langs de snelweg liep. Ze hadden een hypnotiserend effect op haar, terwijl ze langs de ramen van de bus flitsten.

Ze was nog nooit in Columbus geweest. Nooit verder naar het westen dan Philadelphia. Maar Ohio was de verste bestemming voor minder dan honderd dollar. Het kopen van dat kaartje voelde als het springen van een hoge rots.

Nu hoopte ze alleen maar dat ze zou kunnen vliegen.

## 4

Trevor Ashlock trok het laatste vel papier uit de drukpers en drukte op de uit-knop. Het gebrul van de enorme Heidelberg-pers stierf weg tot een gebrom en viel toen helemaal stil. Boven hem zoemde een tl-buis die op zijn einde liep. Het geluid dreigde de muziek van Vivaldi die uit de cd-wisselaar in Trevors kantoor kwam, te overstemmen.

Hij trok zijn vuile schort uit en hing het aan een haak bij de achterdeur. Terwijl hij onderweg naar de winkelruimte door het kantoor liep, deed hij de cd-speler en de lichten uit. De deur aan Main Street was op slot en achter de etalageruit was de straat leeg, zoals iedere dag tegen vijven in het twaalfhonderdvijftig inwoners tellende stadje Clayburn in Kansas. Bij de toonbank bladerde hij door de nieuwe opdrachten die Dana in het bakje met inkomende post had gelegd. Er zaten een stuk of zeven aanvragen bij. Niets waardoor hij op zijn vijfendertigste zou kunnen stoppen met werken, zoals hij ooit als een dwaas gedroomd had – vooral niet nu hij al over iets minder dan drie jaar vijfendertig werd – maar die advertentie die ze in de *Clayburn Courier* hadden geplaatst had kennelijk haar werk gedaan.

Niet dat hij tegenwoordig ook maar enig verlangen had om *ooit* te stoppen met werken. Nee. Hij kon maar beter bezig blijven. Zorgen dat hij niet te snel naar huis zou hoeven. Hij liep naar achteren en zette de airco lager. Morgenochtend zou het hier snikheet zijn, maar de elektriciteitsrekening vrat al zijn halve winst op.

Nadat hij de achterdeur achter zich op slot had gedaan, liep Trevor naar zijn pick-uptruck. Hij gooide zijn tas op de bijrijdersstoel en liep toen door het steegje naar het hotelletje. Het bord waarop stond dat het hotelletje Wrens Nest heette, hing scheef boven de zij-ingang. Hij nam zich voor het bij de eerste de beste gelegenheid te repareren. Maar vanavond had de elektriciteit in het keukentje de eerste prioriteit. Hij had Wren Johannsen beloofd dat hij de elektriciteit weer aangesloten zou hebben voor hij vanavond wegging, en het zou hem zeker drie uur kosten om nieuwe leidingen aan te leggen in het keukentje. Hij hoopte ook een begin te kunnen maken met het aanbrengen van de gipsplaten. Het zou in elk geval gezellig en koel zijn in het hotelletje. En als hij geluk had, zou Wren een stuk van haar beroemde perzikkwarktaart voor hem bewaard hebben van de Bijbelstudie van dinsdagochtend. Werken op dinsdag had zo zijn voordelen.

Hij liep door de lange gang naar de hal, waarbij hij opmerkte dat de deuren van alle kamers openstonden, wat betekende dat er helaas plaats genoeg was in het hotel. In het weekend was het meestal wat drukker. Maar als ze doordeweeks niet ook minstens een paar kamers verhuurden, zouden Bart en Wren Johannsen de vaste lasten niet kunnen betalen, laat staan de verbouwing die Trevor voor hen uitvoerde.

Hij bewonderde het in de Johannsens dat ze het niet opgaven. Maar er kwam een punt waarop ze beter af zouden zijn als ze het zinkende schip zouden verlaten als ze daar de kans voor kregen. Hij was bang dat dat punt niet ver weg meer was. Bart was beslist oud genoeg om te stoppen met werken, maar Trevor respecteerde het in de man dat hij dat niet deed. Hij had al besloten dat hijzelf nooit zou stoppen met werken. Het was al moeilijk genoeg om die paar uur thuis te vullen voor hij eindelijk in bed kon kruipen, waar de slaap zijn zintuigen zou verdoven en de herinneringen zou afsluiten.

'Ben jij dat, Trevor?'

Bij het horen van Wrens schrille stem schudde hij de stemmen en beelden van zich af: Amy's welluidende lach, Trevs mollige armpjes die zich naar hem uitstrekten…

'Ja, ik ben het, Wren. Hé, ruik ik daar kwarktaart?'

Wrens gelach verdreef het spookbeeld van Amy's stem. Van pure opluchting werd Trevors hartslag weer normaal.

Wren verscheen in haar volle lengte van een meter vijfenvijftig in de deuropening van het kleine eetgedeelte naast de keuken, met haar handen op haar brede heupen. Ze probeerde boos te kijken, maar slaagde daar niet helemaal in door de twinkeling in haar ogen. 'Hoe zou ik iets moeten bakken als mijn oven midden in mijn keuken staat?'

'Ik weet het niet', hij snoof diep, 'maar het ruikt niet naar iets wat je bij de supermarkt gehaald hebt.'

Wren grinnikte en schudde haar hoofd. 'O, je bent goed, meneer Ashlock. Dat moet ik je nageven. Clara heeft me haar oven laten gebruiken, maar ze was er niet bepaald blij mee, dat kan ik je wel vertellen. Dat zal ik nog wekenlang moeten horen.'

Hij trok een overdreven schuldig gezicht om aan te geven dat hij het heel erg vond dat Wren door hem uit de gratie was bij Clara Berger.

Ze wierp hem een vergevensgezinde glimlach toe. 'Als jij zorgt dat ik mijn keuken weer kan gebruiken voor je vanavond weggaat, dan krijg je van mij die hele kwarktaart mee naar huis.'

'De hele taart?'

Ze slaakte een zucht en stopte een witte pluk haar terug in haar slordige knot. 'De Bijbelstudie ging niet door. En je weet hoe Bart is. Die man eet die taart tot op de laatste kruimel op als ik hem bij hem achterlaat. En er is in heel Coyote County niet genoeg insuline om die hoeveelheid suiker te neutraliseren.'

Trevor grinnikte. 'Nou, in het belang van Barts gezondheid kan ik je er wel van verlossen, denk ik.'

Wren wuifde zijn grapje weg en liep haastig langs hem heen naar de bezemkast achter de ontvangstbalie.

Zonder het te vragen pakte hij een paar kaneelkoekjes uit de antieke koekjespot op de balie en dook onder de ladder door die tegen de gewelfde deuropening naar de eetzaal stond. Daar bleef hij even kauwend naar de ruimte kijken.

Vorige maand hadden Bart en hij de achterwand van het keukentje eruitgeslagen, zodat er een kleine twee meter van een ongebruikte zij-ingang beschikbaar kwam om bij het kleine keukentje te trekken en het eetgedeelte in een L-vormige kamer te veranderen.

Terwijl hij de koekkruimels van zijn vingers veegde, pakte Trevor zijn gereedschapskist onder de zaagbok vandaan. Waarom ze zich al deze moeite en kosten op de hals haalden, wist hij niet. Het eetgedeelte zat nu al zelden vol. Maar hij bewonderde de hoop die uit deze verbouwing sprak. En het verschafte hem een gelegenheid om zijn tijd te vullen. Een gelegenheid om te vergeten.

## 5

'Wil je de helft van mijn boterham?'

Maggies hoofd schoot met een ruk tegen de rugleuning van haar stoel. Ze deed haar uiterste best om het vervagende beeld van haar droom vast te houden. Om dat kleine vlammetje van hoop dat in haar ontstoken was, te koesteren.

Maar als een windvlaag glipte de slaap weg en doofde een tere herinnering die ze bijna vergeten was. De rivier, die zachtjes rond haar voeten kabbelde, haar kuiten verkoelde…

Ze wreef in haar ogen en knipperde. Waar was ze? *O ja, in de bus.* Buiten was de westelijke lucht net zo donker als het getinte glas van de greyhoundbus en strekte de snelweg zich uit als een eindeloos, zilveren lint.

De tandeloze oude man die naast haar zat, stak haar een slappe, schuin doorgesneden dubbele boterham in doorzichtig plastic toe. 'Wil je de helft van mijn boterham?' vroeg hij nogmaals. 'Je mag hem hebben, hoor.'

Ze dwong zichzelf zijn glimlach te beantwoorden. 'Nee, dank u. Eet u gerust verder.'

Ze had honger, maar zo veel honger nu ook weer niet. *Nog niet,* dacht ze ironisch. Misschien zou ze zich morgen rond deze tijd voor het hoofd slaan omdat ze die kleffe boterham met kaas niet aangepakt had.

De man haalde zijn schouders op. 'Dan moet je het zelf weten.'

Ze draaide zich een beetje om en liet haar voorhoofd tegen het koele glas van het raam rusten. Het trilde mee op het ritmische gedreun van de wielen op de snelweg en ze moest opeens denken aan een liedje dat haar moeder vroeger voor haar gezongen had. Ze kreeg het niet meer uit haar hoofd.

*De wielen van de bus gaan rond en rond, rond en rond, rond en rond...*

Ze waren al uren onderweg en met elke kilometer die voorbijgleed ademde ze een beetje gemakkelijker. Ze doezelde weer even weg, maar het gesis van de vacuümremmen van de bus maakte haar wakker. Om haar heen waren passagiers druk bezig hun spullen te verzamelen, ter voorbereiding op de tussenstop.

Nadat hij van de snelweg was afgeslagen, parkeerde de chauffeur bij een restaurantje dat dag en nacht geopend was. Maggie stapte met de andere passagiers de bus uit. Door de vieze diesellucht moest ze hoesten en ze liep haastig weg van de uitlaatgassen, naar het gebouw.

Binnen ging ze in de rij voor het toilet staan en waste daarna haar gezicht bij de groezelige wasbak. Ze probeerde iets met haar haar te doen, maar zonder borstel was het verspilde moeite. Uiteindelijk plakte ze de haarslierten met wat water glad achter haar oren. Misschien kon ze in het aangrenzende winkeltje wat toiletspullen kopen. Ze slenterde het winkeltje in en pakte een grove kam, die in haar broekzak zou passen, een tandenborstel en een tube tandpasta. Haar maag probeerde haar te herinneren aan zijn lege staat toen ze langs het snoep en de chips liep, maar ze negeerde de trek. Ze wist niet hoelang ze zou moeten doen met het geld in haar zak, maar ze kon in elk geval wel weerstand bieden tot ze in Columbus was.

Ze liep naar de kassa en bleef plotseling staan toen haar oog op de rij munttelefoons buiten het raam viel. Ze betaalde haar aankopen en liep met het plastic tasje naar buiten. De bus stond met stationair draaiende motor voor het gebouw, maar er was nog een aantal passagiers in de winkel. Ze had nog een paar minuten.

Ze liet twee kwartjes in de gleuf van de verst verwijderde telefoon glijden en draaide het nummer van de flat.

De telefoon ging een stuk of vijf keer over, waarna een schorre stem 'Hallo?' zei.

Maggies hart ging als een razende tekeer bij het horen van Kevins stem. Was het mogelijk dat ze hem miste? Hij klonk vreemd gelaten en heel even had ze een beetje medelijden met hem.

Maar ze duwde de onwelkome gedachte opzij toen hij 'Met wie spreek ik?' in de telefoon blafte.

Ze hoorde de haar maar al te vertrouwde geïrriteerde toon in zijn stem, hoorde hem rammelen met de lamp op het nachtkastje. Als Kevin in bed lag, moest het al na tienen zijn. Of anders was hij naar bed gegaan met een fles. Ze tuurde door het raam naar de klok in het winkeltje. *Tien voor half tien.* De bezorgdheid die ze een paar tellen eerder nog gevoeld had, verdween als sneeuw voor de zon.

'Krijg nou de...!' De stem in haar oor uitte een krachtterm en bevestigde haar vermoedens. Hij was dronken. Ze hoorde zijn ademhaling, voelde de spanning.

'Maggie? Ben jij dat, Maggie? Waar ben je?' In een paar tellen zou zijn stugheid overgaan in een stortvloed van scheldwoorden en zou hij met dingen gaan smijten in de flat. Het versterkte haar alleen maar in haar besluit. Als ze daar zou zijn, als ze terug zou gaan, hoelang zou het dan duren voor hij *haar* alle hoeken van de kamer zou laten zien?

'Waar is mijn auto? Waar is mijn vijftig dollar? En waar is mijn whisky?' Er kwam steeds meer venijn in zijn stem. 'Hier heb ik geen tijd voor. Ik moet morgen werken. Dus kom op, Maggie, klein onderkruipsel dat je...'

Ze gooide de hoorn op de haak. Had ze nu echt gedacht dat hij zich zorgen zou maken om haar? Dat hij haar zou missen of bezorgd zou zijn dat haar iets overkomen was?

Ze was een dwaas.

Weer.

Het knarsende gesis van remmen deed haar omkijken naar de bus, die met draaiende motor aan de rand van het parkeerterrein stond. Opeens schoot haar een angstaanjagende gedachte te binnen. Stel dat Kevin haar telefoontje kon laten traceren, wat dan? Waren nummers van munttelefoons zichtbaar op de nummermelder? Kevin kon goed overweg met de computer. Als er een manier was om na te gaan waar een telefoontje vandaan kwam, dan zou hij erachter komen. Had ze haar dekmantel al verraden voordat ze ook maar vierentwintig uur van haar vrijheid geproefd had?

Haar ogen schoten heen en weer over de parkeerplaats, terwijl ze tussen twee rijen geparkeerde auto's door liep. Ze stelde zich aan. Ze had al uren in die bus gezeten. Zelfs als Kevin nu meteen uit New York zou vertrekken, zou hij haar nooit inhalen. Ze zou opgelucht moeten zijn dat hij thuis was, dat hij de telefoon opgenomen had. Hij zou trouwens nooit geloven dat ze zo ver zou kunnen komen zonder dat hij ervan afwist.

Maar het was stom van haar geweest om hem te bellen. Ze wist dat er op het schermpje van de telefoon gestaan had: *Maggie belt van die en die bushalte. Kom naar Pennsylvanië* (of waar ter wereld ze ook was) *en neem haar mee.*

Een nieuwe gedachte deed haar adem stokken. Stel dat Kevin op de display zag waar ze was en de plaatselijke politic belde? Die zouden hier binnen enkele minuten kunnen zijn. Hij zou er niet voor terugdeinzen hun te vertellen dat ze zijn auto gestolen had en in dat geval zouden ze haar misschien arresteren – of, erger nog, haar vasthouden tot Kevin haar kwam halen.

De passagiers stonden nu in de rij te wachten om weer in te stappen. De motor ging sneller lopen en er kwamen dieseldampen uit de uitlaatpijp. Ze raakte in paniek. Als ze in die bus stapte, had ze geen schijn van kans. Het zou de politieagenten weinig moeite kosten om te achterhalen waar de bus vandaan was gekomen. Ze zouden haar arresteren en haar mee terug slepen naar New York.

Maar als ze niet in de bus stapte, zou ze misschien nooit verder komen dan dit stipje op de kaart. Ze was nog lang niet ver genoeg bij Kevin Bryson vandaan. En trouwens, ze had betaald voor een kaartje naar Columbus. Ze kon zich geen tweede buskaartje veroorloven.

De bus toeterde en kwam langzaam in beweging. Kevins gescheld weerklonk in haar hoofd. Ze voelde zich heen en weer geslingerd. Uiteindelijk won de bus en ze zette het op een lopen.

Maar op datzelfde moment trok de bus op. Ze zette een spurt in en haar adem kwam in scherpe, pijnlijke stootjes. 'Stop! Wacht! Stop!'

Haar smeekbede ging verloren in een bijtende walm van dieselgassen en ze keek vol afgrijzen toe hoe de bus de parkeerplaats af reed. De motor pufte en kreunde, terwijl hij opschakelde en snelheid won. Toen de greyhoundbus uiteindelijk de oprit naar de snelweg op reed, liet Maggie zich op de grond zakken en sloeg haar handen voor haar gezicht.

Wat moest ze nu doen? Haar geld raakte snel op en ze had Kevin er zojuist van overtuigd dat ze weggelopen was. Als ze bij die stomme telefoon uit de buurt was gebleven, had hij misschien gedacht dat ze dood was.

Nu nam hij waarschijnlijk aan dat ze nog steeds in de Civic rondreed. Als hij de politie achter haar aan zou sturen, was dat de auto waarnaar ze zouden zoeken. Die gedachte bracht haar een beetje tot rust. Ze glimlachte bij de gedachte hoe verbaasd hij zou zijn als de politie de auto zou vinden. De autodief had de Civic waarschijnlijk allang ergens achtergelaten.

Dat deed er allemaal niet meer toe. De bus was geen optie meer.

Nazinderende hitte van de middagzon steeg op van het asfalt. Maggie veegde met de slip van haar blouse het zweet van haar voorhoofd en sjokte terug naar het winkeltje.

· 6 ·

Trevor stond op de stoeprand en keek naar het westen. De zon stond laag aan de hemel. Het zou over een halfuur donker zijn. Hij liep de straat op, maar draaide zich nog even om naar Bart Johannsen, die hem zoals Trevor wist vanuit de deuropening stond na te zwaaien. De geelwitte baard van de oude man reikte bijna tot aan het borststuk van zijn overall.

Trevor moest in zichzelf lachen. Het zou niet lang meer duren voordat Wren haar man aan zijn hoofd zou gaan zeuren om zijn wilde manen in te korten.

Bart liet zijn handen zakken en vouwde zijn dikke vingers over zijn buik, die te veel van Wrens zelfgebakken taarten had gehad. 'Tot morgen, Trev.'

Trevor zwaaide terug, maar kromp ineen bij het horen van de bijnaam. Hij werd nooit Trev genoemd. Niet meer nadat zijn zoon geboren was tenminste. Hij draaide zich om en liep vlug door het steegje naar zijn pick-uptruck. Bart kon niet weten hoe veel pijn het deed om Trevs naam te horen.

Het was maar een van de talloze dingen die hem iedere dag aan hem herinnerden. De lege schommel in zijn achtertuin. Het driewielertje dat in een hoek van de garage stond. De kinderen van de peuterspeelzaal die tijdens een schooluitje door Main Street achter juffrouw Valdez aan sjouwden. Kinderen met wie Trev deze herfst samen naar de kleuterschool zou zijn gegaan.

*Trev.* Dat was de naam die ze hem gegeven hadden. *Trev Alex.* Trevor was er niet meteen enthousiast over geweest toen Amy het voor het eerst voorstelde, maar ze was onvermurwbaar geweest. 'Ik wil hem naar jou vernoemen, maar op deze manier zal niemand het arme kind opzadelen met "junior".' Toen had ze een rimpel in haar neus getrokken, die malle gelaatsuitdrukking die hem altijd deed denken aan een jong mopshondje.

Hij had net gedaan of hij met tegenzin akkoord ging met haar idee om de baby naar hem te vernoemen, maar stilletjes voelde hij zich vereerd. En toen hun zoontje geboren was, had niemand een trotsere vader kunnen zijn dan Trevor Ashlock.

De pick-uptruck was heter dan Wrens oven, maar de geur die hem overweldigde toen hij het portier opendeed leek meer op die van de gymzaal van de middelbare school tijdens een sportdag dan op die van Wrens smakelijke baksels. Hij zette de kwarktaart die ze hem meegegeven had naast zich op het middenklapstoeltje. Ondanks de vele lagen krantenpapier waarin ze de taart gewikkeld had, zou het een wonder zijn als het ding niet gesmolten was tot een plasje kwark en perziksap tegen de tijd dat hij thuis was.

Hij stapte in en boog zich over de stoel naast hem om het raampje aan de passagierskant naar beneden te draaien. Nu zijn airco het niet meer deed, was het kiezen tussen stof en hitte in deze tijd van het jaar. Tegen hitte kon hij niet zo goed. Stof kon hij weer van zich af spoelen.

Hij besloot zijn gebruikelijke hamburger onderweg over te slaan om ervoor te zorgen dat de kwarktaart sneller thuis was. Een paar flinke stukken taart zouden trouwens een meer dan fatsoenlijke maaltijd vormen.

De truck denderde over de stoffige weg en Trevor liet de kilometers en het aangename melodietje op de radio de kreukels in zijn hoofd gladstrijken. Zoals beloofd had hij gezorgd dat de elektriciteit weer aangesloten was voordat hij wegging. Hij had Wren maar niet gezegd dat hij die de komende dagen waarschijnlijk iedere avond weer een paar uur zou moeten afsluiten. Dan zou ze zich maar voor niks druk maken. Zodra hij de bedrading klaar had, zou de verbouwing snel achter de rug zijn. Maar als hij Wren goed kende, zou ze alweer een andere klus voor hem hebben voor de verf van deze goed en wel droog was.

Tien minuten later sloeg hij het weggetje in naar het oude boerderijtje dat hij huurde. Elke keer als hij die zevenhonderd dollar huur overmaakte, hield hij zichzelf voor dat hij voor het eind van de maand een afspraak zou maken met een makelaar. Met de twee rechterhanden die hij van zijn vader geërfd had en de vele vrije tijd die hij leek te hebben, zou hij wel gek zijn als hij niet een opknappandje in de stad kocht, waar hij winst op kon maken. Maar dan keek hij weer naar de doorzakkende veranda, waar hij Amy over de drempel had getild en naar de kippenren waar ze haar geliefde kippen had gehouden. Dan liep hij weer de krakende trap op naar de kamer waar Trev verwekt was en keek hij glimlachend omhoog naar de glinsterende plekjes op het plafond, waarvan Amy net gedaan had of het sterren waren als ze op koude winteravonden diep weggedoken lagen onder de dekens, en wist hij dat hij niet weg kon gaan. Nog niet.

Als er ook maar enige troost lag in het feit dat hij hen allebei op dezelfde dag verloren had, was het dat ze samen gegaan waren. Soms kwam er een beeld in zijn hoofd, dat zich afspeelde als een film, van zijn vrouw en zijn zoon, die hand in hand lachend door een nevelige weide huppelden. Het troostte hem. Amy had de Bijbelse beschrijving van de hemel als een stad altijd betreurd. Ze had een hekel aan alles wat 'stads' was. Het had hem de grootste moeite gekost om haar twee keer per jaar mee te krijgen naar Wichita om een dagje te winkelen. Toen hij haar op een dag wees op de groene weiden en de stille wateren in de Psalmen en haar gezegd had dat die volgens hem beslist deel zouden uitmaken van de hemel voor haar, had ze gehuild en hem beloond met een kus.

Halverwege de lange oprit kwam het boerderijtje helemaal in • zicht. De hemelsblauwe verf aan de westkant van het huis was aan het verbleken, maar de kamperfoeliestruiken verborgen dat goed. Hij reed door de laatste bocht van de oprit en trapte op de rem toen hij de luxe stationcar voor het huis zag staan.

*O nee.* Amy's ouders. Hun Explorer was leeg, de raampjes stonden op een kier tegen de hitte. Hij slaakte een zucht die zijn wangen deed opbollen. Hier was hij niet voor in de stemming. Hij vroeg zich af hoelang ze al op hem zaten te wachten. Lang genoeg voorVerna om de woonkamer op te ruimen en de koelkast schoon te maken, zoals ze de vorige keer gedaan had. Niet dat hij dat erg vond. Waar hij tegen opzag was de preek: dat hij gezond moest eten en niet zo hard moest werken en af en toe zijn huis eens moest luchten.

En tegen de zware mantel van herinneringen die hij nooit van zich af kon schudden na een bezoek van Hank enVerna. Hij hield evenveel van hen als van zijn eigen ouders, maar hij was blij dat ze in Kansas City woonden en maar een paar keer per jaar langskwamen. Hij vermoedde dat de bezoekjes net zo pijnlijk waren voor Hank enVerna als voor hem.

Zich schrap zettend voor wat komen ging, stapte hij uit de pickuptruck en ging door de achterdeur naar binnen, waar hij Wrens kwarktaart in de diepvrieskist in de bijkeuken legde voor hij de keuken binnenstapte.

Hank zat de *Courier* te lezen, Clayburns wekelijkse krant, die in Trevors drukkerij gedrukt werd.Verna zat met haar hoofd in de koelkast.

'Hallo.'

'Trevor!'Verna draaide zich vliegensvlug om en kwam op hem af rennen.

Hij deed een stap naar achteren en stak zijn handen uit. 'Ik zit onder het stof. Laat me eerst even douchen en omkleden, dan mag je me omhelzen zo veel als je wilt.'

Ze schoot in de lach alsof hij een vreselijk leuke mop had verteld. Hij hoopte dat haar lachen niet zou overgaan in een huilbui, zoals maar al te vaak gebeurde.

Hank schoof zijn stoel achteruit en stond op om Trevor een hand te geven. 'Hoe gaat het, jongen?'

'Druk. Ik krijg het steeds drukker.' Dat was een veilig antwoord. Maar het was ook waar. Daar had hij wel voor gezorgd. 'Hoe gaat het met jullie?'

'Het gaat... het gaat. We hadden een begrafenis in Coyote en

Verna wilde onderweg naar huis even bij je langsgaan. Ik zei tegen haar dat je waarschijnlijk aan het werk zou zijn, maar je weet hoe ze is.'

Trevor glimlachte. Hij wist het. Zo moeder, zo dochter. Hank liet Verna net zo over zich heen lopen als hij het Amy had laten doen. En daar waren ze allebei gelukkig mee geweest.

'Kan ik iets te drinken voor jullie inschenken?'

Hij deed de koelkast open. Hij had gelijk, Verna had er werk van gemaakt. Geen beschimmelde restjes meer, geen doosjes van afhaalrestaurants. Achteraan op de bovenste plank had ze een aantal flessen vruchtensap weggemoffeld, alsof ze dacht dat hij haar bijdrage niet zou opmerken.

'Een glaasje sap misschien?' Hij knipoogde naar Verna en beantwoordde haar schaapachtige glimlach.

'Nee, dank je,' zei Hank. 'We hebben iets gedronken voor we uit Coyote wegreden.'

'Verna?'

'Nee, maar laat me jou iets inschenken.'

'Ik doe het wel.' Trevor pakte een fles cranberrysap en schonk zichzelf een groot glas in. Hij dronk het in een keer leeg en veegde toen met de rug van zijn hand zijn mond af. 'Dat is lekker, zeg.'

'Amy dronk er liters van... ze zei altijd dat ze er blaasontstekingen mee voorkwam.' Verna's stem stokte. 'Dat kind had dokter moeten worden met alles wat ze wist van medische dingen.'

Trevor greep dat moment aan om naar de badkamer te lopen. 'Ik ga me omkleden. Ik ben zo terug.'

'Je hoeft je voor ons niet te haasten, hoor,' riep Verna hem achterna. Ze had haar stem weer onder controle.

Onder de douche liet hij de harde waterstraal op zijn huid neerkletteren, terwijl hij iets probeerde te bedenken waarover hij met Hank en Verna zou kunnen praten, iets wat niet bol stond van herinneringen aan Amy. Dat was het probleem. Alles stond bol van herinneringen aan Amy. Alles.

Hij droogde zich af en trok een schone spijkerbroek en een T-shirt aan. Op blote voeten en met nog natte haren liep hij terug naar de keuken.

'O, veel beter,' zei Verna, toen ze hem zag. Ze kwam met uitgestrekte armen op hem af.

Trevor liet zich door haar omhelzen en op zijn rug kloppen, wetend dat als ze hem los zou laten haar ogen nat zouden zijn en haar gezicht vertrokken. Soms vroeg hij zich af waarom Hank en zij zichzelf kwelden door hem op te zoeken. Het zou voor hen allemaal gemakkelijker zijn als ze hem gewoon zouden vergeten. Zouden doorgaan met hun leven. Ze hadden nu geen band meer met hem. Niet echt meer.

Maar ze hadden dit beleefde spel gespeeld sinds de dag van de begrafenis. Bijna twee jaar geleden alweer. Het leek een mensenleven geleden.

En het leek of het nog maar gisteren was.

· 7 ·

Maggie ging een beetje aan de kant staan terwijl de winkelbediende een man van een jaar of vijftig hielp. Hij droeg cowboylaarzen
en een brede leren riem waar aan de achterkant *Rick* in gebrand
stond.

Toen hij klaar was, liep ze naar de toonbank. De jonge man achter de kassa keek haar aan. 'Kan ik u helpen?'

Ze wees met haar hoofd in de richting van de snelweg. 'Ik had
in die bus moeten zitten, die net wegreed.'

De winkelbediende rolde met zijn ogen. 'Sorry, mevrouw, maar
die bussen wachten op niemand. Over een paar uur komt er weer
een. Waar moet u naartoc?'

'Naar Ohio. Maar ik...'

'Neem me niet kwalijk.' Achter haar schraapte de cowboy die
voor haar aan de beurt was geweest, zijn keel. 'Ik hoorde per ongeluk wat u zei. Moet u naar Ohio?'

Ze knikte voorzichtig.

'Waar in Ohio?'

'Ik had in die bus naar Columbus moeten zitten.'

De man liet zijn schouders hangen. 'O. Nou, mijn vrouw en ik
zijn op weg naar Cleveland, maar dat is een stuk noordelijker dan
Columbus.'

Een knappe vrouw met bruin haar kwam naast de man staan
en legde met een bezitterig gebaar een verzorgde hand op zijn
arm. Maar ze schonk Maggie een innemende glimlach. 'Je mag
gerust met ons meerijden. Als je maar geen hekel hebt aan country-
muziek.' Ze stak haar hand uit. 'Ik ben Sandy.'

Maggie gaf haar een hand en taxeerde de situatie. Het echtpaar
leek ongevaarlijk. Ze schoot bijna in de lach door die inschatting.

Na alles wat ze vandaag had meegemaakt, was *ongevaarlijk* een relatief begrip.

'Hebben jullie er echt geen bezwaar tegen?'

De man schoof zijn witte Stetson naar achteren en haakte zijn duimen in de zakken van zijn spijkerbroek. 'Het kost niet meer benzine om drie personen te vervoeren dan twee. Maar zoals ik al zei, we gaan niet zo ver naar het zuiden.'

'Dat maakt niet uit. Als ik daar ben, kan ik een andere bus nemen of zo.'

'Nou, kom dan maar mee. O, trouwens, ik heet Rick. Rick Henry.'

Maggie gaf hem een hand en wierp Sandy een dankbare glimlach toe. Het echtpaar stond haar afwachtend aan te kijken. 'O, sorry. Ik ben Mag...' Ze klemde haar lippen op elkaar en slikte zo de laatste lettergreep van haar naam in. Misschien had Kevin al opsporingsberichten op de lokale radiozenders laten uitzenden. Voor het geval ze haar naam zouden noemen, kon ze die beter niet gebruiken.

Ze deed net of ze moest hoesten en hoopte dat haar vuurrode wangen haar niet zouden verraden. 'Neem me niet kwalijk... sorry. Ik heet Meg. Meg Anders.' De verbastering van haar echte naam rolde van haar tong voor ze de kans had er goed over na te denken. Ze had altijd Meg genoemd willen worden, maar ze had er nooit iemand toe kunnen overhalen daartoe over te gaan. Ze hoopte alleen maar dat Meg Anders anders genoeg zou klinken dan Maggie Anderson om haar geheim te verbergen.

'Ben je klaar om mee te gaan?' vroeg Sandy. 'Heb je geen bagage?'

'Die lag', ze wees naar de straat, 'in de bus.'

'O, wat een pech. Nou, kom maar mee. We zullen je een eind op weg helpen. Deze kant op.' Rick liep over de parkeerplaats voor hen uit naar een oude Volkswagenbus.

'Het is een beetje een rommeltje hierbinnen. Mijn excuses daarvoor.' Sandy deed het portier open en begon kleren en verfrom-

44

melde natuurtijdschriften van de middelste bank naar achteren te gooien. 'Ik had er niet echt op gerekend dat we gezelschap zouden krijgen onderweg.'

'Ik stel het echt op prijs.' Maggie stapte in en schoof op de smalle bank, waarna ze het roestige portier achter zich dichttrok. Ze deed het op slot en voelde zich meteen veiliger dan ze zich in de greyhoundbus gevoeld had. Het zou geen moment in Kevin opkomen om haar te zoeken in een oude Volkswagenbus op weg naar Ohio.

Toen ze weer op de snelweg reden, werd ze slaperig van het vriendelijke geschommel van het busje en het gesnor van de wielen op het asfalt. Ze nestelde zich behaaglijk op de bank en sloot haar ogen.

Ze wist niet dat ze in slaap gevallen was, maar toen ze haar ogen weer opendeed en uit het raam keek, stond de halve cirkel van de maan hoog boven de snelweg.

Sandy Henry zat met haar in sandalen gestoken voeten op het dashboard tegen haar man aan te doezelen. Tim McGraw zong een ballade boven het gekraak van de radio uit. Maggie kwam overeind en haalde haar handen door haar haar, dat helemaal in de klit zat.

In de achteruitkijkspiegel ving Rick haar blik. Zijn vaderlijke glimlach verwarmde haar. 'Heb je honger? We kunnen wel ergens stoppen om een hapje te eten.'

Sandy bewoog even, maar legde haar hoofd weer tegen de rugleuning en sliep verder.

'Voor mij hoeft het niet, hoor,' zei Maggie. 'Tenzij jullie willen stoppen.'

'Zou je het nog drie kwartier kunnen volhouden? We zijn bijna in Aurora.'

'Is dat in de buurt van Cleveland?'

'Dat is nog ongeveer een uur van Aurora.'

'Sjonge. Dat is snel gegaan.'

Rick grinnikte. 'Je hebt bijna drie uur liggen slapen.'

Dat betekende drie uur verder verwijderd van Kevin. Ze kon

niet uitmaken of die gedachte haar blij maakte of doodsbang. Ze bevond zich in een angstaanjagend niemandsland: niet ver genoeg weg om al buiten zijn bereik te zijn, maar wel zo ver dat hij kwaad genoeg zou zijn om haar te vermoorden als hij haar vond.

Ze vroeg zich af wat hij nu aan het doen was. Was hij naar haar op zoek en werd hij met het uur kwader en onredelijker? Of was hij gewoon gaan slapen? Het zou waarschijnlijk niet lang duren voor hij haar vervangen had. Vóór haar had hij andere vriendinnen gehad; dat had hij nooit verzwegen. Kevins knappe uiterlijk en zijn vermogen om zijn charmes aan te wenden hadden haar ook voor hem ingenomen, voor een poosje. Uitgerekend daarmee had hij haar aan de haak geslagen. Ze voelde een steek van jaloezie, maar ze herinnerde zichzelf er snel aan waarvoor ze op de vlucht was. Ze had medelijden met de volgende vrouw die hij in zijn netten zou verstrikken, en voelde zich een beetje schuldig dat haar vrijheid misschien iemand anders in gevaar bracht.

Nu ze zich losgerukt had, vond ze het moeilijk te begrijpen waarom ze dat niet eerder gedaan had. Ze *was* wel weggelopen, meer dan eens, als Kevin weer eens vreselijk tegen haar was tekeergegaan. Maar zelfs toen het haar een keer gelukt was om een blijf-van-mijn-lijfhuis te bereiken, had ze diep van binnen geweten dat ze uiteindelijk weer bij Kevin terug zou komen. De enige reden dat ze haar toevlucht had gezocht in het blijf-van-mijn-lijfhuis was omdat ze gehoopt had dat dat hem eindelijk zou doen beseffen wat hij haar aandeed, zou doen waarderen wat hij had. Uiteindelijk had het niets van dat alles bewerkstelligd. Het had de zaak alleen maar erger gemaakt. *Hem* erger gemaakt.

Nu vroeg ze zich af of mannen als Kevin ooit een ander mens naar waarde schatten, *welk* ander mens dan ook. Nee, hield ze zichzelf voor. Mannen als hij leefden alleen voor zichzelf. Kevin was niet anders dan haar vader. Hoewel ze zich hem nauwelijks herinnerde, wist ze op de een of andere manier dat wat mam overkomen was, de schuld van haar vader was. Die harde les had Maggie zelf allang moeten leren. Nu had ze twee jaar van haar leven verspild.

Deze keer zou ze niet de fout maken te denken dat Kevin veranderd was. Deze keer zou ze niet teruggaan.

Ze dacht weer aan haar zus en de moed zonk haar in de schoenen. Ze kon Jenn niet bellen. Niet eerder dan dat ze zeker wist dat Kevin niet meer naar haar op zoek was, in elk geval. Ze zond een verward schietgebedje op dat Jenn op de een of andere manier zou weten dat het goed met haar ging. Met Mark, die schijnbaar om de week zijn baan kwijtraakte, had Jenn te veel zorgen aan haar hoofd om zich ook nog eens druk te maken om een weggelopen zus.

Toen ze zachtjes *amen* mompelde, ging er een rilling door haar heen. Ze boog opzij om naar de paarse hemel te kijken. Ze had eerder geprobeerd te bidden, maar dat had op zijn best een bijgelovige poging geleken. Maar nu durfde ze te hopen dat haar gebed voor Jenn de hemel bereikt had.

Maggie gaapte en rekte zich uit op het bankje van de vw-bus, terwijl Rick Henry de parkeerplaats van een restaurantje op reed en de motor afzette. Het klokje op het dashboard sprong van 3:59 op 4:00. Was het nog maar gisteren, vierentwintig uur geleden, dat ze de flat in New York verlaten had? Het leek wel een mensenleven.

Rick stak zijn hand uit en streek het haar van Sandy's voorhoofd. 'Hé, schone slaapster. Wat dacht je van een ontbijtje?' Hij wees over het stuur naar buiten. 'Hier is een restaurantje, dat dag en nacht geopend is.'

Sandy's ogen vlogen open en er verscheen een slaperige glimlach op haar gezicht. 'Mmm… klinkt goed.' Ze gaf haar man een klopje op zijn wang. 'Hoe laat is het eigenlijk?'

'Het is nog maar vier uur, maar ik moet wat koffie hebben als ik op de weg wil blijven.'

'Wil je dat ik rijd, schat?'

De hartelijke manier waarop het stel met elkaar praatte, bezorgde Maggie een warm gevoel, maar ze voelde zich er tegelijkertijd ongemakkelijk bij. Hun eenvoudige aanrakingen leken erg intiem, iets waar zij geen getuige van hoorde te zijn, maar wat ze dolgraag zelf zou willen kennen.

Alsof Sandy zich zojuist herinnerde dat ze een passagier hadden, draaide ze zich om en zwaaide even naar haar. 'Goeiemorgen. Heb je een beetje geslapen?'

Maggie knikte en voelde zich heel erg het vijfde wiel aan de wagen. Sandy stapte uit en opende Maggies portier. Die liet haar pijnlijke benen langzaam op de straat zakken, rekte zich uit en liep achter het stel aan naar het restaurantje.

De klok boven de bar herinnerde haar eraan dat het nu woensdagochtend was. Ze kon nauwelijks geloven dat ze een dag zonder Kevin geleefd had. En hij zonder haar. Voelde hij zich net zo verlost van haar als zij nu van hem?

Rick bestelde voor hen alle drie een kleine portie pannenkoeken en gebakken eieren met spek en wachtte tot Maggie de serveerster had verteld hoe ze haar eieren wilde.

Rick schudde zijn servet uit en stopte het in de kraag van zijn overhemd. 'Zo, Meg, wat brengt jou naar Ohio?'

Ze nam een grote slok water uit haar glas, om tijd te rekken. 'Ik ga er alleen op bezoek.'

'O?' Sandy glimlachte. 'Heb je daar familie?'

'Nee… vrienden.' Ze schonk haar een vlugge glimlach en keek toen een andere kant op.

'Dat is leuk.' Sandy liet haar vingers over het kunststof tafelblad glijden. 'In welk deel van Columbia wonen ze?'

Maggie zocht koortsachtig naar een antwoord dat haar niet zou verraden. 'Dat weet ik niet precies. Ik… ik ken de stad niet zo goed.'

'Maar je hebt wel een adres,' zei Rick. Het was meer een vaststelling dan een vraag.

Sandy's stem kreeg een moederlijke klank. 'Ben je er al achter waar je de bus moet achterhalen voor je bagage?'

'Mijn bagage?' Heel even was ze vergeten dat ze hun verteld had dat haar koffers nog in de bus stonden. 'O, ja. Ik heb een nummer dat ik kan bellen.'

Sandy rommelde in een grote, leren handtas. Ze haalde er een mobiele telefoon uit en gaf die over de tafel aan Maggie. 'Alsjeblieft, je mag mijn telefoon wel gebruiken.'

'Nee… ik bedoel, ik heb al gebeld.' De leugens rolden van haar lippen of het niets was.

'O, mooi zo.'

Maggie knikte en keek langs Sandy heen, waar ze de serveerster zag aankomen met een volgeladen dienblad. Ze bad dat het hun bestelling was. Opnieuw had ze die vreemde gewaarwording dat haar gebeden plotseling gehoord werden in de hemel, want de serveerster bleef bij hun tafel staan en zette overvolle borden voor elk van hen neer.

Bij het ruiken van de geur van pannenkoeken met stroop leken Rick en Sandy hun ondervraging te vergeten.

Ze aten in stilte, Rick en Sandy verdiept in de ochtendkrant die ze in de hal gepakt hadden en Maggie geconcentreerd op iedere kruimel die ze naar haar mond bracht. Ze wist niet wanneer ze voor het laatst zo lekker gegeten had. Ze hadden niet eens op het menu gekeken, maar op een kartonnen piramide tussen het zout en de peper stond vermeld dat hun maaltijd bijna vier dollar kostte. Ze rekende uit hoeveel het inclusief fooi zou zijn. Nadat hun serveerster hun nog een kop koffie had ingeschonken, verontschuldigde Maggie zich en liep achter de vrouw aan naar de kassa.

'Mag ik de rekening voor onze tafel?'

'Ja, hoor.' De vrouw scharrelde in de zak van haar uniform tot ze de juiste bestelbon gevonden had. Ze sloeg hem aan op de kassa, terwijl Maggie een briefje van tien en een briefje van vijf van de rol bankbiljetten in haar zak pelde. Het zou haar geldvoorraad flink uitdunnen, maar het was het minste wat ze kon doen voor het stel dat haar bijna vijf uur verder op weg geholpen had, weg van Kevin.

Met de kassabon in haar zak volgde ze de bordjes naar de toiletten achter in het restaurant. Ze poetste haar tanden en kamde haar haar, blij dat ze eraan gedacht had die dingen te kopen bij de eerste bushalte. Ze vlocht haar haar in een piekerige vlecht, en merkte tot haar afgrijzen dat haar haar zo vet was, dat het ook zonder elastiekje in de vlecht bleef zitten. Toen ze terugkwam bij hun tafel waren de Henry's naast hun tafeltje in een geanimeerd gesprek verwikkeld geraakt met een ander echtpaar van hun leeftijd.

Ze groette hen met een knikje en wilde weer gaan zitten. Rick onderbrak zichzelf en stak zijn hand op om haar tegen te houden. 'Meg, dit zijn Ted en Corinne Blakely. Het zijn oude vrienden van ons. Niet te geloven, hè, dat we bij hetzelfde restaurantje gestopt zijn om te ontbijten? Vooral op zo'n vroeg tijdstip?'

'Hallo.' Maggie schonk hun een flauw glimlachje en wilde dat ze wat langer op het toilet was gebleven. Ze schoof naast Sandy op de bank.

Terwijl de twee mannen en vrouwen op luide toon met elkaar verder praatten, had ze het gevoel dat ze luistervinkje speelde. Ze vouwde haar servet op als een harmonica en verplaatste haar bestek op het lege bord alsof dat heel belangrijke taken waren.

'Heb je dat gehoord, Meg?'

Ze hief haar hoofd op bij Ricks uitbundige vraag. 'Sorry... nee.'

'Ted en Corinne komen door Columbus. Ze zeggen dat je best met hen verder kunt rijden.' Hij had een tevreden grijns van oor tot oor, alsof hij haar zojuist een duur cadeau gegeven had.

En eigenlijk had hij dat ook. 'Echt?' Ze probeerde de blik van mevrouw Blakely te peilen, om te zien of ze het echt meende. Wat ze zag was de vriendelijkste, hartelijkste uitdrukking die ze had kunnen wensen.

'Natuurlijk. We zouden het heerlijk vinden om wat gezelschap te hebben. Ja toch, Ted?'

Haar man knikte, maar keek nadrukkelijk op zijn horloge. 'We moeten er eigenlijk wel vandoor. We zijn op weg naar Kansas City en onze dochter verwacht ons voor een laat dineetje. We nemen de I-70, maar waar moet je ongeveer zijn in Columbus?'

'O, u kunt me afzetten waar u wilt. Ik... mijn vrienden kunnen me dan wel komen ophalen.'

'Nou, we zullen zien hoe snel het gaat,' zei Ted Blakely, terwijl hij weer op zijn horloge keek. 'Misschien kunnen je vrienden ons ergens ontmoeten. Ik wil je niet zomaar ergens achterlaten.'

'O, dat geeft niet. Ik ben al blij met de lift.'

Meneer Blakely richtte zich tot de Henry's en stak zijn hand uit. 'Het was echt leuk om jullie tegen het lijf te lopen.'

Ze zeiden elkaar hartelijk gedag en toen zei meneer Blakely

tegen Maggie: 'We zullen naar de auto van Rick toe rijden om je bagage op te halen.'

Rick kwam tussenbeide om uit te leggen dat haar koffers in de bus waren blijven liggen, zodat ze de leugen niet hoefde te herhalen.

'Nou, goed dan. Deze kant op.' Hij gaf zijn vrouw een arm en leidde haar naar de uitgang. Maggie liep achter hen aan.

'Succes, Meg.' Rick tikte even tegen zijn Stetson.

'Bedankt voor alles.'

'Graag gedaan,' zeiden Rick en Sandy tegelijk.

Meneer Blakely hield de deur voor haar open en vanuit haar ooghoek zag ze de Henry's naar de kassa lopen.

Ze werd heen en weer geslingerd tussen het verlangen om zo snel mogelijk naar de auto van de Blakely's te lopen voor Rick en Sandy zouden ontdekken dat zij hun maaltijd betaald had, en het verlangen om afscheid van hen te nemen en hen op een behoorlijke manier te bedanken. Ze kreeg een vreemde brok in haar keel toen de deur dichtsloeg en de Henry's uit het zicht verdwenen. Was het zo droevig met haar gesteld dat ze binnen het tijdsbestek van een paar uur genegenheid had opgevat voor volslagen vreemden?

De Blakely's reden in een kleine Toyota. De halve achterbank was volgestouwd met kartonnen dozen, maar Ted Blakely verplaatste die naar de kofferbak, waarna hij haar een wenk gaf dat ze kon instappen.

'Weet je zeker dat je alles hebt, Ted?' Mevrouw Blakely zei tegen Maggie: 'Al mijn rommelmarktspullen zitten daarin... spulletjes die ik uitgezocht heb voor mijn kleinkinderen.' Haar stem klonk verontschuldigend, maar haar ogen glommen van trots.

'O? Hoeveel kleinkinderen hebt u?' Als ze hen over zichzelf kon laten praten, zouden ze misschien niet te veel vragen stellen.

'We hebben er zes en de zevende is op komst. Maar er wonen er maar twee in Kansas City. De anderen wonen in Buffalo... dat is maar een uurtje bij ons vandaan.'

Haar list werkte. De vrouw draaide zich om en sloeg een elleboog over de rugleuning van de stoel. De volgende tachtig kilometer babbelde ze maar door over haar familie. Maggie probeerde de gedetailleerde beschrijvingen van de kleinkinderen te volgen, probeerde op de juiste ogenblikken te glimlachen, maar algauw voelde ze zich slaperig worden. Ze trok zich terug in een hoekje van de achterbank en liet haar hoofd tegen het raam rusten. Haar oogleden werden zwaar en het gebabbel van mevrouw Blakely vermengde zich met de geluiden van de snelweg.

· 9 ·

'*Psstt!* Wakker worden achterin.'

Maggie werd met een schok wakker van de vriendelijke hand, die op haar knie klopte.

'We rijden zo Columbus binnen.' Corinne Blakely haalde kijkend in het spiegeltje in de zonneklep haar hand door haar grijzende pony. 'Je moet ons vertellen hoe we bij het huis van je vrienden kunnen komen.'

Een golf van ongerustheid verjoeg de mist van de slaap. Maggie had verschillende scenario's geoefend voor ze in slaap viel, maar nu leek geen daarvan ook maar enigszins plausibel. En er was ook een nieuw idee aan haar gaan knagen. Deze mensen gingen helemaal naar Missouri. Ze kende helemaal niemand in Ohio, maar het werd nog altijd als 'het oosten' beschouwd. Als ze met deze mensen door kon rijden naar Missouri, een plekje kon vinden om opnieuw te beginnen in het Middenwesten, zou ze zich nooit meer zorgen hoeven maken om Kevin Bryson.

Ze schraapte haar keel en ging een beetje rechterop zitten. Het begon al een beetje licht te worden buiten. 'Ik vroeg me af... zouden jullie het erg vinden als ik nog wat verder met jullie meereed?'

De wenkbrauwen van mevrouw Blakely schoten omhoog. 'Maar hoe zit het dan met je vrienden?'

'Ze wisten niet dat ik zou komen. En ik... ik heb me bedacht.'

'Maar waar wil je dan heen?'

'Ik heb nog andere vrienden... in Missouri,' zei ze.

Er schoot even een zweem van achterdocht over het gezicht van de vrouw. 'Maar *die* weten dan ook niet dat je komt.'

'O, dat vinden ze niet erg,' zei Maggie, terwijl ze probeerde haar stem zo geloofwaardig mogelijk te laten klinken. 'Ze proberen me al ik weet niet hoelang over te halen om hen op te komen zoeken. Zou u het heel erg vinden?'

Mevrouw Blakely keek even naar haar man. Maggie zag dat hij heel even zijn schouders ophaalde.

'Nou, vooruit dan maar,' zei mevrouw Blakely. 'Maar... wil je je vrienden niet liever eerst bellen?' Ze haalde de mobiele telefoon uit de oplader en gaf hem aan Maggie. 'Weet je het nummer?'

'Nee, maar dat kan ik opvragen. Als u het niet erg vindt dat ik uw belminuten gebruik.'

De vrouw wuifde haar bezwaar weg. 'Maak je daar maar niet druk om. Neem je tijd.'

'Dank u wel.' Maggie pakte de telefoon aan. Ze keek even hoe hij werkte en belde toen het informatienummer. Stel dat de Blakely's de stemmen aan de andere kant zouden kunnen horen, wat dan? Ze schoof zo ver mogelijk naar achteren op de bank en wachtte tot er opgenomen werd.

'Welke stad?'

Ze glimlachte naar mevrouw Blakely, die met een verwachtingsvolle glimlach op haar gebruinde gezicht over de rugleuning van de stoel hing.

'Kansas City, alstublieft.'

'Zegt u het maar.'

'Ik ben op zoek naar het nummer van Jennifer Anderson.' De meisjesnaam van haar zus was overtuigend van haar lippen gerold, maar ze had er onmiddellijk spijt van dat ze hem gebruikt had. Stel dat de Blakely's achterdochtig werden en haar dekmantel nagingen en dat dat hen op de een of andere manier naar Jenn in Baltimore zou leiden?

'Er zijn verscheidene Jennifer Andersons,' zei de telefoniste. 'Hebt u een adres?'

'Nee...' Ze wierp een snelle blik op mevrouw Blakely. 'Fred is het... Fred en Jennifer.'

Allemensen. Waar had ze dat vandaan gehaald? Ze kende niet eens iemand die Fred heette.

Mevrouw Blakely rommelde wat in haar tas. Ze haalde er een pen en een velletje papier uit en gaf die aan Maggie, precies toen de telefoniste zei: 'Het spijt me. Er is geen vermelding van een Fred Anderson in Kansas City.'

'Dank u.' Maggie pakte het papier en de pen aan die mevrouw Blakely haar toestak.

De verbinding werd verbroken, maar Maggie knikte en deed net of ze ingespannen luisterde. Terwijl ze de blik van de oudere vrouw ontweek, krabbelde ze 'Jenny en Fred' bovenaan het velletje. Ze schreef de eerste paar cijfers van Jennifers telefoonnummer op, maar verzon de rest erbij.

'Ik heb het,' zei ze, terwijl ze de verbinding verbrak.

'Hopelijk kunnen ze ons aanwijzingen geven hoe we moeten rijden,' zei meneer Blakely, terwijl zijn ogen de hare ontmoetten in het achteruitkijkspiegeltje.

Maggie draaide het valse nummer en hoopte maar dat het een niet-bestaand nummer was. Dat geluk had ze niet, maar dit was bijna net zo goed: een antwoordapparaat. Een pittige stem liet haar weten dat 'Brett en Cindy' nu niet thuis waren, maar vriendelijk vroegen om een boodschap achter te laten.

Ze wachtte op de piep. 'Hallo.' Ze haperde even, maar vond toen haar inspiratie op het velletje papier. 'Met Meg. Hé, ik ben op weg naar jullie toe.' Ze deed net of het haar zus was tegen wie ze praatte en probeerde oprecht enthousiasme in haar stem te leggen. 'Ik zit nu in Ohio, maar ik zal waarschijnlijk ergens deze middag bij jullie zijn.'

'Rond een uur of vijf,' zei mevrouw Blakely zachtjes.

'Waarschijnlijk rond een uur of vijf,' praatte Maggie haar na. 'Ik bel nog wel als we in de stad zijn.'

Ze verbrak de verbinding en gaf de telefoon terug aan mevrouw Blakely. 'Ik heb een boodschap achtergelaten,' zei ze, alsof de vrouw niet ieder woord had afgeluisterd.

'Nou ja, dan weten ze in elk geval dat ze je kunnen verwachten. We kunnen nog een keer proberen hen te bereiken als we wat dichter bij Kansas City zijn.'

Maggie knikte. Arme Brett en Cindy, wie dat ook mochten zijn. Ze zouden als een razende het huis opruimen en zich suf piekeren welke Meg ze kenden. Maggie voelde zich net als toen ze in de vijfde klas tijdens het slaapfeestje bij Alisha Pierpont tot laat in de avond allerlei neptelefoontjes hadden gepleegd. Als het niet zo gemeen was, zou het bijna grappig zijn.

Mevrouw Blakely draaide zich om alsof ze eens goed wilde gaan zitten voor een openhartig gesprek. Maggies hart ging sneller kloppen. Ze wilde niet praten. Ze moest al genoeg moeite doen om haar verhalen te laten samenhangen. Terwijl ze een zogenaamde geeuw onderdrukte, leunde ze achterover en sloot haar ogen.

Het duurde niet lang voor ze echt in slaap viel.

Maggie werd wakker van het gekletter van regen tegen de voorruit. De lucht was grijs en de auto's op de snelweg hadden allemaal hun lichten aan. Maggie gluurde even door haar halfgeopende ogen om te zien of mevrouw Blakely lag te slapen of alleen maar zat te wachten tot Maggie wakker werd, zodat ze haar met een spervuur van vragen kon bestoken.

De vrouw lag opgerold in de stoel en haar hoofd deinde heen en weer op de beweging van de auto. Ze leek te slapen. Haar man had de radio op een sportzender gezet en leek verdiept in de uitzending.

Maggie ging een beetje verzitten, waarbij ze er angstvallig op lette te voorkomen dat haar blik die van de bestuurder in de achteruitkijkspiegel kruiste. Zo reden ze verder tot ze een paar uur later de snelweg verlieten om bij een McDonald's bij het drive-inloket iets te bestellen. Binnen enkele minuten zaten ze weer op de weg. Maggie nam de tijd om haar cheeseburger op te eten, die meneer Blakely per se had willen betalen. Toen hij op was, legde ze haar hoofd tegen het raam en deed net of ze sliep.

Na een uur begonnen haar spieren pijn te doen van de ongemakkelijke houding. Het zou een lange rit worden. Ze troostte zichzelf met de gedachte dat iedere kilometer die ze leed, haar weer een kilometer verder verwijderde van Kevin.

De radio klonk luider toen er een reclameboodschap kwam. Even later begon een nieuwslezer op monotone toon aan het laatste nieuws. Maar toen na het landelijke nieuws het regionale nieuws begon, verstrakte Maggie. Ze wist niet hoe groot het bereik van deze radiozender was en ze wist ook niet precies hoe ver ze inmiddels van New York verwijderd waren, maar stel dat ze haar opgaven als vermist of ontvoerd bij de overval op de auto gisteren? Of, erger nog, stel dat Kevin haar signalement liet uitzenden?

Ze trok zich terug in een hoekje van de bank.

## · 10 ·

De nieuwslezer op de radio bazelde maar door... iets over het ministerie van Onderwijs van de staat Illinois. Maggie schoot overeind en slaakte een kreetje. 'Zijn we in Illinois?'

'We zijn de staatsgrens net gepasseerd.' Meneer Blakely stak zijn hand uit om de radio zachter te zetten.

Mooi zo. Hier in dit afgelegen gebied zouden ze zich vast niet druk maken om de zoveelste autodiefstal in New York. Ze masseerde de pijnlijke spieren in haar nek en schoof naar de andere kant van de auto. Het duurde niet lang voor het monotone geluid van de regen en de weg haar weer in slaap wiegden.

'Meg... wakker worden, Meg. We zijn in Kansas City.'

Maggie worstelde zich naar de oppervlakte van een droom, die zo echt was, dat het een paar seconden duurde voor ze hem kon scheiden van de werkelijkheid, zelfs toen ze zeker wist dat ze helemaal wakker was. Ze geeuwde hartgrondig, rekte zich uit en keek even uit het raam. Er ging een golf van opluchting door haar heen toen ze overal om zich heen uitgestrekte, golvende vlakten zag. In haar droom had ze zich moeizaam door een oerwoud vol bamboe gesleept. De stengels stonden zo dicht op elkaar dat ze maar een paar centimeter kon lopen voor ze weer een gedeelte van het pad moest schoon kappen. De stengels braken alsof het tandenstokers waren, maar ondanks dat had ze het gevoel dat ze niet verder kwam, dat ze zelfs achteruitging. En toen ze achterom keek, zag ze Kevins woedende gezicht boven een eindeloze snelweg zweven.

Ze huiverde en keek weer naar buiten, terwijl ze probeerde het onrustbarende beeld te vervangen door de realiteit van het welige landschap buiten haar raam. De zon hing boven de snelweg, die zich als een lint door de vlakten slingerde, maar hij scheen warm en bood geen sinistere aanblik.

'Hoe laat is het?'

'Bijna vijf uur. Ik ga bij de volgende afrit stoppen om te tanken,' zei meneer Blakely. 'Misschien kun jij nog een keer proberen je vrienden te bereiken. Vraag dan of ze ons wat aanwijzingen kunnen geven.'

Toen ze bij het benzinestation stopten, werd mevrouw Blakely wakker. Op aansporing van haar man zocht ze het mobieltje weer op en gaf het aan Maggie.

Terwijl meneer Blakely uitstapte en de tank volgooide, draaide Maggie het nummer weer, uit alle macht hopend dat Cindy en Brett, wie dat ook mochten zijn, nog niet thuis zouden zijn.

Dezelfde uitbundige stem als die op het antwoordapparaat nam op, alleen ditmaal onmiskenbaar in eigen persoon. Maggie wachtte tot ze drie keer 'hallo' had gezegd, in de hoop dat de vrouw zou ophangen, zodat ze het zogenaamde gesprek kon voeren dat ze vlug bedacht had.

'Hallo? Is daar iemand?'

De stem klonk zo luid in haar oor, dat Maggie bang was dat mevrouw Blakely het kon horen. Ze haalde adem en stak van wal.

'Hoi! Je spreekt met Meg.'

'Meg? Het spijt me. Met *wie* spreek ik?'

'Ik ben in Kansas City.'

'Het spijt me. Wie zei je dat je bent?'

'Ja, ik heb mijn bus gemist en... nou ja, het is een lang verhaal. Dat zal ik je straks allemaal wel vertellen, maar hoe dan ook, ik ben hier in de stad en het leek me wel een leuk idee om even bij jullie langs te komen. Maar ik heb een routebeschrijving naar jullie huis nodig.'

Het bleef een hele poos stil.

'Eh... volgens mij heb je het verkeerde nummer gedraaid.'

'Ja. Goed.' Ze wachtte een paar tellen. 'Main Street? Juist. Linksaf. En dan?'

'Moet je horen,' zei Cindy aan de andere kant van de lijn, 'ik weet niet waar je mee bezig bent, maar ik hang op.'

'Goed.' Maggie rekte wat tijd, wachtend op het onvermijdelijke geluid van het verbreken van de verbinding. '... Vijftienhonderdzevenentachtig, zei je?'

Mevrouw Blakely rommelde in het vakje in de middenconsole en haalde er een pen en een notitieblokje uit, die ze aan Maggie gaf. Ze kon de oren van de vrouw bijna zien gloeien van nieuwsgierigheid, terwijl ze naar ieder woord van Maggies kant van het gesprek luisterde.

Maggie bedankte haar geluidloos en pakte de pen en het papier aan. Ze schreef de cijfers 1587 op en een hoofdletter R, gevolgd door wat onleesbare letters, die er hopelijk uitzagen alsof het een straatnaam kon zijn. 'Geweldig,' zei ze glimlachend in de telefoon, zichzelf er bijna van overtuigend dat ze echt met een vriendin praatte, die ze sinds jaren niet meer had gezien. 'Tot straks dan.'

'Met wie *spreek* ik?'

Maggie liet de telefoon bijna uit haar handen vallen. Cindy had kennelijk niet opgehangen, zoals ze gedreigd had, en ieder greintje opgewektheid dat ze aan het begin van het gesprek gehad had, was verdwenen.

'Hoor je me?' schreeuwde Cindy. 'Met wie spreek ik?'

Maggie keek even naar Corinne Blakely, die een verbijsterde frons op haar gezicht had. Had ze Cindy's kant van het gesprek gehoord in de stilte van de stationair draaiende auto?

Vanuit haar ooghoek zag ze meneer Blakely de parkeerplaats oversteken en in het winkeltje verdwijnen. Ze stortte zich op haar laatste opvoering. 'Ik kan ook haast niet wachten om jullie weer te zien, Jenny,' zei ze, hard genoeg pratend om de gefrustreerde uitroepen van de vreemde aan de andere kant van de lijn te overstemmen, hoopte ze.

Ze verbrak de verbinding en gaf het mobieltje terug aan mevrouw Blakely.

'Alles goed? Heb je een routebeschrijving?' De vrouw rekte haar nek en wierp een sceptische blik op de informatie op het notitie-blokje.

Met een vlugge beweging scheurde Maggie het bovenste velle-tje af en verborg het in haar hand. 'Ja, die heb ik.' Ze zat zwaar in de problemen en had geen idee hoe ze hier weer uit moest komen.

'In welke straat wonen je vrienden?'

Maggie deed haar hand open en staarde naar de krabbels op het velletje. 'Remington,' zoog ze ter plekke uit haar duim. 'Reming-ton, nummer vijftienhonderdzevenentachtig.'

'Heeft je vriendin gezegd hoe je daar vanaf hier moet komen? Ik heb je niet horen zeggen waar we waren.'

'Ze zei dat het vlak bij Main Street is.' Had Kansas City eigen-lijk wel een Main Street? Ze wist het niet, maar ze zat nu in het beklaagdenbankje. De achterdochtige blik op het gezicht van me-vrouw Blakely liet daar geen misverstand over bestaan. Op de een of andere manier moest ze zich uit de nesten zien te redden voor meneer Blakely naar de auto terugkwam.

Ze stak haar hand uit naar de deurhendel. 'Ik ga even naar het toilet. Ik ben zo terug.' Ze stapte uit voor de vrouw kon proteste-ren.

Toen Maggie vlak bij de deur was, kwam meneer Blakely net naar buiten met drie dampende koppen koffie in een kartonnen houdertje. Hij glimlachte, zich niet bewust van haar schertsver-toning. Maar Maggie wist dat hij onomwonden de waarheid te horen zou krijgen zodra hij terug was in de auto.

'Ik zal de auto voor de deur zetten voor je,' zei hij. 'Ik heb wat gekocht om ons verder te helpen.' Hij wees naar een paar muesli-repen, die in het vierde vakje van de houder geklemd zaten.

'O… lekker.' Ze dwong zichzelf tot een luchtige toon. 'Dank u wel. Dat is heel aardig van u.'

Wat het nog erger maakte wat ze ging doen.

Ze vond het toilet achter in de hoek, dankbaar dat er maar één hokje was. Ze deed de deur achter zich op slot. Haar handen trilden terwijl ze in de spiegel keek, die vol zeepspatten zat. Wat had ze gedaan? Deze mensen waren zo vriendelijk geweest om haar te helpen en ze behandelde hen als oud vuil. Erger nog, ze was er waarschijnlijk de oorzaak van dat ze te laat bij hun dochter kwamen. Maar ze had haar eigen graf gegraven. Ze kon niet meer terug naar de auto. Voor hetzelfde geld zaten de Blakely's nu al de politie te bellen om de gestoorde gek aan te geven die ze het halve land door hadden meegenomen op hun achterbank.

Ze bekeek zichzelf in de groezelige, gebutste spiegel. De vlecht was losgeraakt en haar haar hing in slappe slierten rond haar gezicht. De wanhoop stond in haar rooddoorlopen ogen te lezen en veranderde het blauw van haar irissen in een vaag grijs. Ze keek weer naar de deur, terwijl haar hart in haar keel klopte en haar gedachten één warrige brij waren.

Als ze niet opschoot, zouden ze komen kijken waar ze bleef. Ze zouden op de deur kloppen en zich afvragen of ze soms flauwgevallen was of zo. En hoe zou ze zich dan uit haar penibele situatie moeten redden?

Ze moest nu weg. Er moest een achteruitgang in de winkel zijn, de deur die de leveranciers gebruikten. Die zou aan de binnenkant waarschijnlijk niet op slot zitten. Ze trok het toilet door en waste haar handen, voor het geval er aan de andere kant van de deur iemand stond te luisteren. Toen duwde ze de deurhendel naar beneden, deed de deur op een kiertje open en keek naar buiten.

Er stonden twee tienermeisjes te wachten, maar de Blakely's zag ze niet. Ze kon door de winkelruiten niet zien of hun auto voor de deur stond, maar ze kon niet het risico nemen naar buiten te gaan om te kijken.

Ze glipte de deur uit, liep langs de twee meisjes heen in de tegenovergestelde richting van die waaruit ze gekomen was. Ze liep door een personeelskantine, waar een kleine, oudere vrouw de vloer aan het dweilen was. Achter de vrouw was de achterdeur, met een noodbalk ervoor om het gebruik ervan te ontmoedigen. Het leek een soort nooddeur, waarbij een alarm zou afgaan als je hem zou openen. Dat risico moest ze dan maar nemen.

Ze beende eropaf alsof ze wist wat ze aan het doen was.

'Hé! Die deur mag je niet gebr...' De vrouw hief haar mop in de lucht, maar vergeefs.

Maggie duwde de zware deur open en zette het op een lopen. Ze rende over de parkeerplaats naast het winkeltje en stevende regelrecht af op de autoplaatwerkerij ernaast. Er ging geen alarm af achter haar, maar de winkeleigenaar dacht waarschijnlijk dat ze iets gestolen had, dus de politie zou ongetwijfeld gewaarschuwd worden.

Ze vroeg zich af of de Blakely's inmiddels begrepen hadden dat ze niet terugkwam. Achter de plaatwerkerij leken overal waar ze liep brokken schroot en beton uit de grond te schieten. Ze rende blindelings verder, onwillekeurig in de richting die haar het verst verwijderde van Kevin en de Blakely's en al het andere van het leven dat ze voor gisteren kende.

Ondanks de hitte die de volgende morgen nog altijd van het asfalt opsteeg, zat Maggie op haar hurken te rillen in een hoekje van een verwaarloosd speeltuintje. Gisteravond had ze kriskras door een aantal straten gelopen in een poging zo ver mogelijk bij het benzinestation vandaan te komen. Ze had een paar uur onder een aantal uitgebloeide seringenstruiken geslapen. Het leek wel of ze veertig van de afgelopen achtenveertig uur had doorgebracht met slapen... of met doen alsof ze sliep.

De zon omrandde de schoolgebouwen naast het speeltuintje met een roze gloed. Dat moest het oosten zijn: de richting waar ze vandaan kwam. Maar ze was helemaal verdwaald. Ze hoopte alleen maar dat dat betekende dat de Blakely's haar ook uit het oog verloren waren. En de politie ook.

Hoe had het zover kunnen komen? Twee dagen geleden was ze het slachtoffer van een misdrijf geweest, was ze overvallen in haar auto in de straten van New York. Nu was ze een misdadiger. Een voortvluchtige eigenlijk.

Ze raakte haar haar aan. Bah. Het zat helemaal in de klit en er staken blaadjes en takjes uit na haar nacht onder de seringen. Ze stak haar hand in haar zak om de kam te pakken die ze die eerste avond bij de bushalte gekocht had. Er angstvallig op lettend dat ze de rol bankbiljetten niet kwijtraakte, haalde ze de kam uit haar zak en deed haar best om zichzelf weer een beetje toonbaar te maken.

Maar waarvoor? Waarom had ze niet eerst goed nagedacht voor ze bij die mensen in de auto was gestapt? Nu was ze honderden kilometers van huis zonder enige mogelijkheid om terug te gaan. Natuurlijk, Kevin had haar honds behandeld. Maar dacht ze nu echt dat het leven in haar eentje veel beter zou zijn? In de flat bij

Kevin had ze tenminste een zacht bed gehad om in te slapen en eten op tafel.

Haar maag rammelde bij de gedachte. Sinds de cheeseburger bij McDonald's had ze niets meer gegeten. Ze zou deze morgen afstand moeten doen van een paar dollars. Als ze in elkaar zakte van de honger, zou het niet uitmaken dat ze geld in haar zak had.

Ze keek om zich heen om te zien of er niemand keek, trok de rol bankbiljetten uit haar zak en telde ze. Ze had genoeg om een kamer te boeken. Dan zou ze kunnen douchen en iets kunnen eten.

Maar dan? Het antwoord was ontmoedigend. Als ze dat deed, zou ze misschien niet meer genoeg overhebben voor de bus. Was het dwaas van haar geweest om te denken dat ze in haar eentje zou kunnen overleven? Was omkomen van de honger en dakloos over straat zwerven echt een verbetering ten opzichte van haar situatie bij Kevin in New York? Als ze hem belde, zou hij haar beslist helpen terug te komen.

Haar hoofd tolde, terwijl ze een plan maakte. Ze zou vanuit een telefooncel bellen en hem eerst uithoren. Erachter zien te komen wat hij wist van de auto. Als die was opgedoken in het bezit van die schoft die haar met geweld van haar auto had beroofd, zou Kevin misschien medelijden met haar krijgen. Misschien zou hij haar verhaal geloven. Ze zou hem kunnen vertellen dat die vent haar had gedwongen om helemaal naar Kansas City te rijden.

Ze slaakte een zucht. Jaja. Alsof hij dat zou geloven. Trouwens, hij had altijd precies geweten hoeveel kilometer er op de teller stond. Tenzij de autodief er een reusachtige joyride mee gemaakt had, zou Kevin weten dat ze gelogen had zodra hij een blik op de kilometerteller zou werpen.

Ze liet een briefje van twintig door haar vingers gaan. Als ze hier in dit lege speeltuintje zou blijven rondhangen, een supermarkt zou vinden en iets te eten zou kopen, had ze waarschijnlijk genoeg geld om het een paar dagen uit te zingen.

Maar wat dan? Ze had geen identiteitsbewijs, geen creditcard, geen enkele mogelijkheid om bij Kevins bankrekening te komen. En ook al had ze die, dan zou het gebruik van een pinpas hem onmiddellijk op haar spoor zetten. Trouwens, zodra hij doorhad wat ze gedaan had, zou hij de rekeningnummers die ze kende onmiddellijk laten blokkeren, als hij dat al niet gedaan had.

Ze krabbelde overeind en schudde haar benen los. De zuurstof die ze inademde maakte haar weer een beetje helder en bracht haar bij haar positieven.

*Ik ga niet terug. Nooit meer.* Het kon haar niet schelen als ze dakloos en alleen moest sterven. Ze had haar vrijheid op een gouden, nou ja, een matgouden, schaaltje aangereikt gekregen. Die vrijheid was kostbaar. Ze zou die aangrijpen en nooit meer loslaten.

Maar nu had ze eerst een plekje nodig om zich te verschuilen.

NEE.

Ze draaide zich verschrikt om, zoekend naar de herkomst van de stem. Toen realiseerde ze zich dat het geen hoorbare fluistering geweest was. Haar geest moest haar voor de gek houden.

Maar ze had dat woord gehoord. Dat wist ze zeker. En de gedachte die erop volgde was net zo duidelijk alsof iemand hem in haar oor gefluisterd had: GA VERDER. GA WEG UIT DEZE STAD. BLIJF NAAR HET WESTEN GAAN.

Ze werd overvallen door een griezelig gevoel van haast en begon te lopen. Ze liep over de stoep en hield de zon in haar rug. Een halfuur later kwam ze bij een kleine supermarkt. Ze aarzelde even bij de deur, op haar hoede na wat er gisteren gebeurd was, maar deze winkel had iets gemoedelijks. Dat dreef haar naar binnen, op dezelfde manier als de onhoorbare stem haar westwaarts gedreven had.

Ze slenterde door de gangen, op zoek naar iets wat voor weinig geld een flinke poos haar maag zou vullen. Ze koos een extra grote mueslireep en een flesje chocolademelk. Terwijl ze in de rij bij de kassa stond te wachten, griste ze nog een grote zak popcorn uit het schap. De uiterste houdbaarheidsdatum ervan was verstreken, maar hij was afgeprijsd naar negenennegentig cent en zou een paar dagen voor maagvulling zorgen. De prijs op een zakje droge worstjes was bijna drie dollar, maar het deed haar watertanden en ze gooide het in haar mandje.

Ze zou waarschijnlijk een paar kilo aankomen als ze al deze ongezonde kost at. *Kevin zal in alle staten zijn.* Ze knikte in zichzelf en verbeterde haar werkwoordsvorm. Hij *zou* in alle staten zijn. Als hij het zou weten. Maar hij zou er nooit achter komen. Niet nu. Nog een reden waarom ze weg moest.

Ze was aan de beurt en legde haar boodschappen op de band. Maar voor ze het geld uittelde, viel haar blik op een briefje dat achter het hoofd van de man aan de kassa op het prikbord hing.

*Greyhound – Ritprijs naar Salina $45.*

Ze hield haar hoofd iets schuin. 'Waar ligt Salina?'

De man volgde Maggies blik. 'O… dat? Dat is drie, vier uur hiervandaan. U hebt de vroege bus net gemist. De volgende bus gaat pas om halfeen.'

'Ligt dat in Missouri?'

'Salina? Nee, Salina ligt in Kansas.' Hij sprak het uit met een langgerekt accent.

Ze vond het leuk klinken. En het lag in Kansas. Kevin zou nog eerder naar haar zoeken in Siberië dan in Salina in Kansas.

'Dan wil ik graag een kaartje voor die bus.'

'O, die verkopen we hier niet. Daarvoor moet u naar het busstation.'

'Waar is dat?'

Hij keek langs haar heen en wees door het raam aan de voorkant van de winkel. 'Dat is Eleventh Street. Die loopt zowel naar het oosten als naar het westen. U moet naar het westen gaan… ongeveer vijf, zes straten verder. Het busstation is aan Troost Street. U kunt het niet missen.'

'U moet naar het westen gaan,' had hij gezegd.

Dat moest een teken zijn. Ze bedankte hem, betaalde haar boodschappen en liep naar buiten. In haar binnenste welde blijdschap op. Er ging iets gebeuren. Dat voelde ze in haar botten.

· 12 ·

De greyhoundbus kwam knarsend tot stilstand aan de rand van Salina in Kansas. Afgaand op het korte ritje door de buitenwijken was het geen grote stad. Moe en met het gevoel of ze helemaal onder het stof zat, wachtte Maggie tot de andere passagiers uitgestapt waren, waarna ze het restant van haar popcorn pakte en door het smalle gangpad liep.

Bij de deur keek ze even over de schouder van de buschauffeur, dankbaar dat zijn horloge een grote wijzerplaat had. Bijna vier uur. Ze had niet de moeite genomen haar horloge om te doen toen ze uit de flat wegging. Gedurende de vele kilometers die ze sindsdien had afgelegd, had ze geleerd om onopvallend op het horloge van andere mensen te kijken.

Het asfalt smolt bijna door de zolen van haar gympen heen toen ze erop stapte. Ze schermde haar ogen af en liep het busstation in, dat niet veel meer was dan een winkeltje, en kocht een blikje cola light uit een automaat.

Een man met cowboylaarzen aan en een verweerd gezicht tikte bij wijze van groet even tegen zijn hoed toen ze naar buiten liep, maar niemand besteedde veel aandacht aan haar toen ze op weg ging naar de autoweg. Het verkeer zoefde langs haar heen terwijl ze over het grind van de berm liep.

Toen ze ongeveer een kilometer gelopen had, kwam ze bij een kruising. Daar keek ze naar het westen en nam ze het door de zon verdorde landschap in zich op. Haar mondhoek trok op in een glimlach. Ze was pats-boem midden in een filmlocatie van *Het kleine huis op de prairie* beland. De omgeving was niet zo plat als een pannenkoek, zoals ze Kansas altijd had horen omschrijven, maar door de spaarzame bomen op de golvende vlakte leek het wel of je honderden kilometers ver kon kijken.

Ze ging aan de linkerkant van de weg lopen en stak de kruising over, waarbij ze zich tegen de gedeukte vangrail aan drukte en hoopte dat niemand probeerde er nog een deuk aan toe te voegen terwijl zij daar liep.

Iedere bestuurder die haar passeerde zwaaide of toeterde naar haar, totdat ze maar eens keek of ze soms een rol toiletpapier aan haar schoen had hangen of zo. Was het zo ongewoon om een meisje langs de weg te zien lopen in Kansas?

Het laatste beetje cola was warm en stroperig. Zweetdruppels liepen langs haar neus naar beneden en prikten in haar ogen. Haar blouse zat aan haar rug geplakt.

Maar algauw zakte de zon naar de horizon en verkoelde een zacht briesje haar gezicht. Achter haar was de stad verdwenen, op een rij graansilo's na, die boven het aardoppervlak uitstaken. Aan haar ene kant bevond zich een veld met gouden pluimen; tarwe, vermoedde ze. Stond Kansas daar niet om bekend? En aan de andere kant strekten zich kilometers hobbelige velden uit. Het grasland was omheind met prikkeldraad, dat aan scheve palen van knoestig hout vastgemaakt was, of, op sommige plekken, aan dikke stenen palen.

Een pick-uptruck scheurde over de heuvel achter haar en bedekte haar met zand en stof toen hij langs haar reed. Ze schrok toen de wagen afremde, een plotselinge slingerbeweging maakte en toen achteruit naar haar toe kwam rijden. Ze bleef doorlopen en de truck schakelde weer op en kwam stapvoets naast haar rijden.

Een man, die opmerkelijk veel op de man met de cowboyhoed in het busstation leek, draaide zijn raampje omlaag en boog zich naar buiten, met een gebruinde elleboog op de raamlijst. 'Heb je een lift nodig?'

'Nee, dank u,' zei ze.

'Heb je autopech?'

'Ik… loop gewoon. Dank u.' Ze ging wat sneller lopen.

Hij schudde zijn hoofd alsof hij dacht dat ze gek was, maar gaf gas en reed verder.

Er zoefden een paar auto's voorbij, die haar niet schenen op te merken. Maar nog geen kilometer verder stopte er weer een truck en bood een volgende gebruinde landbouwer met een cowboy-hoed haar een lift aan. Maggie begon het gevoel te krijgen dat ze een rol had in een bizarre, *Stepford Wives*-achtige film.

Weer sloeg ze het aanbod af. Dachten deze mensen nu echt dat ze zo gek was om zomaar op een verlaten landweg bij een man, een volkomen vreemde, in de auto te stappen?

Maar toen de schemering over het landschap viel, begon ze zich af te vragen of ze *inderdaad* gek was. Ze draaide zich om en keek naar Salina. Een sluier van licht hing boven de horizon waar de stad zich uitspreidde. Ze had misschien zes tot acht kilometer gelopen en er was geen gebouw of licht in zicht, op een paar witte graansilo's na, die hier en daar boven het golvende terrein uitstaken. Misschien was ze beter af als ze voor de nacht terugging naar de stad.

Ga naar het westen.

Weer die stem, of wat het ook was. Ze kon niet teruggaan.

Ze stak een smalle brug over en toen ze bij de volgende kruising kwam, besloot ze van de hoofdweg af te slaan en naar het zuiden te lopen. Misschien zou er niet zo veel verkeer zijn op een zijweg. Ze bleef even staan toen ze twee kleine houten kruisen uit het prairiegras in de greppel zag steken. Ze deed een paar stappen naar beneden en boog zich voorover om ze wat beter te bekijken. De kruisen, het ene iets groter dan het andere, waren met zorg gemaakt en Maggie zag dat ze ooit glanzend gelakt waren geweest, hoewel ze nu duidelijk overgelaten waren aan de elementen. Op de grond eromheen was aan gedroogde bloemblaadjes en een stukje vergeeld lint te zien dat iemand ze ooit onderhouden had. Net als een graf. Iemands huisdieren misschien? Of markeerden ze de plek van een dodelijk ongeval? Ze huiverde en klauterde weer omhoog naar de weg.

Bij de volgende kruising sloeg ze weer af richting het westen. De weg was ongeveer een kilometer lang geasfalteerd, maar ging daarna over in grind en zand. Toen ze even halt hield om een steentje uit haar schoen te schudden, drong het tot haar door dat ze voor het eerst in de hele zomer haar gympen had aangedaan voor ze die ochtend de flat in New York verliet. Gympen *en* sokken. Er ging een rilling over haar rug toen ze bedacht hoeveel mazzel ze daarmee had. Stel dat ze haar teenslippers had aangehad, zoals meestal als ze even snel een boodschap ging doen? Ze voelde nu al bijna de blaren op haar hielen komen. Als ze slippers had aangehad, zouden haar voeten helemaal kapot zijn geweest. Dan zou ze nooit zo ver hebben kunnen lopen.

Ze sjokte verder en haar spieren begonnen pijn te doen van de ongewone inspanning. De absolute stilte werd doorbroken door een zacht geruis toen ze bij tarwevelden aan beide zijden van de weg kwam. De dikke stengels dansten in de wind, een oceaan van gouden golven die om haar heen deinde, zo ver als ze kon zien. Zo veel ruimte had ze nog nooit ervaren! Het maakte dat ze zich klein voelde. En toch welde er een eigenaardig gevoel van vrijheid in haar borst op.

Het zonlicht ebde verder weg en donkere herinneringen overschaduwden haar gedachten...

Kevin, die haar zei dat ze geen koffie mocht drinken met de aardige vrouw die in de flat naast hen woonde.

Kevin, die haar opdroeg wat ze moest koken, hoe hij het wilde hebben en hoe laat hij wilde dat het klaar was.

Kevin, die haar verbood een baan te nemen.

Kevin, die haar iedere ochtend op de weegschaal liet staan en haar op dieet zette als ze een paar ons aangekomen was. Ze had altijd geprobeerd het zo te zien dat ze een soort privétrainer had.

Nu, hier in dit ruime gebied dat wel een vreemd land leek, scheen haar hoofd helder te worden en ontvouwde de waarheid van haar situatie zich als een gedetailleerde landkaart. Hoe had ze zichzelf ooit kunnen toestaan dat ze in zijn macht kwam? Wat zei dat over hem?

Ze bleef zo abrupt staan, dat er stofwolkjes rond haar voeten opdwarrelden. Nee. Dat was de verkeerde vraag. Wat zei dat over *haar*? *Dat* moest ze zich afvragen.

Ze liep nog een kilometer verder en werd bijna overmand door vermoeidheid. Ze kwam bij een zijweggetje dat naar een omheind weiland leidde. Ze liet zich tegen een stenen paal aan zakken en rustte een poosje uit, waarna ze zichzelf weer overeind hees. De weg voor haar was overwelfd door bomen, waarvan de bladerrijke takken met elkaar verstrengeld waren. Ze ruisten toen het harder begon te waaien. De tunnel die ze vormden was van binnen bijna pikdonker, wat haar eraan herinnerde dat de nacht elk moment kon vallen. Ze ging wat sneller lopen. Het zou niet goed zijn als ze hier in het donker nog was.

Als om die gedachte te bevestigen doorsneed een griezelig gehuil de stille avond. Het was waarschijnlijk de hond van een boer, maar een paar kilometer terug, voor ze van de hoofdweg was afgeslagen, had ze op een bord gezien dat het nog dertig kilometer was naar Coyote. Ze wilde er niet aan denken hoe die stad aan zijn naam gekomen was.

Het laatste sikkeltje van de zon gleed onder de prairie en alsof de zonsondergang een soort schakelaar had omgezet begon er een koor van insecten te zoemen. Cicaden? Krekels? Ze wist het niet, maar binnen enkele seconden zwol het getsjirp aan tot een oorverdovend lawaai.

Maggie liep verder. Ze wist niet wat ze anders moest doen.

Toen ze uit de overkapte tunnel kwam, keek ze omhoog. De hemel was inktzwart, maar daardoor waren de speldenprikken licht alleen maar duidelijker zichtbaar. Ze zocht de Grote Beer, er verbaasd over hoe helder die in de Melkweg was afgetekend. Ze had sterrenluchten als deze gezien in films, maar had altijd aangenomen dat die door trucage tot stand gekomen waren. Het lichtspektakel benam haar de adem.

Ze was haar richtinggevoel kwijtgeraakt, maar bij een verhoging in de weg zag ze een groepje lichtjes in de verte. Ze lagen dicht bij de horizon en waren duidelijk kunstmatig. Hierbuiten was het moeilijk te zeggen hoe ver weg ze waren, maar terwijl de nacht steeds donkerder werd, putte ze moed uit hun aanwezigheid. Ze gaven haar iets om naartoe te gaan, een doel.

Als ze het maar kon redden tot aan die lichtjes, dan zou alles misschien goedkomen.

## 13

Het geroffel van naderende banden op het grind deed de tsjirpende krekels verstommen. Maggie had het gevoel dat ze al dagen liep. De avondlucht maakte haar huid klam. De lichtjes in de verte werden steeds ongrijpbaarder, als een wrede luchtspiegeling die haar plaagde met hoop, om dan weer te verdwijnen achter de duizendste heuvel.

Ze keek even heimelijk over haar schouder en werd verblind door koplampen, die net de top van de heuvel achter haar bereikten. Op dat moment nam ze een besluit. Het kon haar niet schelen of de bestuurder weer een eenzame cowboy was of Jack de Ripper. Als hij stopte en haar een lift aanbood, zou ze die aannemen. Ze stapte naar de linkerkant van de weg en ging wat langzamer lopen, tussen de rand van de greppel en de voren die diep in het oppervlak van de weg waren gesleten door tientallen jaren van in westelijke richting trekkende auto's, of misschien zelfs huifkarren.

Gedurende de uren dat ze over deze weg in Kansas gesjokt had, had het geleken of ze terugging in de tijd. Vreemd genoeg zou ze nu net zomin verbaasd zijn als er een postkoets achter haar gestopt was als ze was bij het zien van de oude, met houtpanelen beklede stationcar die langzaam naast haar tot stilstand kwam.

Ze bleef afwachtend staan. Het raampje ging met een aantal schokkerige bewegingen naar beneden. De binnenverlichting ging aan en het hoofd van een jonge vrouw verscheen. Op hetzelfde moment gleed ook het achterraampje naar beneden. Er kwamen twee identieke blonde krullenkopjes tevoorschijn en toen nog een derde hoofdje, dat van een jochie van een jaar of zes met piekhaar.

'Hé!' riep de vrouw. 'Alles goed met je?'

De kinderen zeiden haar na en de vrouw draaide zich om om hen tot stilte te manen.

Maggie liep naar de auto toe.

Het voorraam schokte weer half omhoog. Maggie deed een paar stappen achteruit. Uitgerekend zij kon de voorzichtigheid van de vrouw goed begrijpen.

'Ik zou wel een lift kunnen gebruiken.'

'Is je auto kapot?' Opnieuw schoten er drie blonde koppies uit het achterraam. De vrouw rolde met haar ogen naar Maggie en stak haar arm uit over de rugleuning. 'Landon Michael DeVore! Ga zitten. Nu. En, meisjes, doen jullie je gordels weer om.'

'Nee. Het is een lang verhaal. Ik ben min of meer gestrand.'

'Waar moet je naartoe?'

'Naar dat stadje daar.' Maggie wees in de richting van de lichtjes, die weer vervaagd waren in de nacht. Ze hoopte dat ze ze zich niet verbeeld had. Ze begon het zich af te vragen.

'Clayburn?'

Ze knikte, opgelucht dat er inderdaad een stadje was.

'Ik kan je wel een lift geven. Woon je in Clayburn?'

'Nee, ik ga er alleen op bezoek.'

'Nou, kom op dan. Stap maar in.'

Maggie liep snel om de auto heen, plotseling slap van opluchting. De vrouw duwde het portier open en veegde met een zwaai een verzameling kleurboeken en Happy Mealdozen van McDonald's van de passagiersstoel op de vloer. Maggie stapte in en probeerde een plekje te vinden om haar voeten neer te zetten.

'Waar kom je vandaan? O. Sorry. Ik heet Kaye.' Ze knikte met haar hoofd naar de achterbank. 'Dat zijn mijn kinderen. Nou ja, drie van hen.'

Maggie draaide zich om en lachte en zwaaide even naar de kinderen. 'Ik heet... Meg,' zei ze, zich nog net op tijd herinnerend dat ze haar naam veranderd had.

De kinderen zaten als standbeelden naast elkaar op de achterbank en namen haar met onverholen nieuwsgierigheid op.

Hun moeder schoot in de lach. 'Ik zou je in dienst moeten nemen om altijd met ons mee te rijden. Sinds de laatste keer dat ik een bekeuring kreeg voor te hard rijden heb ik ze niet meer zo stil meegemaakt.'

'De politieagent maakte mama aan het huilen,' zei de kleine jongen.

'Sst, Landon,' zei zijn moeder. Ze gaf Maggie een samenzweerderige knipoog. 'Het werkte wel. Ik kwam weg met een waarschuwing... en een paar flinke hartkloppingen.'

Landon deed weer een duit in het zakje. 'U had moeten zien hoe hard die agent moest rijden om mama te pakken te krijgen.'

'Landon! Ik zei: stil.' Kaye richtte zich tot Maggie. 'Waar kom je vandaan?'

Een angstig voorgevoel beroofde haar even van haar stem. 'Uit Salina.'

'Nou, ik hoop dat je niet hebt gelift.'

'Nee... ik heb gelopen.'

Kaye trapte op de rem en keek Maggie met open mond aan. 'Ben je komen lopen? Toch niet uit Salina?'

Maggie knikte.

'Dat meen je niet. Dat is zowat vijfentwintig kilometer.'

'O ja?' Maggie was zelf ook tamelijk onthutst, tot ze op het dashboardklokje keek. Het was al over negenen. Ze was bijna vijf uur onderweg geweest. Geen wonder dat ze uitgeput was.

'Waar logeer je?'

'Eh... in een van de hotels. Ik weet de naam niet meer.'

'*Een* van de hotels?' Kaye wierp haar hoofd in haar nek en schoot in de lach. 'Je bedoelt zeker dat van Wren?'

'Wren?'

'In Clayburn komt Wrens Nest het dichtst in de buurt van een hotel. Het is eigenlijk meer een bovenmaats bed and breakfast.'

'O, ja... dat is het. Denk je dat ze een kamer vrij hebben?'

'Schat, je zou er waarschijnlijk twee kamers kunnen krijgen als je wilde.'

'O, mooi zo.' Ze kon wel huilen van opluchting. Ze was zo moe dat ze niet wist of ze nog tien stappen zou kunnen zetten. 'Ik hoop dat het niet te duur is.'

Kaye krabde op haar hoofd. 'Ik weet eerlijk gezegd niet hoe duur het is om daar te logeren. Maar Bart en Wren kennende zal het niet onredelijk zijn. En als je krap bij kas zit zou Wren je waarschijnlijk potten en pannen laten afwassen om het verschil bij te leggen.'

Maggie knoopte dat interessante brokje informatie in haar oren.

Ze reden een paar kilometer zwijgend verder. De stationwagon denderde over een oude houten brug die maar breed genoeg was voor één voertuig. Op een groen bord stond dat ze de Smoky Hill River overstaken. Maggie zag de lichtjes weer fonkelen, dichterbij nu. Ditmaal leken ze heel echt en verwelkomend. Ze ontspande zich een beetje.

Vijf minuten later doemde het stadje voor hen op. Het was klein. Niet veel meer dan een vlekje op de kaart. Maar als er een plekje was waar ze haar hoofd neer kon leggen, dan kon het haar niet schelen hoe groot het was.

Kaye reed door de hoofdstraat, die bijna de enige straat leek. Hoewel keurige witte lijnen het gedeelte van de weg naast de stoeprand in parkeervakken verdeelde, waren alle vakken leeg en reed er geen enkele auto op de weg. Als de lantaarns boven haar hoofd niet hadden gebrand, zou Maggie gedacht hebben dat ze in een spookstad beland was.

'Daar is het hotelletje.' Kaye wees door de voorruit naar een oud gebouw dat de hele hoek van de straat besloeg. Lamplicht scheen door de kanten gordijntjes voor het raam naar buiten. Op een door een spotje verlicht, verweerd bord stond: *Wrens Nest: buitenleven binnen de stadsgrenzen.*

Het was zo wonderlijk ouderwets, dat haar neus bijna de geur van zelfgebakken appeltaart en sterke koffie kon ruiken. Alleen al bij de gedachte liep het water haar in de mond. Sinds ze het laatste beetje popcorn opgegeten had langs de weg buiten Salina, had ze niets meer gegeten.

'Je kunt me er hier wel uit laten.'

'Ben je gek? Je hebt vandaag zo ver gelopen, het minste wat ik kan doen is je voor de deur afzetten. Heb je geen bagage?'

'Die komt later. Die is kwijtgeraakt... in de bus.'

'Wat een pech.'

'Ja.' Heel even had ze een beeld van die enorme greyhoundbus, die hier morgenochtend voor het hotelletje zou stoppen om een paar koffers te bezorgen met haar kleren, haar tekeningen, haar dierbare pennen en kleurpotloden in hun linnen hoes...

Ach, nu begon ze haar eigen leugens te geloven.

Ze stapte uit de auto en boog zich nog even naar binnen om een blik op de achterbank te werpen. 'Dag jongens.'

Landon zwaaide en de tweeling giechelde plotseling verlegen.

'Hartelijk bedankt voor de lift. Ik weet niet wat ik had gedaan als je niet langsgekomen was.'

Kaye wuifde haar bedankje weg. 'Niets te danken. Ik kwam er praktisch langs.'

Maggie sloeg het portier dicht en deed een stap achteruit. Ze keek toe hoe de stationcar keerde en terugreed in de richting waaruit ze gekomen waren. Met een diepe zucht draaide ze zich om en keek naar Wrens Nest. Ze kon maar beter door de zure appel heen bijten.

## 14

Maggie opende de hordeur aan Main Street en duwde tegen de koperen plaat van de voordeur. Er rinkelde een bel toen ze de deur achter zich dichtdeed.

'Ik kom eraan,' riep een krakende mannenstem ergens rechts van haar.

Ze wachtte terwijl ze de grote hal bekeek, waarvan een L-vormige, met sierlijk houtsnijwerk versierde ontvangstbalie het middelpunt vormde. Links van haar bevond zich een enorme open haard, die nu weliswaar koud was, maar waarvan de brede schoorsteenmantel, getooid met antiquiteiten en zonderlinge beeldjes, een ander soort warmte aan de ruimte verleende. Rechts van de open haard was een lange gang, onderbroken door misschien acht of tien deuropeningen, elk met een wandlamp, die de in een nis geplaatste ingang verlichtte.

In een eetzaal achter een gebogen deuropening rechts van haar stond een allegaartje van tafels en stoelen tegen de wanden onder de ramen geschoven. In het midden van de ruimte lag een aantal planken op twee zaagbokken. In plaats van de appeltaart en de koffie waarvan ze gedroomd had, hing er een scherpe zaagsellucht.

Vanuit een ruimte achter de eetzaal klonk het gekletter van vaatwerk. Een man, die de dubbelganger van de kerstman had kunnen zijn als hij een rood, met bont afgezet pak had gedragen, bukte zich onder de gebogen deuropening door. De vrouw die achter hem aan kwam dribbelen beantwoordde ook aan het beeld dat Maggie van de vrouw van de kerstman had, met haar witte knotje en bonte schort.

'Goedenavond. Welkom in Wrens Nest. Wat kunnen we voor je doen?' zei mevrouw Kerstman.

'Ik zou graag een kamer voor de nacht willen hebben. Ik heb niet gereserveerd, maar…'

'Geen probleem. Ik zal je even inschrijven.' Ze waggelde om de ontvangstbalie heen en pakte een sleutel van de muur erachter.

'Bart,' zei ze, terwijl ze de sleutel aan de kerstman gaf, 'wil je de bagage van deze jongedame even van buiten halen en in kamer 208 zetten?'

Maggie deed een stap naar voren en zei met een zwak glimlachje: 'O, dat hoeft niet. Mijn bagage… is in de verkeerde bus terechtgekomen. Ik heb niets bij me.'

Mevrouw Kerstman keek Maggie even over de rand van haar brilletje aan. 'Niets? Zelfs geen handbagage?'

Ze schudde haar hoofd. 'Maar ik kan contant betalen,' voegde ze er vlug aan toe.

De vrouw wuifde haar opmerking weg. 'Daar maken we ons niet druk om, hoor. Wees maar niet bang. We zullen goed voor je zorgen.' Ze boog zich over de balie en keek Maggie opmerkzaam aan. 'Je ziet er hondsmoe uit, schat. Bart, als jij haar even inschrijft, zal ik haar kamer gauw in orde maken.'

De man kuierde om de balie heen en pakte een inschrijfblok. Met dikke vingers worstelde hij om het carbon op zijn plek te krijgen. 'Eens even kijken. Eerst heb ik je naam en adres nodig.'

'Meg. Meg Anders.'

'Anderson, zei je?'

Ze verstrakte. Had ze haar echte naam gezegd? Ze was zo moe, dat ze niet meer helder kon nadenken.

'Sorry.' Bart hield een hand achter zijn oor. 'Ik ben een beetje doof.'

'Anders.'

'A-n-d-e-r-s?'

Ze knikte en keek toe hoe hij de naam in moeizame blokletters opschreef. Toen hij klaar was, keek hij haar vanonder borstelige witte wenkbrauwen aan. 'Die lieve vrouw van mij is een Pietje Precies op het gebied van administratie. Wren is vreselijk bang voor een controle van de belastingdienst.'

'O, dus dat is Wren?' Ze wees naar de gang waarin mevrouw Kerstman verdwenen was.

'De enige echte. Ik ben Bart, maar je kunt me gewoon meneer Wren noemen,' zei hij met een vrolijke grinnik, wat het kerstmanplaatje helemaal compleet maakte. 'Goed, eens even kijken... ik denk dat ik nu je adres nodig heb.'

Maggie had tijdens haar vijfentwintig kilometer lange wandeling besloten dat ze uit Californië zou 'komen'. Ze had een correspondentievriendinnetje gehad in die staat. Nadat ze het adres van Trudy March sinds de derde klas iedere week had opgeschreven, tot het nieuwtje er na een paar jaar af was, was Maggie het nooit meer vergeten. 'Rainwater 1492, Fall River, Californië.' Ze gaf Bart de postcode en probeerde het te laten klinken alsof ze haar adres al jarenlang opgaf. Ze moest het twee keer herhalen voor hij het verstond. Er stond geen computer en zelfs geen kassa op de balie, dus misschien zouden ze haar informatie niet proberen na te gaan. En trouwens, ze betaalde contant.

'Californië, hm,' zei Bart. 'Waar ligt Fall River ongeveer?'

'O... in Noord-Californië. Niet in de buurt van Los Angeles of Hollywood.' Ze haalde Trudy's eerste brief aan en probeerde zich uit alle macht andere wetenswaardigheden uit de oude brieven van haar penvriendin te herinneren.

'Hoeveel nachten wil je blijven?'

'Eentje maar. Alleen vannacht.'

Hij mompelde wat in zichzelf terwijl hij de laatste dingen opschreef, waarna hij opkeek en een duidelijk uit het hoofd geleerd praatje afstak. 'We zitten midden in de verbouwing van onze keuken en eetzaal, dus het ontbijt zal hier in de hal geserveerd worden, van zes tot negen. Uitchecken kan tot twaalf uur, tenzij je een later tijdstip wenst. Wren doet daar niet al te moeilijk over als we niet volgeboekt zijn. Als je me nu je creditcardgegevens wilt geven, dan kun je morgenochtend gewoon je sleutel in je kamer achterlaten en weggaan.'

Ze stak haar hand in haar zak. 'Ik betaal contant, maar dat doe ik nu wel meteen. Hoeveel kost één nacht?'

'Vijfenzestig dollar exclusief BTW.' Zijn mollige vingers sloegen de toetsen van een oude rekenmachine aan. Het geluid van de toetsaanslagen en het gesnor waarmee de papierstrook door het apparaat ging, brachten een herinnering uit haar kindertijd terug...

*Haar moeder, die 's avonds laat aan de keukentafel boekhoudwerk deed voor de flatbeheerder, nadat ze al een hele dag in de fabriek gestaan had...*

Maggie had daar al zeker tien jaar niet meer aan gedacht. *Maar dat was vroeger.* Ze duwde de gedachten die erop volgden terug naar waar ze vandaan kwamen. Ze wist niet eens of haar moeder nog leefde, en ook niet of ze het wilde weten.

Bart telde de bedragen op, scheurde de witte en gele stroken papier af en legde haar strookje voor haar op de balie. 'Sorry, maar we moeten er toeristenbelasting en omzetbelasting bij optellen. Dat drijft de prijs behoorlijk op.'

Maggie pelde vier briefjes van twintig af. Hij gaf haar het wisselgeld terug en ze stopte het geld weer in haar zak.

'Deze kant op,' zei hij, terwijl hij voor haar uit de gang in liep waarin Wren was verdwenen.

Bij de eerste kamer aan de linkerkant bleef hij staan. De deur stond open en Wren stond voorovergebogen naast het bed. Ze raapte iets van het kleed, waarbij haar ronde, met het bonte schort beklede achterwerk naar hen toe gekeerd was. Ze leek net zo'n kitscherige tuinkabouter, die Maggie in de tuinen in de voorsteden had gezien.

Bart schraapte zijn keel en Wren schoot overeind en draaide zich vliegensvlug om. 'Gocie grutjes, Bart. Laat me niet zo schrikken! Goed, jongedame, volgens mij heb je zo alles wat je nodig hebt tot je bagage komt. Sturen ze die hiernaartoe?'

'Mijn bagage?' Maggie zocht naarstig naar een antwoord. 'Nee, die heb ik alvast... vooruit laten sturen.'

'O?' Wren zette haar plompe handen op haar heupen. 'En waar ga je van hieruit naartoe?'

Als ze in een hotel in New York was, zou ze tegen de portier gezegd hebben dat het allemaal geregeld was en dat het zijn zaken niet waren. Maar op de een of andere manier vond ze het niet erg dat dit lieve omaatje de vraag stelde. Helaas had ze geen antwoord.

'Dat weet ik nog niet precies.' Het was het eerste eerlijke antwoord dat ze gegeven had sinds Opal Sanchez haar die dinsdagochtend op de afrit opgepikt had.

Wren hield haar hoofd iets schuin, afwachtend.

'Ik ben nog een paar mogelijkheden aan het overwegen.'

'Juist ja. Nou…' Ze pakte een stofdoek van de hoek van de ladekast en gaf Bart een duwtje. 'We zullen je met rust laten, zodat je je wat kunt opfrissen en kunt gaan slapen.' Ze wees naar de deur in de hoek van de kamer, waar een zwak licht op een smetteloze tegelvloer scheen. 'Ik heb een tandenborstel en wat andere toiletspulletjes voor je neergezet. En in de kast ligt een nachtpon die ik nooit draag. Je geeft maar een gil als je nog iets nodig hebt, dan kijken wij wel of we iets voor je kunnen doen.'

'Is hier ergens een tentje waar je zo laat nog iets te eten kunt krijgen?'

'Weten? Wil je iets weten?' Bart legde een vlezige hand op de schouder van zijn vrouw. 'Wren heeft allerlei boeken in de kast. Je moet…'

Wren trok even aan de mouw van haar man. 'Ze zei *eten*, Bart, *Eten*.' Ze maakte een gebaar alsof ze voedsel in haar mond stopte.

'O… *eten*. Sorry. Ik dacht dat je *weten* zei. Ik ben een beetje doof,' zei hij weer. 'Bedoel je een tussendoortje?'

'Nou, ik heb vanavond nog niet gegeten.'

'Allemensen!' Wren legde verschrikt een hand op haar borst. 'Waarom heb je dat niet gezegd, schat? Hoor eens, trek gauw die vieze kleren uit en leg ze in de gang. Ik zal ze voor je wassen.'

'O, dat hoeft u niet te…'

'Ga eerst maar eens lekker in bad en maak het je gemakkelijk, dan zal ik daarna een dienblad bij je deur zetten. Je zult waarschijnlijk gemerkt hebben dat mijn keuken niet helemaal functioneert, maar ik kan wel een paar boterhammen voor je maken. Hou je van corned beef?'

'U hoeft niet zo veel moeite te doen. Is er misschien ergens een automaat?'

'Onzin. Het is helemaal geen moeite.' De vrouw klakte even met haar tong en gaf Maggie een duwtje in de richting van de badkamer. 'Spring jij maar gauw in dat bad. Wij zorgen wel voor de rest.'

Maggie was ontroerd en te moe om ertegen in te gaan. Ze deed de deur achter hen dicht en liep het kleine badkamertje in. In een hoek stond een antieke badkuip met gekrulde poten met een stapel zachte, groene handdoeken ernaast. Ze deed de stop in het bad en draaide de warmwaterkraan open. Het voelde heerlijk om uit haar bezwete, stoffige kleren te stappen. Gewikkeld in een badhanddoek liep ze naar de deur en legde de kleren op de gang. Ze hoopte dat de vrouw ze zou oprapen voor de een of andere lolbroek ze zou meenemen. Het zou een beetje gek zijn om in de nachtpon van een oude vrouw langs de weg te lopen.

Terug in de badkamer bekeek ze de verzameling producten die de vrouw, Wren, naast de wastafel had gezet. Het waren miniflacons luxe shampoo en badschuim en bodylotion. Ze glimlachte toen ze zag dat ze afkomstig waren van diverse bekende hotelketens. De lavendelgeur van een klein flesje badschuim bracht haar in vervoering en ze spoot er wat van onder de dampende waterstraal. Er rees een berg schuim op en Maggie liet zich in het warme water zakken.

Vijftien minuten later liet ze het lauwwarme water weglopen en spoelde het vuil uit de kuip. Toen liet ze hem weer vollopen en bleef nog eens twintig minuten liggen weken. Ze kon zich niet herinneren dat een bad ooit zo weldadig aangevoeld had.

Het water begon net af te koelen toen een roffel op de deur haar deed schrikken. Ze schoot overeind en streek het natte haar uit haar gezicht met vingertoppen die helemaal geribbeld waren van het water. 'Ja?'

'Ik zet een dienblad bij de deur, schat.' Wrens stem kwam uit de gang.

'Dank u wel,' riep Maggie terug. Ze wachtte op een reactie, maar toen ze niets hoorde, liet ze zich weer in het water zakken. Uiteindelijk dreef het gerommel van haar maag haar uit het bad. Ze maakte een tulband van een van de handdoeken en trok de kraakheldere katoenen nachtpon aan, waarna ze de deur opendeed.

Ze hapte even naar adem bij het zien van het feestmaal dat daar op een metalen dienblad op pootjes stond. Ze wachtte niet eens tot ze het binnengebracht had voordat ze er van proefde. Er lag een dikke sandwich met corned beef, kaas en sla op, een schaaltje aardappelsalade waar wel drie mensen van hadden kunnen eten, twee enorme, in vetvrij papier gewikkelde havermoutkoeken en een pakje chocolademelk.

Maggie at alles tot de laatste kruimel op en likte het schaaltje aardappelsalade uit met haar vingers. Ze voelde zich een viespeuk, maar dat kon haar nu niet schelen. De roomservice zou haar waarschijnlijk een rib uit haar lijf kosten, maar op dit moment zou ze haar laatste cent gegeven hebben voor het feestmaal.

Ze was te uitgeput om zich zorgen te maken over een plan de campagne voor morgen. Nu hieven de schone lakens en de stevige, veren kussens een sirenengezang aan en ze liet het lege dienblad bij de deur staan om aan hun lokroep gehoor te geven.

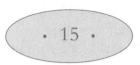

· 15 ·

'Eh… volgens mij heb ik de printer weer laten vastlopen.' Mason Brunner stond met een deemoedige uitdrukking op zijn pukkelige gezicht voor Trevors bureau, terwijl hij afwezig tegen een losse tegel schopte.

Trevor slikte een scherpe opmerking in en markeerde de plek waar hij gebleven was in de drukproef die hij aan het lezen was. Dana was ziek thuis, maar hij had Bob Swanson van de Clayburn State Bank beloofd dat hun werknemershandboek op tijd gedrukt zou zijn om tijdens de bedrijfspicknick uitgedeeld te worden.

Hij stond op. Hij had gehoopt vandaag wat eerder weg te kunnen, zodat hij Bart zou kunnen helpen met het bevestigen van de laatste gipsplaten in de keuken van het hotel. Hij had geen tijd voor de stommiteiten van een jong en onervaren studentje. 'Ik kom eraan.'

Met gebogen hoofd deed Mason een stap naar achteren en wachtte tot Trevor achter zijn bureau vandaan kwam.

Samen deden ze hun best om een klem geraakt stuk papier te bevrijden. Tien minuten later braakte de pers weer posters uit. Trevor maakte een prop van het gemangelde vel papier dat de problemen veroorzaakt had en gooide hem met een boogje naar de andere kant van de kamer. De prop papier belandde keurig in het midden van de prullenbak, een prachtschot. Hij lachte zelfvoldaan. Hij was het nog niet verleerd.

Terwijl hij zijn handen afveegde, keerde hij terug naar de drukproeven van het handboek en een tijdje later liet hij de gedrukte pagina's op de balie achter voor Bob.

Trevor ging nog even bij Mason kijken, die met de drukpers bezig was, en liep toen naar Wrens Nest.

Bij het hotelletje deed hij de voordeur open en liet die met een klap en belgerinkel dichtvallen. De hal was leeg en het hotelletje griezelig stil. 'Is er iemand?' riep hij.

Wren kwam meteen uit de wasruimte vliegen, terwijl ze haar armen op en neer bewoog alsof het vleugels waren. 'Stil! We hebben gasten.' Ze wees naar de gang.

'Sorry.' Hij probeerde er oprecht verontschuldigend uit te zien, maar keek toen even op de klok boven de balie en vroeg zich af waarom ze om twee uur 's middags op haar tenen liep. 'Ik zag geen auto's voor de deur staan. Maar ik ben blij dat je gasten hebt.' Hij keek over zijn schouder naar de lege straat buiten.

Opnieuw maande Wren hem tot stilte. Ze dempte haar stem tot een fluistering. 'Nou ja, het is er maar één. Een meisje. Is met de bus naar Salina gekomen. Die stomme Greyhound is haar bagage kwijtgeraakt. Ze zag er hondsmoe uit toen ze gisteravond binnenkwam. Had nog niet gegeten, dus ik heb iets voor haar klaargemaakt. Ze zei dat ze vanmorgen weer weg zou gaan, maar we hebben nog geen kik van haar gehoord.'

'Weet je zeker dat ze niet uit het raam geklommen is en vertrokken is zonder haar rekening te betalen?'

Wren zag zijn knipoog kennelijk niet. Ze keek hem kwaad aan. 'Het is een aardig kind,' zei ze verdedigend. 'Zoiets zou ze nooit doen. En trouwens, als ze dat gedaan had, zou ze nu in mijn nachtpon op straat lopen.'

Hij trok verbaasd een wenkbrauw op, waardoor Wren in de lach schoot.

'Het arme schaap had nog geen handtas bij zich. Alleen de kleren die ze aanhad. Ik heb gisteravond haar kleren gewassen en haar iets geleend om in te slapen.'

'Dat is aardig van je, Wren. Maar je kunt maar beter oppassen. Straks komt iedere bedelaar uit de verre omtrek op je deur kloppen, als het bekend wordt dat het hotel gratis je was doet. Wacht niets zeggen, dat meisje had zeker geen creditcard bij zich?'

Wren had een hart dat zo groot was als de prairie. Bart ook. Het was geen wonder dat ze nauwelijks hun hoofd boven water konden houden met het hotel.

'O, hou op.' Wren gaf hem een speelse draai om de oren. 'Nou heb je het mis. Dit meisje betaalde toen ze incheckte. Contant. Daarom vond ik het niet erg dat ze wat langer bleef.'

'Alsof je haar er anders uit had geschopt,' zei hij plagend.

'Sst.' Ze boog zich over de balie en keek de eetzaal in. 'Je gaat daar toch geen lawaai maken? Timmeren of zo?'

Hij zuchtte. 'Het is ook nooit goed bij jou, Wren. Volgens mij liep je gisteren nog te klagen dat ik niet hard genoeg door hamerde! Wat wil je nou? Dat ik geen lawaai maak of dat de keuken af komt?'

Ze sloeg haar armen over elkaar en zei met een gedecideerd knikje: 'Allebei.'

Hoofdschuddend liep hij heel overdreven op zijn tenen naar de eetzaal.

Wren schraapte haar keel. 'Tussen twee haakjes, meneertje Lolbroek, ik moet naar de supermarkt. Denk je dat je even op de winkel kunt passen?'

'Ja, hoor.' Hij tikte even tegen een onzichtbare hoed en grijnsde.

'Als ons meisje wakker wordt: ik heb wat kaneelbroodjes bewaard van het ontbijt. Jij mag er ook een, maar zorg dat je er een paar voor onze gast bewaart.'

'Begrepen. Bedankt, Wren.' Hij pakte een rolmaat en een potlood en liep naar de keuken. Hij kon wel stilletjes het een en ander opmeten, terwijl hij wachtte tot de schone slaapster wakker werd.

Maggie kwam met een ruk overeind in bed, met bonkend hart. Heel even had ze gedacht dat ze iemand de deur in had horen slaan.

*Kevin.*

Ze knipperde en keek om zich heen in de zonnige kamer.

Het duurde even voor ze zich herinnerde waar ze was. Een hotelletje in een gehucht in Kansas. Veilig en ver buiten Kevins bereik.

Ze liet zich weer onder de quilt glijden, maar haar hart begon weer sneller te kloppen toen ze opnieuw gebonk hoorde... ergens aan het eind van de gang. Ze gooide de dekens van zich af en zwaaide haar benen over de rand van het bed, terwijl ze zich bukte om de cijfers op de opwindbare wekker op het nachtkastje te kunnen zien. Hij tikte als een tijdbom, maar stond vast verkeerd. Het kon onmogelijk halfdrie 's middags zijn.

Ze rekte zich eens goed uit en slaakte een kreetje van pijn toen ze voorzichtig ging staan. Alle spieren in haar lijf deden pijn van haar marathonwandeling van gisteren. Ze masseerde vergeefs haar kuiten, slenterde toen blootsvoets naar het raam en schoof de dunne witte gordijnen opzij.

Het stadje was tot leven gekomen sinds gisteravond. Er stonden auto's en trucks langs de stoeprand en er reed verkeer op de weg.

Ze draaide zich om en zag het dienblad bij de deur staan. Als het echt halfdrie was, had ze het ontbijt gemist. Haar maag rammelde bij de gedachte, maar misschien zouden ze haar dan in elk geval niets rekenen voor de maaltijd van gisteravond. Ze keek nog een keer op de wekker. Als ze niet snel opschoot en maakte dat ze wegkwam, zouden ze haar nog een extra nacht in rekening brengen.

Maar waar waren haar kleren? In deze oudevrouwennachtpon met zijn pofmouwen en zijn bloemetjesmotief zag ze eruit als een clown. Ze deed de deur op een kiertje open en keek de gang in.

*Niets.*

Er lag een lijstje plaatselijke telefoonnummers naast de telefoon op haar nachtkastje, maar geen nummer om de balie te bellen.

Ze liep de badkamer in en kamde haar haar. Het was tenminste schoon. Dat was een grote verbetering. Ze zou een tasje vragen om de toiletspulletjes in te doen voor ze wegging. Daarmee zou ze zich weer een dag of twee kunnen redden. Vroeg of laat zou ze natuurlijk een paar dingen moeten kopen, sokken en ondergoed bijvoorbeeld. En een nieuw paar schoenen, als ze er vijfentwintig kilometer per dag op wilde lopen.

Ze keek weer even om het hoekje van de deur. De gang was leeg en ze kon de balie zien. Ze liet de deur op een kiertje staan en liep zo stilletjes mogelijk naar de hal.

Leeg. En er stond ook niemand achter de balie.

Ze hoorde lawaai uit de eetzaal naast de hal komen. 'Mevrouw...?' Ze probeerde zich de achternaam van de vrouw te herinneren. 'Wren?' riep ze uiteindelijk, hopend dat de vrouw haar niet onbeleefd zou vinden.

Er kwam geen antwoord, maar er klonk nog meer lawaai uit de eetzaal, het klonk of er met meubels geschoven werd. 'Is daar iemand?'

In de deuropening verscheen een man in een spijkerbroek en een T-shirt, met een timmermansschort voor en een honkbalpetje op, dat hij achterstevoren droeg. 'Alleen ik ben er.' Hij bukte zich met een glimlach op zijn gezicht onder de gebogen deuropening door. Na één blik op haar in Wrens nachtpon gehulde gestalte wendde hij gauw zijn blik af, met een grijns op zijn gezicht.

De nachtpon bedekte meer dan de meeste korte broeken die ze had, maar ze voelde zich plotseling kwetsbaar. Ze sloeg haar armen om haar bovenlichaam. 'Weet je waar Wren is? Of haar man?'

Hij zette zijn pet af, waaronder keurig geknipt, zandkleurig haar tevoorschijn kwam. Blauwe ogen met dikke wimpers ontmoetten even de hare, waarna hij zijn blik op de deurpost richtte en zijn hand over het geverfde hout liet glijden. 'Wren is even boodschappen doen. Ze kan elk moment terugkomen. Waar Bart is, weet ik niet.'

'O. Oké. Wren heeft gisteravond mijn was gedaan. Ik vroeg me af waar mijn kleren zijn.'

Hij schraapte zijn keel, terwijl hij nog altijd de bijzonderheden van de gebogen deuropening bestudeerde. 'Ja, dat heeft ze me verteld.'

'O ja?' Wat voor hotel was dit, waar ze de timmerman de zaken lieten waarnemen en op de hoogte brachten van de situatie van een gast? Hij knikte en keek haar even aan, waarbij zijn blik niet afdwaalde van haar gezicht. 'Ik weet niet waar je kleren zijn, maar je zou eens in de wasruimte kunnen kijken,' zei hij met een scheef lachje. Toen draaide hij zich om en liep terug naar de eetzaal. Maggie liep achter hem aan, terwijl ze haar armen nog steviger om haar bovenlijf sloeg. De geur van koffie en kaneel vermengde zich met de geur van hout en zaagsel. Zilveren stofdeeltjes dansten in de zonnestralen die door de ramen vielen. 'Neem me niet kwalijk, maar... de wasruimte? Waar kan ik die vinden?'

Hij zette zijn pet weer op, pakte een ladder en verplaatste die een meter. Toen hij hem neerzette, klonk er een zielig gehuil en schoot er een enorme kat tevoorschijn, die met een paar grote sprongen in de hal verdween. Maggie was helemaal vertederd. De gestreepte kat was een bovenmaatse uitvoering van haar Piccolo in New York.

'Stomme kat,' foeterde de timmerman.

Maggie liep het beest achterna. 'Hoe heet ze?'

'Het is een hij en hij heet Jasper.'

Ze vond de kat in de hal, onder een lage bank bij de voordeur. 'Kom dan, Jasper. Poes, poes, poes.'

De kat snuffelde aan haar uitgestrekte hand en kwam even later met zijn buik tegen de grond tevoorschijn. Maggie tilde hem op. Hij was zeker twee kilo zwaarder dan Piccolo, maar door hem in haar armen te houden miste ze Piccolo opeens heel erg. Ze wreef haar gezicht tegen zijn zachte vacht.

De timmerman riep iets boven het gehamer uit.

Ze liep naar de deuropening. 'Had je het tegen mij?'

Hij keek op en bleef midden in een hamerbeweging steken. 'Ik zei dat de wasruimte achter de ontvangstbalie is.' Hij knikte met zijn hoofd. 'Eerste deur rechts.'

'O, bedankt.' Ze was bijna vergeten waarom ze hiernaartoe gelopen was. Na een laatste verlangende aai zette ze de kat neer en liep naar de deur die hij aangewezen had. Omdat ze zich een indringer voelde, klopte ze zachtjes aan en duwde toen de deur open. Ja hoor, netjes opgevouwen op de hoek van een van de twee wasmachines lagen haar kakikleurige broek en de rest van haar spullen. De vrouw had zelfs de grasvlekken uit haar witte blouse weten te krijgen.

Ze pakte het stapeltje kleren en liep terug naar haar kamer. Het zou bijna drie uur zijn voor ze aangekleed en wel weg was. Zolang Wren er niet was, zou het haar misschien lukken om weg te gaan voor ze haar een extra nacht in rekening zouden brengen. Bij die laatste gedachte voelde ze zich een beetje schuldig, maar ze duwde dat gevoel weg, wetend dat ze zo lang mogelijk met haar geld moest zien te doen.

Ze ging op het bed zitten en liet haar ogen over het meubilair glijden. Gisteravond was ze te moe geweest om het op te merken, maar het was een mooie kamer. De zon scheen door blankhouten jaloezieën en het licht viel in brede banen over de blauw met witte quilt. De ladekast en een kleine tafel en stoelen in de hoek waren wit geschilderd en de wanden waren bedekt met een vrolijk blauwwit behang.

Ze keek verlangend naar de badkamer. De gedachte aan nog een lang bad in die badkuip was verleidelijk. Terwijl ze dat idee van zich afschudde, trok ze haar schone kleren aan en pakte toen het geld van de ladekast en telde het twee keer na.

Ze liep naar de deur, maar bleef halverwege staan. Ze stond niet te popelen om weer op pad te gaan. Ze plofte weer op het bed. Ze had niet genoeg geld om nog een nacht te blijven. Ze herinnerde zich wat de vrouw die haar buiten Clayburn opgepikt had, gezegd had; dat Wren haar er desnoods borden voor zou laten wassen. Het was verleidelijk. Maar ze moest ervandoor. Met een zucht stopte ze het geld dieper in de zak van haar schone broek.

In de badkamer verzamelde ze alle zeep- en shampoomonstertjes en stopte ze in een plastic zak waar *Wasgoed* op stond en die ze in de kast gevonden had. Ze knoopte de zak dicht en slingerde hem over haar schouder. Nu was ze officieel een zwerver.

## 16

Maggie deed de deur van haar kamer achter zich dicht en sloop door de gang. Ze keek even om het hoekje van de hal. Nog altijd leeg. Geen teken van Wren of haar man.

De timmerman liep te fluiten in de eetzaal. Ze stak haar hoofd even om het hoekje van de deur. 'Ik ga ervandoor. Ik heb al uitgecheckt. Dat heb ik gisteravond gedaan,' legde ze uit.

Hij keek haar over een gipsplaat heen aan. 'Je hebt je kleren gevonden, zie ik.'

Ze keek omlaag naar haar schone kleren. 'O. Ja. Zou je de eigenaars willen bedanken voor me? Ik heet trouwens Meg. Ik ben echt dankbaar voor alles wat ze hebben gedaan.'

'Meg.' Hij knikte. 'Ja, hoor. Ik zal het tegen hen zeggen.' Hij tilde een onhandelbare gipsplaat op en liep ermee naar de keuken, die helemaal overhoop lag, daarmee aangevend dat ze kon gaan.

Ze draaide zich om en wilde weglopen.

'O, hé! Meg!'

Op zijn uitroep draaide ze zich weer om.

'Dat vergat ik bijna. Wren heeft me op het hart gedrukt je een paar kaneelbroodjes te geven die ze voor het ontbijt gemaakt had. Ik krijg het met haar aan de stok als je niet iets eet voor je weggaat.' Daar was die scheve grijns weer. 'Je zou me er een grote gunst mee bewijzen.'

Maggie grinnikte bij de gedachte dat hij problemen zou krijgen met de oudere eigenaresse. 'Tja, ik was een beetje te laat voor het ontbijt.'

Hij keek even op zijn horloge. 'Vierenhalf uur maar.' De rimpeltjes rond zijn ogen werden dieper. 'Maar Wren heeft speciaal voor jou een paar broodjes bewaard.'

'Dat klinkt verrukkelijk,' gaf ze toe.

'Ze liggen in de oven, in aluminiumfolie gewikkeld. Ik heb ze voorgeproefd. Wren heeft ze niet helemaal zelf gemaakt, zoals ze meestal doet, maar ze zijn eetbaar.' Hij lachte.

Hij had een leuke lach.

'Dat zal ik zelf wel beoordelen,' zei ze.

'Wacht maar even.' Hij zette de gipsplaat tegen de muur en wurmde zich door het labyrint dat gevormd werd door de koelkast, het fornuis en de vaatwasmachine. Hij deed de deur van de oven zo ver open als het doolhof toestond en haalde er een in aluminiumfolie gewikkeld pakketje uit. 'Op het tafeltje in de hal liggen borden en vorken. Misschien zit er zelfs nog wel een kop koffie in de pot. Of je kunt een nieuwe pot zetten. Alles wat je nodig hebt, ligt daar.'

'Dank je.' Ze pakte de broodjes van hem aan en liep terug naar de hal.

Een gemakkelijke stoel met uitzicht op het raam nodigde haar uit om te gaan zitten. Ze legde haar hoofd tegen de zachte rugleuning en genoot van de zon op haar gezicht. De dorpsstraat zag er pittoresk uit, met bloeiende geraniums en petunia's in plantenbakken in het midden van de straat en alle winkels gesierd met kleurige luifels.

De voorbijgangers leken geen haast te hebben. Ze keek toe hoe mensen bleven staan om elkaar als goede vrienden te begroeten. Iedereen leek iedereen te kennen en de lach op hun gezicht was aanstekelijk. Waren er echt mensen die zo leefden?

Ze maakte het pakketje open en nam een grote hap van een van de broodjes. Ze zou één hap nemen en de rest voor later bewaren, als ze weer onderweg was. Na het feestmaal dat Wren gisteravond voor haar bereid had, zou ze geen honger moeten hebben, maar de kaneel smaakte zoet op haar tong. Voor ze het wist had ze allebei de broodjes verorberd en likte ze het laatste beetje glazuur van het folie.

Ze nestelde zich behaaglijk in de stoel en werd doezelig van de zon en het ritmische gehamer in de eetzaal. Hoe zou het zijn om in een stadje als dit te wonen? Om vrienden te hebben als Bart en Wren?

Ze kon de modderige rivieroever bijna voelen onder haar blote voeten, koel water dat over haar voeten kabbelde. Boven haar de volle maan. En scherp afgetekend tegen het zilveren licht oude bomen die haar naam leken te fluisteren. Ze was die rivier gisteren overgestoken, had die volle maan boven haar hoofd gezien. Door haar door de zon benevelde toestand heen kwam er weer een eigenaardig gevoel over haar, het gevoel dat er iets stond te gebeuren…

Het gerinkel van belletjes aan de voordeur deed haar met een ruk overeind schieten in de stoel. Wren kwam binnenstormen, met een stuk of zes plastic tasjes als armbanden aan haar arm.

Maggie sprong op. 'Wacht, ik zal even helpen.' Ze haalde de tasjes van een van Wrens mollige armen.

'Poe!' Wren veegde met haar vrije hand haar voorhoofd af en streek een losgeraakte streng haar achter haar oor. 'Dank je, schat. En dat, terwijl ik alleen maar even naar de winkel wilde gaan voor melk en brood.' Ze keek Maggie eens goed aan. 'Heb je besloten om nog een nacht bij ons te blijven?'

'O, nee,' zei Maggie vlug. 'Ik heb me alleen verslapen. Ik had de wekker moeten zetten.'

'Ga je je bus nu nog wel halen?'

Maggie keek even op de grote klok boven de schoorsteenmantel, alsof ze een plan in haar hoofd had. 'Dat moet wel lukken.'

Met haar vrije hand wees Wren naar de boodschappentasjes die Maggie nog in haar hand had. 'Kom maar mee. Als Trevor ons erdoor wil laten, zal ik je laten zien waar je die kunt neerzetten. Heb je Trevor al ontmoet?'

'De timmerman?'

Wren schoot in de lach. 'Trevor is een man met een heleboel talenten, een echt manusje-van-alles. Hij is de eigenaar van de drukkerij verderop. Maar ja, hij is *onze* timmerman.' Ze trok een rimpel in haar voorhoofd. 'Hij heeft toch hoop ik wel een paar van die kaneelbroodjes voor je bewaard, hè?'

'O, ja. Dank u. En heel hartelijk bedankt voor het eten van gisteravond. Het was heerlijk.'

Wren wuifde haar bedankje weg. 'Sjonge, schat, het was maar een boterham... het minste wat ik kon doen na je beproeving.' Wren liep voor haar uit door de gebogen doorgang naar de eetzaal waar de timmerman, Trevor, nog altijd aan het hameren was. 'Hé, kan het niet een beetje zachter?'

Hij draaide zich met een afwezige blik in zijn ogen om, alsof hij hun aanwezigheid niet opgemerkt had. Maar toen klaarde zijn gezicht op en was hij er weer helemaal bij.

'Hé, Wren. Ze is nu wakker, hoor.' Hij knipoogde naar Maggie en zei met een knikje naar Wren: 'Zeg alsjeblieft tegen deze dame dat ik heel stil gedaan heb toen je sliep.'

Maggie keek van hem naar Wren en weer terug. Ze hadden hier duidelijk woorden over gehad. 'Nou,' zei ze, terwijl ze probeerde te beslissen wiens kant ze zou kiezen, blij dat ze deel uitmaakte van hun speelse gebakkelei, 'ik weet niet zeker of het gehamer was, maar *iets* maakte me om een uur of halfdrie wakker.'

Wren schoot in de lach. 'Je bent tenminste eerlijk.'

Maggie kromp ineen. Ze moest eens weten.

'Geef maar hier, schat.' Wren stak haar hand uit naar de boodschappentasjes die Maggie nog altijd vasthield. 'Ik zal dit verder wel opruimen. Jij zult wel weg willen. Ik heb geen auto zien staan buiten. Waar heb je die neergezet?'

'O, ik heb een lift gehad... uit Salina.' Ze zei er niet bij dat ze eerst vijfentwintig kilometer gelopen had.

Wren en de timmerman wisselden een blik. 'Waar moet je naartoe?' vroeg Wren.

'Naar Californië.' Haar goed geoefende antwoord kwam net iets te snel.

'Terug naar huis, dus?'

Maggie moest even nadenken voor ze snapte waarom de vrouw aannam dat ze daar vandaan kwam. O. *Het formulier dat haar man gisteren ingevuld heeft.* 'Ja, naar huis. Eindelijk.'

'Je denkt toch niet dat de bus door Clayburn komt? De dichtstbijzijnde opstapplaats is in Salina.'

Maggie berekende in haar hoofd hoe ver dat was. Als ze vijfentwintig kilometer gelopen had en nog eens twintig kilometer was meegereden, dan zou een taxirit naar Salina haar waarschijnlijk van haar laatste beetje geld beroven. Maar wat moest ze dan? Welke keus had ze? Ze zou terug kunnen lopen naar de stad of ze zou haar geluk kunnen beproeven en een lift kunnen accepteren van een van de boeren die zeker zouden stoppen. 'Ik denk dat ik dan beter een taxi kan bellen,' zei ze, hardop denkend.

Weer wisselden Wren en Trevor een blik, waarna ze in lachen uitbarstten.

'Schat, zodra Clayburn een taxicentrale krijgt, ga ik met pensioen. En het zou een flinke smak geld kosten om een taxi helemaal uit Salina te laten komen.'

Toen Trevor ophield met lachen, keek hij haar vriendelijk aan en vroeg: 'Hoe laat vertrekt je bus?'

'Dat weet ik niet,' hield ze een slag om de arm. 'Ik heb nog geen kaartje. Deze stop was eigenlijk een soort omweg... nadat ik mijn bagage was kwijtgeraakt.'

'Waar sturen ze je koffers naartoe?' vroeg Trevor.

'Naar huis.' Ze begon haar eigen leugens te geloven.

Wren deed haar mond open om iets te zeggen, maar sloot hem weer. Maar Maggie zag de twijfel in haar ogen. Of was het achterdocht?

Trevor schraapte met de neus van zijn werkschoen over het zaagsel op de tegelvloer. 'Ik kan je wel even naar Salina brengen. Als jij uitzoekt hoe het zit met die bus, dan laat je me maar weten hoe laat je er moet zijn.'

Ze wist niet wat die kerel in zijn schild voerde, maar op dat moment nam Maggie een besluit. 'Ik denk... misschien blijf ik toch nog wel een nachtje, als dat goed is. Tot ik een beslissing heb genomen over wat ik ga doen.'

Trevor haalde zijn schouders op en ging weer aan het werk, waarmee hij zich uit het gesprek terugtrok. Wren had nog altijd een sceptische uitdrukking op haar gezicht.

'Hebt u vannacht nog een kamer vrij? Ik kan weer vooruit betalen. Een gedeelte, in elk geval.' Denkend aan de opmerking van de jonge moeder die haar een lift had gegeven, voegde ze eraan toe: 'Als ik tekortkom, wil ik er graag voor werken... afwassen of koken of zo. Ik kan behoorlijk goed koken.'

Wren stak een hand uit en legde een warme hand op Maggies arm. 'Ik weet dat je dat zou doen. Hou je geld nou maar in je zak. Ik zal je een geadresseerde envelop meegeven; als je dan thuis bent, kun je me een cheque sturen. Ondertussen kan ik maar beter zorgen dat je kamer klaar is voor de nacht.'

Maggie voelde een steek van schuld. 'O, nee, alstublieft. Hij is prima zoals hij is. Ik heb alles wat ik nodig heb.'

'Nou, ik zal het bed niet verschonen, maar opgemaakte bedden zijn bij de prijs inbegrepen, schat. Hé!' Wrens ogen begonnen te glinsteren. Ze knipte met haar vingers. 'Ik denk dat ik weet waar we wat extra kleren voor je vandaan kunnen halen.' Ze deed haar schort om en gaf Maggie een teken dat ze met haar mee moest komen.

Maggie liep achter haar aan een smalle trap op tegenover de wasruimte. De deur boven aan de trap bood toegang tot een gezellige bovenetage, die kennelijk diende als woonruimte voor Bart en Wren. 'Wat leuk,' zei ze, terwijl ze de zonnige achter elkaar liggende kamers in zich opnam: een keukentje, een eetgedeelte en daarachter een woonkamer.

Wren bromde wat. 'Nou, we hebben niet veel tijd om boven te zitten, maar als we hier zijn, genieten we ervan. Hier... kom maar mee.'

In een kleine slaapkamer naast de woonkamer haalde Wren een volle boodschappentas uit de kast. 'Onze kerk zamelt kleding in

100

voor de rommelmarkt in de herfst en ik weet zeker dat er wel iets in jouw maat in deze tas zit die Clara Berger gegeven heeft. Haar kleindochters zijn ongeveer net zo groot als jij.' Ze leegde de tas op het bed en begon door de berg kleren te rommelen. 'Welke maat heb je?'

'Meestal maat 36 of 38.'

Wren keek even op een labeltje in een lange broek. 'Zie je hier iets tussen liggen dat je lijkt te passen?'

Maggie wilde een lindegroene blouse oppakken, maar aarzelde. 'Weet u zeker dat het goed is?'

Wren wuifde haar bezwaar weg alsof ze naar een hinderlijke mug sloeg. 'Als je je er beter door voelt, mag je een kwartje voor ieder kledingstuk betalen. Zo veel krijgen we er ook ongeveer voor tijdens de rommelmarkt. Maar ik weet zeker dat Clara er blij mee zou zijn als iemand hier iets van kon gebruiken.'

Maggie hield de lindegroene blouse omhoog.

Wren klapte in haar handen. 'O, Meg! Die kleur staat geweldig bij je blonde haar. Neem die maar mee. En wat denk je van deze broek? Ik heb niet veel verstand van mode, maar zou die er niet leuk bij staan?'

Ze kwamen weer beneden met twee verschillende setjes kleren. 'Ik zal je ook wat toiletspulletjes meegeven,' zei Wren. 'Dat ruimt meteen een beetje op in de kast.'

Om de een of andere vreemde reden kreeg Maggie een brok in haar keel en brandden er tranen achter haar oogleden. 'Dank u wel. Dat stel ik echt op prijs.' Beschaamd mompelde ze een veront-schuldiging en liep snel naar haar kamer.

## 17

Ineengedoken op het onopgemaakte bed liet Maggie haar tranen de vrije loop. Als iemand het haar gevraagd had, had ze niet kunnen uitleggen waarom ze nu eigenlijk huilde, laat staan dat ze het voor zichzelf kon verklaren.

De snikken werden steeds heftiger. *Waarom* kon ze niet ophouden met huilen? Begon ze haar verstand te verliezen? Had haar moeder hier ook last van gehad, voor ze opgenomen werd?

Ontzetting greep haar aan en ze probeerde uit alle macht haar emoties onder controle te krijgen. Ze had zich altijd afgevraagd hoe het voor haar moeder geweest moest zijn. Of mam zich zelfs maar bewust was geweest van wat er gebeurde toen ze haar van het ziekenhuis naar de psychiatrische inrichting brachten. Het *gesticht*, zoals Maggies juffrouw van de vijfde klas het genoemd had.

Zou ze net zo worden als mam? Hoe vaak had Kevin haar wel niet voorgehouden dat ze dat al was? Maar al te snel had hij dat tegen haar gebruikt... nog geen twee dagen nadat ze hem in vertrouwen verteld had wat er met haar moeder gebeurd was. 'Je bent gestoord! Niet goed snik, net als je moeder,' had hij geschreeuwd. En hij had het steeds opnieuw tegen haar gezegd. Elke keer als ze hem ervan probeerde te overtuigen dat ze recht had op haar eigen mening, verklaarde hij haar voor gek.

Ze schudde haar hoofd om de herinneringen te verdrijven. Ze zou niet net zo worden als haar moeder. Die had de hoop opgegeven en haar dochters in de steek gelaten, waardoor ze bijna tot hun tienertijd van elkaar gescheiden werden.

*Jennifer.* De gedachte aan haar zus veroorzaakte een nieuwe tranenvloed. Had ze, in haar haast om zich van Kevin te bevrijden, Jenn op dezelfde manier in de steek gelaten als haar moeder destijds gedaan had? De mogelijkheid maakte haar misselijk. Natuurlijk had Kevin Jennifer inmiddels gebeld. Had hij haar verteld dat ze vanuit dat winkeltje in Jersey gebeld had... of Pennsylvanië... of waar ze ook geweest waren? Had hij de politie ingelicht over haar telefoontje?

De vragen waren ontnuchterend. Ze vermande zich, liet zich van het bed glijden en liep naar de badkamer. In de spiegel boven de wastafel keek ze naar haar opgezette, roodomrande ogen. Ze stak haar hand uit en raakte even haar verwarde, vaalblonde haar aan. Kevin zou razend zijn als hij haar zo zag. Ze kon hem bijna horen schreeuwen: 'Ga iets aan je haar doen. Je lijkt wel een...'

*Stop!* Ze drukte de donzige handdoek tegen haar gezicht, alsof dat Kevins stem in haar hoofd het zwijgen op zou leggen.

Ze haalde een kam door haar haar en streek haar kleren glad. Ze moest erachter zien te komen of alles goed was met Jenn. Misschien kon ze in de bibliotheek gebruikmaken van de computer, als Clayburn in Kansas tenminste een bibliotheek had.

Ze liep op haar tenen naar de deur en keek even de gang in. Op het kleed naast de deur lag een plastic tasje met de kleren die Wren samen met haar had uitgezocht. Ze pakte de tas en gooide hem op de ladekast en keek toen nog een keer de gang in. Toen ze niemand zag, liep ze op haar tenen naar de hal. Het gehamer was opgehouden, maar vanuit de eetzaal klonk gerammel van potten en pannen. Het lawaai overstemde het gerinkel van de bel toen ze de voordeur uit glipte, opgelucht dat ze Wren of Trevor niet onder ogen hoefde te komen.

In Main Street was het een gezellige drukte, heel anders dan het spookstadje van de vorige avond. Ze liep even heen en weer voor het hotelletje en slenterde toen naar de hoek, waar op een paal in zuurstokdessin aangekondigd werd dat een knipbeurt bij de kapper zeven dollar kostte. In de zijstraat, Elmstreet, zag ze een vlag op het postkantoor. Op een bibliotheek zou waarschijnlijk ook wel een vlag staan. Aan het einde van Main Street, zo'n vier straten verder, zag ze nog een vlaggenmast boven de bomen voor een oud, vierkant gebouw uitsteken. Ze sloeg die richting in en nam onder het lopen het ontwerp van het stadje in zich op.

In de volgende straat bleef ze plotseling staan bij een kleine kunstgalerie. De smaakvolle, moderne inrichting had helemaal niets kneuterigs en trok Maggie naar binnen. Achter in de galerie zat een man met een paardenstaart achter een balie een krant te lezen. Hij keek op en groette haar met een glimlachje, waarna hij zijn hoofd weer achter de krant verstopte.

De tentoongestelde kunstwerken waren afkomstig van diverse kunstenaars. Het meeste was van middelmatige kwaliteit, maar er hingen een paar prachtige aquarellen tussen. Niet dat ze een expert was, maar ze wist wel wat ze mooi vond.

Ze dacht verlangend aan haar geheime verzameling verf en penselen in de flat in New York en vroeg zich af of Kevin die inmiddels gevonden had. Als ze eenmaal op haar plaats van bestemming was, zich geïnstalleerd had en een baan gevonden had, zou ze desnoods honger lijden zodat ze haar eerste salaris aan nieuwe tekenspullen zou kunnen uitgeven. Ze keek naar haar hand en realiseerde zich dat ze haar vingers al kromde alsof ze een penseel vasthielden.

Ze schudde haar hoofd en snoof. Het had geen zin om aan een baan te denken. Wat zou ze op haar cv moeten zetten? Het was twee jaar geleden dat ze de functie waar ze van hield opgegeven had: grafisch vormgever bij een ontwerpstudio.

Een week nadat hij haar had overgehaald om bij hem in te trekken, had Kevin haar ervan overtuigd dat ze haar baan moest opzeggen. 'Voor mij zorgen is een fulltime baan, schat,' had hij gezegd. 'Ik zal voor jou zorgen als jij voor mij zorgt.' Ze kromp ineen toen ze eraan dacht hoe romantisch ze dat destijds gevonden had.

Ondanks zijn liefde voor de fles had Kevin zijn baan in de bouw weten te behouden. Hij had een behoorlijk inkomen. Ze kon niet zeggen dat hij zich niet aan zijn kant van de overeenkomst gehouden had. Ze woonden in een mooie flat, hij kocht mooie kleren voor haar, liet haar naar de kapper gaan wanneer ze maar wilde en trakteerde haar soms zelfs op een dagje schoonheidssalon. Natuurlijk gooide hij haar dat allemaal voor de voeten als ze zich ooit durfde afvragen waarom hij haar voorschreef wat ze moest doen, waarom alleen hij hun vrienden uitkoos, de weinige die ze hadden.

'Ziet u iets wat u mooi vindt?'

De stem achter haar deed haar opschrikken uit haar verontrustende gedachten. 'O. Ik stond alleen die aquarellen te bewonderen.'

De man straalde. 'Dank u. Die zijn toevallig van mij.'

'Bent u de schilder?'

'Jackson Linder.'

Hij stak een hand uit en ze schudde die.

'Ze zijn prachtig.'

'U schildert.' Het was geen vraag.

Ze keek hem aan. Hoe zou hij dat gezien hebben?

Zijn betekenisvolle knikje maakte haar duidelijk dat hij de vraag in haar ogen gezien moest hebben. 'Ik herken een andere schilder meestal. Iets in de manier waarop u naar een schilderij kijkt, hoe u uw hoofd iets schuin houdt en iedere penseelstreek onder de loep neemt.'

'Nou ja, ik liefhebber een beetje. Ik weet niet echt wat ik doe. Ik ben beter met pen en inkt… vormgeving. Maar ik schilder graag.'

Ze wees naar een helder, licht landschap. 'Hoe hebt u de kleuren zo zacht kunnen houden zonder de diepte kwijt te raken?'

De schilder begon vol vuur aan een lange uitleg en Maggie luisterde aandachtig, wensend dat ze aan de slag kon met zijn advies.

'Hoor eens,' zei hij uiteindelijk. 'Ik geef ieder voorjaar en najaar aquarellessen. We beginnen waarschijnlijk begin september. De lessen zijn op dinsdagavond hier in de galerie. Afgelopen voorjaar had ik een goede groep. We waren met zijn tienen. Daar hebt u een paar van de beste resultaten van die cursisten zien hangen.' Hij wees naar een wand met schilderijen naast de toonbank.

'O, ik woon hier niet. Ik logeer alleen maar in het hotel. Op doorreis naar…' Ze had moeite met haar concentratie vanwege het visioen dat in haar hoofd danste. Ze zag zichzelf al helemaal achter een ezel in deze galerie een fantasievolle aquarel schilderen, terwijl het zonlicht in schuine banen over de houten vloer viel. Ze masseerde haar slapen in een poging haar hoofd uit de wolken te krijgen. Ze had geen cent te makken en zelfs geen mogelijkheid om een baan te zoeken, omdat ze haar identiteitsbewijs kwijt was. En als ze nieuwe documenten zou aanvragen, zou Kevin voor haar neus staan voor ze er erg in had en haar hoop in één klap de bodem inslaan.

Ze lachte cynisch om dat laatste zinnetje. *In één klap de bodem inslaan.* Dat zou dan weleens in de meest letterlijke zin van het woord kunnen gebeuren.

Ze had beslist niet het recht om te dagdromen over het leiden van het bohémienachtige leven van een kunstenaar in een gehucht in Kansas.

'In het hotel? Dat is een leuk plekje.'

'O, ja. Het ligt een beetje overhoop nu, maar ze hebben goed voor me gezorgd. Wren vooral. Een lieve vrouw is dat.'

Hij deed zijn mond open, maar sloot hem weer, alsof hij zijn gedachte bij nader inzien toch liever voor zich hield. 'Ja. Een fijne vrouw. Het zout der aarde.'

Ze babbelden nog wat, waarna Maggie langzaam naar de deur liep. 'Nou, dank je wel. Ik heb genoten van je galerie.'

'Bedankt voor het langskomen.' Hij liep achter haar aan naar de deur. 'Kom nog eens terug als je weer eens in de buurt bent.'

'Dank je. O, hé, is er een bibliotheek in Clayburn?'

'Niet een heel grote, hij is een paar honderd meter verderop in de straat.' Hij wees in noordelijke richting.

Ze bedankte hem en liep die kant op.

In de bibliotheek was het donker en stil. Op de bibliotecaresse en een vrouw van middelbare leeftijd na die bij een rek met paperbacks stond te kijken, leek Maggie de enige persoon in het gebouw.

De bibliothecaresse wees haar de weg naar de wand naast de boekenrekken, waar vier computers in een studienis stonden. Ze had niet vaak meer achter de computer gezeten sinds Kevin haar gedwongen had haar baan op te zeggen, maar de muis voelde meteen vertrouwd aan in haar hand. De bibliothecaresse hielp haar om een browser te vinden en Maggie opende de website van de *New York Times* en nam vluchtig het nieuws door. Autodiefstal met geweld was in New York aan de orde van de dag en een zoektocht in de *Times* van de afgelopen twee dagen leverde niets op.

Ze stond op het punt om de website te verlaten toen haar oog op een advertentie voor een gratis online e-mailaccount viel. Jennifer had een e-mailadres, hoewel Maggie zich niet meer kon herinneren wat het was. Als ze daar achter kon komen, zou ze misschien in contact kunnen komen met haar zus zonder te verraden waar ze was.

Ze klikte op de link om zich op te geven voor het account. Ze begon haar naam in te vullen als Meg Anders, maar zag daarvan af, voor het geval die achterhaald zou kunnen worden bij een zoektocht op internet. Ze besloot gebruik te maken van een fictieve naam en koos voor 'R. Diamond'. Ze moest lachen om het beeld dat die naam opriep. Een ruwe diamant, die alleen nog een beetje geschuurd, een beetje gepolijst moest worden. Daar zou Kevin nooit opkomen.

Kon ze zich nu Jenns adres nog maar herinneren…

In een opwelling zocht ze de website op van het makelaarskantoor waar haar zus werkte. Daar stond een contactlink op. De e-mailadressen van een aantal directeuren werden vermeld en ze volgden allemaal hetzelfde patroon. Eerste voorletter, achternaam en het webadres van het bedrijf. Op dezelfde manier stelde ze een adres voor haar zus samen, en schreef een mailtje waarbij ze haar woorden zorgvuldig koos.

*Lieve Jenn,*

*Ik weet niet of hij al geprobeerd heeft contact met je op te nemen en of je zelfs maar weet wat er gebeurd is, maar ik wilde je laten weten dat alles goed met me gaat. Het is even een beetje eng geweest, maar nu is alles goed. Ik ben voorlopig veilig en ik hoef nooit meer terug. Zeg hier alsjeblieft tegen niemand iets over (behalve tegen Mark, natuurlijk). Wat bepaalde mensen ook tegen je gezegd mogen hebben, ik verzeker je dat ik niets verkeerds heb gedaan. Ik moest gewoon weg. Er deed zich een mogelijkheid voor en die heb ik aangegrepen. Ik zal je er zo snel mogelijk alles over vertellen, maar je begrijpt vast wel waarom ik nu nog niets kan zeggen.*

*Ik hou van je en zal proberen snel weer een mailtje te sturen. Je kunt me terugschrijven op dit e-mailadres. Ik weet niet wanneer ik mijn mail weer kan checken, maar ik wil dolgraag weten of je dit hebt ontvangen en of hij je niet heeft lastiggevallen.*

*Liefs,*

*M.*

Ze las haar mailtje nog een keer door om te zien of er niets in stond wat haar zou verraden als Kevin het op de een of andere manier in handen kreeg. Ze aarzelde met haar hand boven het toetsenbord. Toen ze er uiteindelijk van overtuigd was dat het veilig was, klikte ze op Verzenden.

## 18

Trevor haalde eens diep adem en sprak zichzelf moed in, waarna hij de deur van het kinderdagverblijf opendeed.

Hij liep naar binnen met boeken in zijn hand en werd onmiddellijk omringd door een stuk of zes vierjarigen. 'Voorlezen! Voorlezen!' werd er opgetogen geroepen.

Mickey Valdez kreeg hem vanachter haar bureau in het oog en rolde met haar ogen. 'Tegen jou valt niet op te boksen, weet je dat?' Hij schoot in de lach. 'Sorry... moet ik later terugkomen?'

'Nee, nee, daar is het nu al te laat voor. Ik ben hun aandacht nu toch al kwijt.' Haar toon was cynisch, maar aan haar lachende gezicht kon hij zien dat ze hem plaagde.

Hij schonk haar een dankbare glimlach. Mickey wist hoe moeilijk het voor hem was om hier te zijn. Maar het was waarschijnlijk een goede therapie. Je moet je angst onder ogen zien. Niet wegkruipen om je wonden te likken. De stemmen van een heleboel bezorgde raadgevers, van Amy's ouders en zijn beste vrienden tot Wren, weerklonken in zijn hoofd. En eerlijk gezegd ging het hem steeds een beetje gemakkelijker af.

Zolang hij bij de kinderen was tenminste.

Het was het weggaan dat hem verscheurde. Het alleen door die deur naar buiten gaan, zonder een klein handje in de zijne. Het lopen naar een auto zonder autozitje of een wachtende mama op de passagiersstoel.

Nou ja, nu was hij er. Het had weinig zin om zich druk te maken over weggaan tot het tijd was om weg te gaan.

*Eén dag tegelijk. Eén dag tegelijk.*

Hij maakte zich voorzichtig los van de kluwen kleuters en liep voor hen uit naar de voorleeskuil.

Hij hield een van de prentenboeken die hij bij zich had omhoog. 'Waar denken jullie dat het verhaal vandaag over gaat?'

'Kabouters!' riepen achttien kleuters in koor.

'Inderdaad.' Hij sloeg het boek open en hield het zo vast dat de kinderen de kleurige platen konden zien. Vanaf de eerste regel ging hij helemaal op in de fantasiewereld die de schrijver had geschapen. Een paar minuten wist hij te ontsnappen aan zijn verdriet en te genieten van de opgetogen gezichtjes van de enthousiaste kinderen voor hem.

De raadgevers hadden gelijk gehad. Het was goed voor hem geweest met kinderen bezig te zijn, een plekje te vinden waar hij zichzelf kon geven en aan andermans geluk kon denken, in plaats van te zwelgen in zijn eigen verdriet. Hij wist dat hij vanavond thuis opnieuw zou worstelen met het schrikbeeld van alles wat hij verloren had. Maar voorlopig voelde hij zich opgebeurd en bijna weer gezond.

Hij sloeg de bladzijde om en knipoogde naar Seth op de eerste rij. Het knulletje zat met grote ogen en open mond te luisteren naar de dwaze rijmpjes in het boek. Trevs ogen waren ook zo bruin geweest. De ogen van zijn moeder. Trevor bande de vergelijking uit zijn gedachten en las de volgende pagina in het ritme van het rijmpje voor.

Later, toen de kinderen buiten speelden, keek Trevor in de boekenkast, op zoek naar een leuk boek voor de volgende keer. Hij had het grootste deel van Trevs boeken aan het kinderdagverblijf geschonken. Ze stonden op een speciale plank met een gedenkplaatje, waarop stond: 'In dierbare herinnering aan Trev Ashlock'. Trevor vermeed ze meestal als hij boeken uitkoos om voor te lezen. Er waren te veel herinneringen verbonden aan die titels.

'Kun je iets vinden?'

Hij keek over zijn schouder en zag Mickey Valdez tegen haar bureau geleund naar hem staan kijken.

'Ik heb ze bijna allemaal gehad, geloof ik. Misschien ga ik wel even naar de bibliotheek om te kijken wat ik daar kan vinden. Of misschien nog beter, als ik weer eens in Salina ben, koop ik een paar nieuwe. Heb je een lijstje met boeken die je graag wilt hebben?'

'Ik ga met alle plezier een keer met je mee,' bood Mickey aan. Hij zag de al te enthousiaste blik in haar ogen. Vanaf de eerste keer dat hij zijn vrijdagmiddag in het kinderdagverblijf had doorgebracht, zinspeelde ze er al op dat hij haar mee uit zou vragen. Mickey was een leuke meid. Mooi ook, met haar olijfkleurige huid en zwarte krullen. Maar hij wilde haar geen valse hoop geven. Hij was niet geïnteresseerd. Niet nu. Misschien wel nooit.

'Bedankt, Mick. Ik stel het aanbod op prijs, maar…' Hij schudde zijn hoofd. 'Misschien bestel ik er wel een paar via internet. Zei je laatst niet dat jij een site had waar je spullen bestelt?'

'Ja,' zei ze.

De teleurstelling droop bijna zichtbaar van haar af.

'Ik stuur de link wel door naar je e-mailadres in de drukkerij.'

'Goed. Ik zal er op letten.' Hij voelde zich beroerd, maar hij kon er niks aan doen. Hij liep naar de deur. 'Ik moet ervandoor.'

'Ja… ik moet de kinderen naar binnen halen.' Ze stak een hand op en schonk hem een flauw glimlachje.

Het was bijna sluitingstijd in Main Street, maar hij besloot nog even snel bij de bibliotheek binnen te wippen voor hij naar het hotel ging. Hij zou een paar boeken kunnen halen voor de volgende week. Als hij dat uitstelde tot volgende week, was de kans groot dat hij het vergat.

Hij liep het trapje op naar de openbare bibliotheek van Clayburn en opende de zware deuren. Toen hij de koele hoofdzaal binnenliep, kwamen de muffe geuren van stof en oude inkt hem tegemoet. Hij snoof ze vergenoegd op. Deze bibliotheek voerde hem altijd terug naar zijn eigen kindertijd. Zo lang hij zich kon herinneren had zijn moeder hier het wekelijkse voorleesuurtje geleid, tot zijn vader met pensioen ging en ze in de winter naar warmere oorden trokken. Nu woonden zijn ouders het hele jaar in Florida. Hij miste het dat ze niet meer in de buurt woonden,

111

maar het was ook prettig om ieder jaar een week lang een warme bestemming te hebben als de bittere februarikou bezit nam van Kansas.

Als hij niet opschoot met de verbouwing bij Bart en Wren, zou hij de hele winter in Clayburn blijven steken, zonder er even tussenuit te kunnen. Hij wilde de trap af lopen naar de kinderafdeling, maar bleef plotseling bij de uitleenbalie staan. Het meisje uit het hotel, Meg, zat achter een van de logge computers achter in de zaal. Verdiept in wat ze op het scherm zag, had ze hem kennelijk niet opgemerkt. Hij vroeg zich af wat een meisje uit Californië met de bus naar de andere kant van het land had gebracht. Ze had niet gezegd waar ze geweest was, maar als ze verder naar het oosten was geweest dan Salina, was ze een dappere vrouw. Dat was een heleboel kilometer in een greyhoundbus en ze had er nog heel wat voor de boeg voor ze weer thuis zou zijn.

Hij voelde zich een beetje schuldig over zijn halfhartige aanbod eerder die dag. Hij zou dankbaar moeten zijn dat hij haar naar het busstation kon brengen, dankbaar voor een extra gelegenheid om zichzelf bezig te houden. Maar hij verheugde zich niet op een halfuur in de auto met een vreemde.

Amy had hem altijd extrovert genoemd. Zij was verlegen geweest en aan de stille kant. En hij *was* ook hartelijk tegen vrienden en familie, maar niet dol op het ontmoeten van nieuwe mensen. Vooral niet na wat er met Amy en Trev gebeurd was. Het onderwerp kwam altijd binnen tien minuten ter sprake bij een ontmoeting met iemand die hij niet kende, en als dat niet gebeurde, had hij het gevoel dat hij een diep, donker geheim bewaarde.

Maar ook zonder de boven alles hangende wolk van zijn tragedie zat hij er nu niet bepaald op te wachten om tijd met een vreemde uit Californië door te brengen. Hij schudde zijn hoofd en nam de trap naar de kinderafdeling met twee treden tegelijk.

Maar toen hij twintig minuten later weer boven kwam met een stapel prentenboeken onder zijn arm, zat ze nog steeds achter de computer.

Zijn geweten liet hem niet met rust. Hij keek even naar de grote klok boven de deur en zuchtte. Het was sluitingstijd. Terwijl hij naar de studienis toe liep, schraapte hij zijn keel om zijn aanwezigheid aan te kondigen.

Ze keek met een afwezige blik op van het computerscherm. Het duurde even voor de herkenning doorbrak op haar gezicht. 'O... hallo.'

'Hallo. Ik ben Trevor.'

'Ja, dat weet ik nog. Van Wrens Nest.'

'Nou ja, eigenlijk ben ik de eigenaar van de drukkerij, dat is mijn echte baan. Die verbouwing bij Wren doe ik ernaast.'

Hij wachtte tot ze zou reageren. Toen ze hem alleen maar bleef aankijken, ging er een eigenaardig gevoel door hem heen. Als hij niet beter wist, zou hij het aangeduid hebben als nervositeit.

'Moet je horen,' vervolgde hij, 'ik meende het vanmorgen serieus, hoor, toen ik aanbood om je naar het busstation te brengen. Het is in deze tijd van het jaar niet erg druk in de drukkerij en ik kan in principe weg wanneer ik wil, dus ik wil je graag brengen... wanneer je besluit dat je weg wilt.' Hij was aan het ratelen en leek daar niet mee te kunnen stoppen.

Ze knipperde twee keer en haar korenbloemblauwe ogen vernauwden zich heel even. Hij zag er dezelfde behoedzaamheid in die hij ook bespeurd had toen ze elkaar voor het eerst ontmoetten. Dit meisje schonk niet snel haar vertrouwen, om wat voor reden dan ook. Hij kreeg plotseling een knoop in zijn maag, net als de eerste keer dat hij Amy mee uit gevraagd had. De vergelijking ontnuchterde hem.

Hij schraapte nogmaals zijn keel. 'Als je weet hoe laat je bus gaat, geef je maar een gil.'

Maggie hield haar hoofd iets schuin en keek hem onderzoekend aan. 'Bedankt. Ik zal het je laten weten.'

Haar ogen oefenden aantrekkingskracht op hem uit en hij leek zijn blik niet te kunnen losmaken van de hare. 'De bibliotheek is dicht. Wil je een lift terug naar het hotel?'

Ze keek langs hem heen naar de uitleenbalie. 'Hoe bedoel je, dicht?'

Hij wees over zijn schouder naar de grote klok aan de wand achter hem. 'Ze gaan om vijf uur dicht.'

'Hoe komt het dan dat wij hier nog steeds zijn?' Er stond scepsis in die blauwe ogen te lezen.

Hij grijnsde, in de hoop haar vertrouwen te winnen. 'Ze gooien ons er heus niet uit. Als we niet binnen een paar minuten weggaan, gaat mevrouw Harms gewoon de lichten uitdoen.'

Ze werd niet toeschietelijker en hij begon zich een beetje dwaas te voelen. 'Wil je meerijden of niet?'

Ze schudde haar hoofd. 'Ik loop wel. Het is maar een paar straten.'

'Het is nog altijd behoorlijk heet buiten. Ik zou je met het comfort van airconditioning voor de voordeur kunnen afzetten.' Hij deed een schietgebedje dat zijn airco het zou doen vandaag. 'Dat komt nog het meest in de buurt van een taxi in Clayburn.' Hij draaide zich bijna om om te zien wie dat gezegd had. Het was alsof hij geen controle had over de woorden die uit zijn mond kwamen.

*Dat kind wil geen lift, Ashlock. Hou erover op.*

Ze keek even op de klok. 'Was je zelf ook van plan naar het hotel te gaan?'

Hij knikte. 'Wren doet me wat als ik haar keuken niet binnen een paar dagen op orde heb.'

Er lag twijfel in haar blik. 'Denk je echt dat je die klus in een paar dagen kunt klaren?'

Hij schoot in de lach. 'Nou, met "op orde" bedoel ik niet echt dat ik klaar ben. Ze wil alleen elke avond gebruik kunnen maken van haar fornuis. Het zal me nog wel een paar maanden kosten om het helemaal af te maken.' Hij begon naar de deur te lopen.

Bij het horen van het piepende geluid van haar gympen op de tegelvloer, verscheen er een glimlach op zijn gezicht.

'Is dat jouw pick-uptruck?' Ze wees naar de truck die voor de bibliotheek geparkeerd stond.

'Ja. Wacht, ik zal je even helpen.' Hij verplaatste de stapel boeken naar zijn andere arm en deed het portier voor haar open.

Ze bleef bij het open portier staan en keek naar de boeken. '*De kat met de hoed*? Heb je kinderen?'

Hij kromp ineen, maar wist te glimlachen en zijn hoofd te schudden. 'Ik lees voor op het kinderdagverblijf.'

'Echt? Heb je een taakstraf of zo?'

Hoe kwam ze *daar* nu bij? Hij schoot in de lach en wilde iets zeggen, maar hoe moest je daar nu op reageren?

'Nee, ik bedoel, wat leuk,' zei ze, duidelijk terugkrabbelend. 'Je ziet niet vaak grote, stoere kerels prentenboeken uitzoeken, niet midden op de dag in elk geval.'

'Je bent niet meer in Californië, hoor,' zei hij, in een poging haar opmerking over 'grote, stoere kerels' wat af te zwakken.

Nu was het haar beurt om te lachen. 'Sorry. Ik probeer nog steeds hoogte te krijgen van dit stadje.'

Hij deed het portier verder open en gebaarde dat ze in kon stappen.

Ze stapte in, ging zitten en stak toen haar hand uit naar de boeken. 'Die kan ik wel vasthouden.'

'Bedankt.' Hij gaf haar de boeken en liep om de truck heen naar de bestuurderskant.

'Meg was het toch?' vroeg hij, terwijl hij achter het stuur plaatsnam.

'Dat is het nog steeds.'

Hij rolde even vol zelfspot met zijn ogen bij haar verbetering. 'Heb je ook een achternaam?'

'Anders.'

'O? Die naam hoor je hier veel. Ben je daar familie van?'

'Nee,' zei ze een beetje te snel. 'Al mijn familieleden wonen in Californië.'

'Hoelang woon je daar al?'

'In Californië?' Ze keek door de voorruit. 'Een paar jaar.'

'Dat vroeg ik me al af. Je accent klinkt meer New Yorks.'

Haar hoofd ging met een ruk omhoog en hij zag een flits van verbazing in haar ogen. Maar toen glimlachte ze. 'Dat van jou klinkt meer Texaans.'

'Echt? Texaans? Ik ben nooit verder naar het zuiden geweest dan Oklahoma City.'

Ze keek veelbetekenend naar de sleutels in zijn hand. 'Je was toch van plan naar het hotel te gaan?'

Hij volgde haar blik. Nadat hij na enig gemorrel de sleutel in het contact had gekregen, reed hij achteruit de parkeerplaats af en probeerde haar blik te ontwijken, terwijl hij keek of er verkeer aankwam.

Ze legden de paar honderd meter naar het hotel zwijgend af. Zodra hij stilstond, sprong ze uit de truck. 'Bedankt voor de lift.' Haar woorden werden afgebroken door het dichtslaan van het portier.

Trevor legde zijn onderarmen op het stuur en keek haar na, toen ze haastig de voordeur binnenging. 'Geen dank, hoor... graag gedaan,' sprak hij in het luchtledige.

· 19 ·

De hal van het hotel was leeg. Maggie liep vlug door de gang naar haar kamer. Ze wilde Trevor niet meer onder ogen komen, maar tegelijkertijd had ze er spijt van dat ze het plezierige gesprek dat ze begonnen waren, verpest had.

Ze deed haar deur dicht en leunde ertegenaan, terwijl haar keel dik werd van de emotie. Ze was kortaf en onbeleefd geweest, terwijl hij alleen maar interesse had getoond in haar leven. Maar hij werd te amicaal en dat maakte haar nerveus. Het kostte te veel energie om haar maskerade vol te houden.

Haar maag rammelde, wat haar eraan herinnerde dat ze sinds de kaneelbroodjes niets meer gegeten had. Ze leegde de zakken van haar broek op de ladekast. Ze had minder dan zestig dollar over. En dat was zonder de kosten voor de overnachting van vannacht, dankzij Wrens aanbod om haar later een cheque te laten sturen. Waar ze een cheque vandaan zou moeten halen, wist ze niet.

En waar moest ze morgen heen? Als ze zich door Trevor naar het busstation zou laten brengen, naar welke lijn moest ze dan vragen? Hoewel ze hem nog maar een paar uur kende, vermoedde ze dat hij erop zou staan haar tot in het busstation te begeleiden, om ervoor te zorgen dat ze op de juiste bus zou stappen. Het rare was, dat ze geen moment twijfelde aan zijn bedoelingen. Ooit, voor Kevin Bryson, had ze mannen zoals Trevor gekend. Donald Tarkan in het eerste pleeggezin waar Jenn en zij naartoe gestuurd waren. En dominee Fred van de kerk van de familie Tarkan. De herinneringen kwamen nu terug aan goede mannen, die vrouwen met respect bejegenden en die zuivere motieven hadden.

Ze dacht aan Rick Henry en Ted Blakely. In haar wanhoop om te ontsnappen had ze die mannen vertrouwd. En het waren aardige mannen gebleken, die haar alleen maar wilden helpen. Ze had gezien hoe ze hun vrouw behandelden en had een glimp opgevangen van hoe een liefdevolle relatie eruit zou kunnen zien.

Ze stopte het geld weer in haar zak en ging naar de badkamer om haar haar te kammen. In de spiegel keek ze met een verlangende blik naar de diepe badkuip. Het zou heerlijk zijn om nog een bad te nemen voor ze de volgende ochtend vertrok. Maar eerst moest ze een hapje eten. Ze deed het licht in de badkamer uit en liep de gang op.

Wrens stem klonk uit de hal. 'Ben jij dat, Meg?'

Maggie deed haar kamerdeur op slot en stak de sleutel in haar zak.

'Ja. Ik wilde net iets gaan eten.'

'Ik vroeg me af of dit van jou was.' Wren stak haar een opgevouwen stukje papier toe.

Maggie pakte het aan en vouwde het open.

'Dat vond ik in de wasmachine. Het moet in een van je zakken hebben gezeten.'

Maggie draaide het papiertje om. Er stond iets op gekrabbeld, maar het was doorgelopen in de was en Maggie kon maar een paar woorden ontcijferen. Het zag eruit als: 'Alle dingen werken...' en iets over roepen. Ze snapte er niet veel van.

Toen ze merkte dat Wren haar stond aan te kijken, vouwde Maggie het papiertje weer op en stak het in haar linkerzak. 'Bedankt.'

'Als het belangrijk is wat erop staat, laat het dan vanavond niet weer in je zak zitten als je me je was geeft,' zei Wren plagend.

'O, u hoeft mijn was niet nog een keer te doen, hoor.'

'Dat is geen enkele moeite. Ik moet toch een was draaien. Pasten die kleren je?'

'Ik heb ze nog niet gepast. Maar hartelijk bedankt dat u ze voor mijn deur hebt gelegd. Ik zal ze na het eten even passen.'

'Je mag gerust met mij en Bart mee-eten,' zei Wren. 'Het is niks bijzonders, hoor, gewoon mijn pasta-tonijnschotel. En we zullen in de rommel moeten eten.' Ze ging harder praten en riep over Maggies schouder de eetzaal in: 'Ik heb geen fatsoenlijke maaltijd meer kunnen klaarmaken sinds Trevor Ashlock mijn keuken afgebroken heeft.'

'Denk maar niet dat ik dat niet gehoord heb, Wren Johannsen.' Zijn lage stem klonk van onder de gebogen deuropening. De woorden klonken nors, maar Maggie hoorde de lach erin.

Ze had niet gehoord dat hij aan het werk was. Waarom bracht het haar van haar stuk te weten dat Trevor zich aan de andere kant van die muur bevond?

'Als je wilt, mag je ook een hapje mee-eten van mijn tonijnschotel, meneer Ashlock,' riep Wren.

Geen antwoord.

'Het is een van Barts lievelingsgerechten,' zei Wren tegen Maggie. 'Tenminste, dat beweert hij al sinds het begin van ons huwelijk.'

'Dank u, maar ik wil me niet opdringen.'

'Onzin. Als er iets van overblijft, kan ik het niet meer opwarmen, pasta wordt te plakkerig. Help ons het op te eten. Ik sta erop. We eten om een uur of zes.'

Maggie keek de eetzaal in, wensend dat Trevor de uitnodiging zou afslaan, zodat zij hem kon aannemen. Maar ofwel hij had het niet gehoord, of hij wachtte af of zij hem zou afslaan.

Uiteindelijk gaven haar maag en de geslonken hoeveelheid bankbiljetten in haar zak de doorslag. 'Dank je, Wren. Ik eet graag met Bart en jou mee.'

Het hele hotel leek doordrongen van de pittige geur van uien en knoflook. Het water liep Maggie in de mond toen ze door de hal naar de eetzaal liep.

Wren fladderde als een bezig bijtje heen en weer. De ladders en de gereedschapskist stonden op een afdekzeil in de hoek, maar Wren had een van de tafels weggeschoven van de met gipsplaten beklede wand en die gedekt met een vrolijk roodwit geruit tafelkleed. Een paar kaarsen wachtten erop om aangestoken te worden en in een kleine melkkan stond een tak van een bloeiende fuchsia en wat aspergegroen.

Tot haar schrik zag Maggie dat er voor vier mensen gedekt was. Trevor moest de uitnodiging toch aangenomen hebben.

'Het ziet er prachtig uit, Wren. Kan ik je ergens mee helpen?'

Wren draaide zich vliegensvlug om en haar gezicht klaarde op. 'Meg! Mooi zo. Ik hoopte al dat je op tijd zou komen om te helpen.' Ze liep naar een van de kasten in het keukentje, rommelde wat in een la en haalde er een doosje lucifers uit. 'Alsjeblieft. Je kunt de kaarsen vast aansteken. En ijsblokjes in de glazen doen. Ik heb limonade gemaakt.'

Jasper lag opgekruld op een stoel in het schuin invallende licht van de avondzon. Maggie tilde de kat op en knuffelde hem even, waarna ze hem naar de hal bracht en daar neerzette.

Toen ze terugkwam in de keuken stak ze de kaarsen aan, vulde de glazen met ijs en liep terug naar Wren om te vragen wat ze nog meer kon doen. Ze werkten samen en draaiden als volksdansers om elkaar heen in de krappe ruimte, terwijl Wren goedmoedig mopperde over de rommel in haar keuken. Maggie was blij dat ze het voor elkaar kreeg dat ze het niet over Meg Anders hadden.

'Hebben jullie veel gasten?' vroeg ze, toen het een poosje stil bleef en ze bang was dat Wren nieuwsgierige vragen zou gaan stellen.

Wrens gezicht betrok haast onmerkbaar, maar meteen daarna glimlachte ze weer. 'Niet zo veel als toen we opengingen: in de jaren tachtig. In het weekend is het wat beter, maar we hopen dat we met een opknapbeurt en wat reclame de zaken weer een beetje kunnen opkrikken. Ik zal je een paar visitekaartjes meegeven, dan kun je al je vrienden in Californië over ons vertellen. We hebben gemerkt dat mensen uit de grote stad ons het meest waarderen.' Ze grinnikte zachtjes. 'Als ik een stuiver zou krijgen voor iedere keer dat ik zo'n mondain stadsmens heb horen zeggen hoeveel sterren er in Kansas zijn, zou ik snel rijk zijn.'

'Dat viel mij ook op... die sterren. Die avond toen ik uit Salina kwam lo…' Ze hield zich plotseling in en zei: 'Toen ik hier aankwam.'

Wren keek haar even opmerkzaam aan en zette haar handen toen in haar zij. 'Lieve kind, God heeft dezelfde hemel uitgespannen boven dat Californië van jou als boven Kansas. Wij vonden het alleen niet zo'n goed idee om de sterren met wolkenkrabbers en neonverlichting aan het zicht te onttrekken.'

Maggie kromp ineen bij Wrens verwijzing naar 'dat Californië van jou'. Waarom had ze niet gewoon de waarheid verteld? Hier zou niemand haar geheim verraden. Het deed pijn om het toe te geven, maar ze vroeg zich af of Kevin Bryson zelfs nog wel naar haar op zoek was. Hij zou waarschijnlijk voor het einde van de zomer al een van de vrouwen met wie hij samenwerkte – een van de velen met wie hij haar bedrogen had, vermoedde ze – hebben overgehaald om bij hem in te trekken.

De gedachte bezorgde haar een steek van pijn, tot ze zich herinnerde hoe vrij, hoe ongelooflijk *bevrijd*, ze zich had gevoeld sinds ze op die bus naar het westen was gestapt.

Bart kwam de eetzaal binnen. Hij floot een deuntje, dat hij volgens Maggie ter plekke verzon. Het vrolijke melodietje zorgde ervoor dat ze zich blij en op haar gemak voelde.

Bart gaf Wren een zoen op haar wang, schoof een stoel naar achteren en ging zitten. 'Waar is Trevor?'

'O, die kan hier elk moment zijn.' Wren zette een dampende schaal op tafel en bleef even staan om het servet onder een vork recht te leggen. Ze wierp Maggie een zijdelingse blik toe. 'Ga maar vast zitten, Meg. Als hij niet snel komt, beginnen we gewoon.'

Bart sprong op en schoof Maggies stoel voor haar naar achteren. Precies op dat moment klonken de belletjes aan de voordeur. Even later verscheen Trevor Ashlock in de deuropening. Hij had zijn werkkleding verwisseld voor een schone spijkerbroek en een katoenen overhemd. Zijn haar was nog nat van het douchen en leek donkerder dan eerst. Terwijl Trevor naar de tafel toe kwam lopen, vond Maggie dat hij nog lekkerder rook dan het eten op tafel.

'Kan ik je nog ergens mee helpen, Wren?' vroeg hij, met zijn handen op de rugleuning van de stoel naast die van Maggie.

'Ga maar zitten. Alles is klaar.' Wren zette een mandje geurig bruin brood op tafel en liet zich op de stoel vallen die Trevor voor haar naar achteren had geschoven.

Toen hij ook zat, begroette hij Maggie met een knikje. Zonder een woord te zeggen bogen ze gedrieën hun hoofd. Maggie boog het hare ook snel, hopend dat ze haar aarzeling niet hadden opgemerkt. Maar ze kon het niet laten stiekem in het rond te kijken, geboeid als ze was door de ongedwongen manier waarop ze uitdrukking gaven aan hun geloof.

Bart begon op luide toon te praten, alsof hij het volume een beetje moest opschroeven om God te bereiken. 'Dank U, Vader, voor het eten dat hier voor ons staat. We ontvangen het met een dankbaar hart, een nederige geest... en een hongerige maag.'

'Bart!' Wren deed net of ze geschokt was, maar Maggie zag de pretlichtjes in haar ogen.

Trevor verborg een grijns voor de vrouw, maar knipoogde naar Maggie terwijl hij de tenen mand optilde waar Wren de ovenschaal in gezet had. Hij hield hem vast, terwijl zij er zo veel uit opschepte als ze durfde.

Het eten smaakte net zo heerlijk als het geroken had en ze moest zich inhouden om het niet als een uitgehongerde hond naar binnen te schrokken.

'Vertel eens, Meg, heb je al een kaartje geregeld voor morgen?' vroeg Wren toen alle schalen en het broodmandje rond geweest waren. 'Hoe laat vertrekt je bus?'

'Wat een heerlijk brood,' zei ze met haar mond vol, tegen niemand in het bijzonder, in de hoop de aandacht van het onderwerp af te leiden. 'Jullie hebben hier zeker een goede luxe bakker!'

'Wren heeft dat zelf gebakken.' Bart zette een hoge borst op, alsof hij er zelf een aandeel in gehad had.

'Het is verrukkelijk. Net zo lekker als in de beste koosjere broodjeszaken bij ons in New York.'

'New York?' Wren legde haar vork neer, een en al oor. 'Ben je daar geweest?'

Maggie deed haar uiterste best om haar hart tot bedaren te brengen zonder iets te laten merken. Nu had ze het echt verprutst. Trevor had eerder die dag al gezegd dat ze een New Yorks accent had. Ze probeerde zich uit alle macht te herinneren hoe ze dat verklaard had tegenover hem.

'Eh... ja. Ik ben een paar dagen in New York geweest.'

'Ik heb nooit enige behoefte gehad om die stad te bezoeken,' zei Bart.

'Was je daar voor zaken?' vroeg Wren.

'Nee. Gewoon om wat vrienden op te zoeken.' Ze had het gevoel of ze achternagezeten werd op een loopband.

Trevor ving haar blik. Hij leek te merken hoe ongemakkelijk ze zich voelde bij het onderwerp. 'Mijn aanbod geldt nog steeds,' zei hij zakelijk. 'Ik wil je met alle plezier naar het busstation brengen.'

'Dank je. Ik weet niet precies hoe laat de bus gaat, maar als je me gewoon bij het busstation afzet, dan koop ik wel een kaartje als ik daar ben.'

'O, dat moet je niet doen, schat.' Wren keek bezorgd. 'Misschien kom je er dan achter dat er pas midden in de nacht een bus vertrekt. Ik zou me een stuk prettiger voelen als je een kaartje geregeld hebt voor je vertrekt. We kunnen na het eten wel even bellen.'

'Wren heeft gelijk,' zei Bart. 'Het is niet goed om langer in dat station rond te hangen dan nodig is.' Hij richtte zich tot Trevor. 'Zorg ervoor dat ze veilig in die bus zit voor je weggaat.'

Het was geen vraag.

Trevor knikte alleen maar en Maggie zocht naarstig naar een manier om van onderwerp te veranderen. Ze wilde weg uit dit stadje voor deze mensen, die haar niets dan goedheid hadden bewezen, zouden merken wat een leugenaar ze was. Op de een of andere manier zou ze de Johannsens vergoeden wat ze hun nog schuldig was voor haar verblijf. Ze had al genoeg op haar geweten.

Maar hoe zou ze kunnen voorkomen dat ze morgen met Trevor mee terug moest naar Salina? Misschien kon ze gewoon weggaan, gewoon gaan lopen en hopen dat een van die cowboys uit Kansas haar een lift zou aanbieden.

Het gekke was dat ze amper vierentwintig uur in Clayburn was en zich hier was gaan thuisvoelen.

'Stel dat ik besluit nog een dag te blijven, wat dan?'

De verbazing op de gezichten van haar tafelgenoten had niet groter kunnen zijn dan die van haarzelf. Tot haar woorden tot haar eigen oren doordrongen, had ze niet beseft dat ze haar gedachten hardop uitgesproken had. Het bloed klopte in haar slapen en ze had het gevoel dat de muren op haar af kwamen.

Wren legde haar vork neer. 'Nou, je mag uiteraard blijven zo lang je wilt, Meg. Maar worden ze thuis dan niet ongerust?'

'Ik zal het hun laten weten.' Ze schoof haar stoel naar achteren. Het maakte een schrapend geluid over de tegelvloer, wat nog weerkaatst werd door de lege, gordijnloze ruimte. 'Als jullie het niet erg vinden, dan ga ik nu maar naar mijn kamer. Dank je wel voor de heerlijke maaltijd, Wren.'

Bart hief zijn handen in de lucht. 'Je kunt niet weggaan zonder dat je een stuk van Wrens aardbeientaart geproefd hebt.'

Maar Maggie was al halverwege de eetzaal. In de spiegel die scheef naast de deur hing, zag ze Wrens spiegelbeeld toen ze erlangs vloog. De vrouw gaf Trevor met verwoede gebaren te kennen dat hij achter haar aan moest gaan.

Omdat ze daar juist bang voor was, liep Maggie nog vlugger door de hal, de gang in. Ze zocht in haar zak naar haar kamersleutel.

'Wacht!' Trevors stem achter haar klonk onzeker. 'Meg, wacht even.'

Ze hield haar pas in. Ze kon niet weer bij hem weglopen. Met een hand op de deurknop draaide ze zich om.

'Gaat het wel met je?'

Haar schouders zakten tegen de deur. De tranen prikten in haar ogen. 'Nee,' fluisterde ze. Alle strijdlust had haar verlaten. 'Het gaat helemaal niet.'

'Wil… wil je erover praten?' Zijn stem sloeg over, als bij een puber.

De arme man was gestrikt om achter haar aan te gaan. Wren bedoelde het goed, maar Trevor zou niet voor psycholoog hoeven spelen voor haar. 'Je kent me niet eens.'

Hij liet er geen seconde overheen gaan, maar zei: 'O, jawel, Meg Anders uit Californië, die maat 36 of 38 heeft en van katten houdt en van Wrens zelfgebakken brood.' Hij stond zo dichtbij dat ze de citrusgeur van zijn aftershave rook. Maggie haalde diep adem en zuchtte eens diep. Ondanks zichzelf moest ze glimlachen, ook al vermoedde ze dat hij met haar flirtte. En hoewel hij een paar details mis had, dankzij haar leugens, had hij meer van haar onthouden dan Kevin Bryson in de twee jaar dat hij met haar samengewoond had.

*Het zou niet moeilijk zijn om van zo'n man te houden.*

Ze schrok van die gedachte. Wat was er met haar aan de hand? Dat ze hier stond, terwijl Bart en Wren aan de aardbeientaart zaten, kwam nu juist omdat ze niet bij hen betrokken wilde raken. En trouwens, Trevor was alleen achter haar aan gekomen omdat Wren hem dat gevraagd had.

Toch maakte zijn nabijheid haar nerveus. Ze probeerde achteruit te lopen, maar ze stond al tegen de deur aan. Ze stak haar hand uit naar de deurknop. 'Hoor eens… je denkt misschien dat je me kent, maar dat is niet zo.'

'Misschien zou ik het wel graag willen.'

Ze zei met een sarcastisch lachje: 'Misschien ben je gek.'

Hij trok zich een klein beetje terug. 'Waarom zeg je dat?'

'Meen je dat nou? Ik ben alleen maar op doorreis. Na morgen zul je me nooit meer zien. Waarom zou je… de moeite willen nemen?'

Hij deed twee stappen naar achteren in het gedempte licht van de gang. 'Laat me weten hoe laat je bus morgen vertrekt, Meg, dan zal ik zorgen dat je er komt. Wren kan je mijn nummer in de drukkerij geven.' Hij draaide zich om en liep met grote stappen de hal in.

Ze deed de deur van haar kamer van het slot en deed hem open. Maar voor ze naar binnen ging, bleef ze nog even in de deuropening staan, terwijl ze wachtte tot ze zijn stem en die van de Johannsens hoorde.

In plaats daarvan hoorde ze het onmiskenbare geluid van de belletjes aan de voordeur.

## 20

Trevor trapte bijna gaten in het asfalt toen hij naar zijn pick-up-truck liep. *Stampte* was een beter woord. Hij wilde kwaad zijn op Meg Anders. Ze had het gepresteerd om ieder greintje vriendschap dat hij haar aangeboden had, af te wijzen.

Waarom trok hij zich dat zo aan? Ze was hier maar een dag, twee dagen hooguit. Dan zou ze weer vertrokken zijn naar Californië en zou hij haar nooit meer zien. Maar iets in haar trok hem aan. Deed hem ernaar verlangen haar gelukkig te zien. Ze hield iets verborgen, dat was wel duidelijk. Hij had het idee dat Bart en Wren dat ook aanvoelden.

Waarom kon hij dan niet ophouden aan haar te denken? Waarom was ze vanaf het moment dat hij haar zag in zijn gedachten geweest? Ze had er zo kwetsbaar uitgezien, zoals ze daar in Wrens nachtpon in de eetzaal had gestaan.

Ja, Meg was een knappe meid. Maar dat was niet de hoofdreden waarom hij zich tot haar aangetrokken voelde. Ondanks haar terughoudendheid om over haar leven te vertellen, had ze iets fris en onschuldigs over zich dat hem fascineerde.

Toen drong het tot hem door.

Ze deed hem aan Amy denken.

De gedachte deed hem met een schok stilstaan.

Met haar blonde haar en blanke huid, haar ranke figuurtje en die blauwe ogen was Meg in lichamelijk opzicht de tegenpool van Amy. Maar ze had diezelfde naïeve verwondering over de wereld die Amy ook had gehad. Hij zag hoe Meg alles in zich opnam, hoe ze genoot van de gevatte manier waarop Bart en Wren met elkaar praatten, hoe lief ze was voor Jasper. Zelfs de manier waarop ze de geur van Wrens brood opgesnoven had, deed hem op de een of andere manier denken aan de manier waarop zijn Amy naar de wereld gekeken had.

*Zijn Amy.*

Een al te vertrouwde pijn zette zich vast in zijn borst. Hij stapte in de pick-uptruck en startte de motor. Waarom liet hij toe dat hij verwikkeld raakte in het leven van die vrouw? Het werd al een beetje donker. Hij deed zijn koplampen aan en sloot zijn ogen. Maar hij kon het gevoel niet van zich afzetten dat er iets bijzonders, iets kostbaars zelfs, aan deze Meg Anders was. De een of andere band die ze met elkaar deelden. Maar hoe zou dat kunnen? Meg zou morgen weg zijn.

Een stofwolk volgde Trevors truck in westelijke richting. Maggie stopte met rennen en bleef op straat staan kijken hoe het stof neerdwarrelde. Tegen beter weten in had ze geprobeerd hem te pakken te krijgen voor hij wegreed bij het hotel. Maar óf Trevor had haar niet gezien in zijn achteruitkijkspiegel, óf hij had besloten dat hij niets meer met haar te maken wilde hebben. Een diepe neerslachtigheid daalde op haar neer. Iets wat dieper ging dan het verdriet en de pijn die ze gevoeld had als Kevin op haar inhakte met kritische, bittere woorden en haar die al te bekende blik van minachting toewierp. Waarom trok ze het zich zo aan wat deze vreemde van haar dacht? Waarom voelde ze zo'n leegte in haar borst nu ze hem weg zag rijden?

'Meg?'

Ze draaide zich om en zag Wren in de deuropening staan.

'Gaat het wel met je? Waar is Trevor heen?'

Ze haalde haar schouders op. 'Ik weet het niet.'

'Is er iets gebeurd tussen jullie?'

*Was* er iets gebeurd? Maggie wist het niet. Het was belachelijk. Ze kende hem nauwelijks en toch voelde de breuk tussen hen aan alsof ze ooit bij elkaar hadden gehoord en iets hen uit elkaar gescheurd had.

'Ik was nogal onbeleefd tegen hem. Ik denk dat hij gewoon aardig wilde zijn en...' Ze schudde haar hoofd, niet in staat het zelf te begrijpen, laat staan dat ze het Wren kon uitleggen.

Wren kwam naar buiten en legde een hand op Maggies rug, waarna ze vederlichte cirkeltjes begon te wrijven in de ruimte tussen haar schouderbladen. Die simpele aanraking bood een troost en warmte die Maggie niet meer ervaren had sinds ze een klein meisje was en door haar moeders lieve hand in slaap werd gesust.

'Kom mee naar binnen. Eet een stukje taart. Dan praten we wat.'

Maggie glimlachte. Taart leek Wrens oplossing voor alle problemen te zijn. Nou ja, het kon geen kwaad, toch?

Bart was verdwenen, maar de vuile borden stonden opgestapeld op de plaat multiplex die tijdens de verbouwing als aanrecht diende. Wren schonk koffie in en sneed een paar enorme stukken aardbeientaart af. Ze namen hun bordjes mee naar de tafel en gingen tegenover elkaar zitten, waar ze een paar minuten zwijgend aten en van hun koffie dronken.

'Ik weet niet wat er tussen jou en Trevor gebeurd is tijdens het eten, schat, maar wat het ook was, trek het je niet te veel aan. Trevor... heeft verdriet en soms weet hij niet goed hoe hij met zijn pijn moet omgaan. Af en toe reageert hij het af op andere mensen. Dat bedoelt hij niet zo, maar het gebeurt nou eenmaal.'

Wrens woorden verrasten Maggie. 'Ik wist niet...'

'Natuurlijk niet. Hij praat er niet over. Kropt het allemaal op van binnen. Het zou beter zijn als hij iemand deelgenoot zou maken van zijn verdriet.'

'Wat is er gebeurd... als ik dat vragen mag?'

'Hij heeft een paar jaar geleden zijn vrouw en zoontje verloren, bij een auto-ongeluk.'

Een kreet van afschuw ontsnapte aan Maggies keel. Ze legde haar vork op de rand van haar bordje. Haar eetlust was verdwenen.

'Ja, vreselijk.' Wren knikte meelevend. 'Het is zwaar geweest. Heel zwaar.'

'Hij nam vandaag kinderboeken mee uit de bibliotheek. Hij zei dat hij voorleest op het kinderdagverblijf. Heeft hij nog meer kinderen?'

'Nee. Hij verloor zijn enige kind, zijn zoon. Hij heeft die dag alles verloren.' Wren keek langs Maggie heen, met een waas van oud verdriet in haar ogen.

Maggie probeerde zich te herinneren wat ze tegen hem gezegd had in de bibliotheek. Een stom grapje over taakstraf. Ze kromp ineen.

'Ik denk dat het voorlezen op het kinderdagverblijf Trevors manier is om zijn verdriet te verwerken. Soms vraag ik me af of dat wel zo wijs is.' Wren zette haar kopje op het schoteltje en het gerinkel vulde de stille ruimte. 'Het moet moeilijk zijn om bij kinderen te zijn die net zo oud zijn als zijn zoontje geweest zou zijn. Maar misschien helpt het.'

Wren leek niet echt te vissen, maar de moederlijke genegenheid van de vrouw voor Trevor kon haar moeilijk ontgaan. Misschien zou een verklaring Wren geruststellen.

'Hij bood aan me naar het busstation te brengen morgen. Ik, ik wist dit niet.' Ze liet haar hoofd hangen. 'Ik dacht dat hij met me flirtte of zo. Ik was nogal onbeleefd tegen hem.'

'Flirtte Trevor met je?'

Maggie schudde haar hoofd. 'Ik heb het me waarschijnlijk verbeeld. Ik ben zo stom…'

'O, schat, ik hoop dat hij *inderdaad* met je flirtte. Dat zou me heel gelukkig maken.'

Maggie nam nog een slokje van haar lauw geworden koffie, niet wetend hoe ze moest reageren.

Wren leek het niet te merken. Ze kwam nu pas goed op gang. 'Het wordt hoog tijd dat hij stopt met rouwen. Misschien was het alleen maar nodig dat hij een leuke meid als jij ontmoette om dat tot stand te brengen. Ik zou dolgelukkig zijn als Trevor Ashlock een lief meisje als jij zou vinden en tot over zijn oren verliefd op haar zou raken.' Ze kreeg weer een afwezige blik in haar ogen.

Maggie nam de uitdrukking op Wrens gezicht aandachtig op. Was er meer dan de oude vrouw vertelde?

Omdat ze zich plotseling ongemakkelijk voelde bij het gesprek, schoof Maggie haar stoel naar achteren. Ze liet haar koffie en het laatste stukje taart staan, mompelde een verontschuldiging en rende bijna door de gang naar haar kamer.

Ze deed de deur achter zich dicht. Haar adem kwam in onregelmatige stootjes. Ze moest maken dat ze hier wegkwam. Het begon allemaal te verwarrend te worden.

Hoe pijnlijk het ook zou zijn, ze zou Trevors aanbod aannemen en morgen weggaan. Zo vroeg mogelijk. Voor ze zich zo in de nesten had gewerkt dat er geen ontsnapping meer mogelijk was.

## 21

'Ik zal even wachten tot je je kaartje geregeld hebt.' Trevor zette de pick-uptruck voor het winkeltje dat als busstation diende. Hij zette de motor uit en sprong uit de truck voor Maggie hem kon tegenhouden.

Ze rende achter hem aan toen hij met grote stappen naar het gebouw toe liep. 'Je hoeft niet te blijven.'

Hij haalde zijn schouders op. 'Ik vind het niet erg. Alleen tot we zeker weten dat je een kaartje kunt krijgen.'

'Alsjeblieft, ik ben een volwassen vrouw. Ik ben heel goed in staat mijn eigen buskaartje te kopen.'

'Ja, maar ben je in staat om je bagage te traceren?' Hij keek even naar het canvas tasje dat ze over haar schouder had geslingerd en er verscheen een flauwe grijns op zijn gezicht.

Wren had het tasje die morgen aan Maggie gegeven, volgepakt met boterhammen, fruit en genoeg eten om minstens twee dagen mee door te komen, samen met twee fris gewassen setjes kleren. Maar ze wist dat Trevors opmerking niet op deze nieuwe 'bagage' sloeg. Hij had het over de koffers die ze zogenaamd kwijtgeraakt was toen de bus zonder haar wegreed. Ze keek omlaag naar de rommelmarktafdankertjes die ze droeg. Alles wat ze nu bezat was haar uit medeleven gegeven, voornamelijk vanwege verhalen die niet eens waar waren. Er speelde een uitdrukking door haar hoofd: *oneerlijk verkregen voordeel.*

'Het is mijn schuld niet dat mijn bagage kwijt is.' Door haar schuldgevoel kwamen de woorden er scherper uit dan ze bedoelde.

'Dat heb ik ook nooit gezegd.'

'Je bedoelde het wel.'

'Nee, jij concludeert dat ik dat bedoelde.'

Ze rolde met haar ogen. 'Je hebt een woordenboek nodig om een gesprek met jou te voeren.'

Hij grijnsde alsof hij een prijs gewonnen had.

'Wat is er?' zei ze nijdig.

'Ik zei niks.'

Ze zette haar handen op haar heupen. 'Hoor eens. Ik waardeer je hulp, echt waar, maar ga nu alsjeblieft weg. Ik vind het al erg genoeg dat je je werk in de steek moest laten om mij hier te brengen.'

'Mijn werk loopt niet weg. En trouwens, het is zaterdag. Dan werk ik meestal toch maar een paar uur.'

'Alsjeblieft, Trevor. Ik red me wel.' Er klonk frustratie door in haar stem. Ze liep naar het station, in de hoop dat hij het zou opgeven.

Maar hij volgde haar op de voet. 'Sorry. Zo ben ik niet opgevoed.'

Ze bleef doorlopen. 'Waar heb je het over?'

'Mijn vader heeft me geleerd een heer te zijn en ik ben van plan ervoor te zorgen dat je veilig in die bus komt. En trouwens…' hij trok een scheve grijns, 'Bart zal me ervanlangs geven als ik het niet doe.'

'Best.' Ze negeerde hem en liep naar het loket, hopend dat hij ver genoeg bij haar vandaan zou blijven om niet te horen wat ze vroeg.

Ze ging in de rij staan achter een stevig gebouwde man met een motorjack aan. Toen hij zich omdraaide om weg te gaan, nam hij haar van het hoofd tot de voeten op en floot net hard genoeg om het te horen. Ze keek even achterom om te zien of Trevor het gemerkt had. Hij hield haar nauwlettend in de gaten vanaf de hoek van een bank en ontspande zich zichtbaar toen de bebaarde man het gebouw verliet.

'Kan ik u helpen?' Het ongeduld in de stem van de vrouw achter het loket maakte Maggie duidelijk dat ze het al een paar keer gevraagd had.

Ze dempte haar stem en fluisterde bijna: 'Ik wil graag een buskaartje.'

De vrouw keek haar net iets te lang aan. 'Uw bestemming?'

Ze keek even over haar schouder. Trevor was van plaats verschoven en zat met zijn ellebogen op tafel, terwijl hij zijn handen door zijn haar haalde.

'Wat is de volgende halte in westelijke richting?'

'Dat is Hays.'

'Hays?'

'Hays in Kansas.'

'O... nog altijd in Kansas? Hoe ver is dat?'

'De bus vertrekt vanmiddag om vijf voor halfvijf en komt ongeveer om zes uur aan.'

'Hoeveel kost dat?'

'Een kaartje naar Hays kost zevenentwintig dollar.'

Ze keek even op een routekaart achter de balie. Hays lag maar een paar centimeter van Salina. In dit tempo zou ze nooit voorbij de staatsgrens komen. 'Wat is de volgende halte daarna? Gaat die bus door naar Colorado?'

'Ja, Greyhound rijdt op Colorado.' De stem van de vrouw steeg een paar decibellen.

Maggie hees Wrens canvas tas op haar schouder en stak haar hand in haar zak om de steeds dunner wordende rol bankbiljetten te betasten. 'Hoe ver kan ik komen met vijftig dollar?'

De vrouw typte iets in op het toetsenbord en wachtte tot er een tekst op het scherm verscheen. 'Voor zevenenzeventig dollar zou u naar Denver kunnen.'

'Zo veel heb ik niet. Is er niet een iets goedkopere bestemming?'

'Meg?'

Ze schrok toen ze Trevors lage stem vlak achter zich hoorde. 'Alles goed? Heb je geld nodig?'

Ze wierp de vrouw achter het loket een verontschuldigende blik toe. 'Neem me niet kwalijk.' Ze draaide zich vliegensvlug om naar Trevor. 'Alles is goed. Ik zei dat je niet hoefde te wachten.'

'Weet je zeker dat alles goed is. Ik hoorde je vragen…'

Ze draaide zich weer om naar de vrouw. 'Het spijt me. Een ogenblikje…' Ze stapte uit de rij om twee oudere vrouwen voor te laten gaan.

'Ik dacht dat je terugging naar Californië.' Trevors stem klonk vlak, maar zijn ogen daagden haar uit.

'Dat doe ik ook.'

'Waarom probeer je dan een kaartje naar Denver te kopen?'

'Denver is onderweg naar huis.' Waarom rechtvaardigde ze zich tegenover deze man? Ze was hem geen verklaring schuldig.

'Kom mee, Meg.' Hij wees naar de deur van het winkeltje.

'Wat?' Ze bleef staan waar ze stond.

'Zou je alsjeblieft even mee willen komen? Ik wil met je praten.'

Met een zucht van frustratie liep ze achter hem aan. Hij hield de deur voor haar open en ze stapte naar buiten. De zon was al heet en de warmte weerkaatste op het asfalt van de parkeerplaats. De uitputting overviel haar als een hete windvlaag. Ze wilde het liefst terugkruipen in het zachte bed in Wrens Nest en zich daar schuilhouden tot ze wist wat ze met haar leven aan moest.

Ze liep achter Trevor aan over de parkeerplaats, waar een rij auto's naast zijn pick-uptruck was komen staan. Precies op dat moment viel de zon op een vertrouwde glimp wit en Maggie zag een Honda Civic aan het eind van de rij staan. Het duurde even voor de betekenis van dat voertuig tot haar doordrong.

*Kevin.*

Haar hart sloeg een slag over. Haar handen werden klam. Ze dwong zichzelf ernaartoe te lopen en de achterkant van de wagen te bekijken.

De auto had een nummerplaat uit Kansas, en een belijning die Kevins Honda niet had. Er ging een golf van opluchting door haar heen.

Ze gedroeg zich belachelijk en ze wist het. Maar alleen al de gedachte dat hij haar opgespoord had, deed haar trillen en maakte haar duizelig.

Ze voelde Trevors hand op haar elleboog en draaide zich om. Hij leek zich niet bewust van de doodsangst die ze zojuist had uitgestaan.

Hij kneep zijn ogen een beetje dicht tegen het zonlicht, waarbij het zilverachtige blauw van zijn irissen nog net zichtbaar was. Ze voelde zich ongemakkelijk onder zijn opmerkzame blik. Zijn aanraking was zacht, maar toch leken zijn vingers in haar vlees te branden.

'Wat is er? Wat wil je?'

'Er klopt hier iets niet.' Hij boog zijn hoofd even en schraapte met zijn sportschoen over het asfalt, waarna hij haar weer aankeek. 'Het zijn mijn zaken niet, Meg, maar ik... ik heb het gevoel dat je in moeilijkheden zit. Ik zou niet graag willen dat je iets overkomt.'

Ze keek hem kwaad aan, vastbesloten de golf van emoties die in haar omhoogkwam onder controle te houden.

'Nou? Zit ik er ver naast?'

Ze wurmde zich onder zijn hand vandaan. Maar hoewel ze zich ontdaan had van zijn warme aanraking, iets in de uitdrukking op zijn gezicht maakte dat ze haar hart bij hem wilde uitstorten. Ze verzette zich tegen die gedachte. Daarmee zou ze alleen maar bereiken dat hij zich schuldig zou voelen.

'Meg, alsjeblieft. Zou je me willen vertellen wat er aan de hand is? Misschien kan ik helpen.'

Haar verstand zei haar dat ze terug moest lopen naar het gebouw. Maar ze bleef als aan de grond genageld staan, niet in staat om in beweging te komen. Emotionele muren, ooit zo stevig opgetrokken, en hoger dan ze zich had kunnen voorstellen, begonnen in te storten. Ze was weer een klein meisje en ze haalden haar moeder weg en scheidden haar en Jenn vervolgens van elkaar. Toen vernietigde Kevin de weinige goede dingen die er nog in haar overgebleven waren: haar gevoel van eigenwaarde, haar talent als kunstenaar, haar waardigheid, haar gezonde verstand.

Ze keek in Trevors vriendelijke ogen en de dam in haar binnenste brak. Ze kon niet voorkomen dat ze in huilen uitbarstte. Nauwelijks in staat om op haar voeten te blijven staan, sloeg ze haar handen voor haar ogen en ze voelde de tranen tussen haar vingers door stromen. 'Ik weet niet wat ik moet doen. Ik... heb zelfs niet genoeg geld om naar Denver te gaan.'

'Meg.' Trevor tilde haar kin op en dwong haar hem aan te kijken. 'Waarom heb je niks gezegd?'

Ze wilde wegrennen, zo snel als haar benen haar konden dragen, en tegelijkertijd wilde ze zich in de beschutting van zijn armen laten vallen en daar voor altijd blijven.

Ze verafschuwde zichzelf onmiddellijk voor die gedachte. Voor het feit dat ze zo zwak was. Ze was net zo snel voor Kevin gevallen en wat een ellende had *dat* haar niet gebracht. Maar deze man had iets. Een klein stemmetje in haar binnenste leek te fluisteren dat hij anders was. Zou ze erop durven vertrouwen dat dat zo was?

'Hoeveel heb je nodig?' Trevor haalde zijn portemonnee tevoorschijn. 'Waar woon je?'

Ze trok zich terug en staarde hem aan.

'Naar welke stad in Californië wilde je gaan?'

Ze schudde haar hoofd. 'Ik... kan je niet terugbetalen. Ik weet niet wanneer ik in staat ben om...'

'Nee. Dit is geen lening. Ik wil helpen, Meg. Zeg me waar je heen moet.' Hij zette koers naar het winkeltje en voerde haar met een hand op haar elleboog mee. 'Laten we gaan kijken hoe duur een kaartje is.'

Ze verstrakte en bleef staan. 'Trevor... ik ga niet naar Californië.'

Hij liet haar los en deed een stap naar achteren. 'Nee?' Hij aarzelde, terwijl hij haar onderzoekend aankeek, alsof hij wachtte tot ze hem zou vertellen wat hij al wist.

Ze voelde zijn blik op haar rusten en wilde hem de waarheid vertellen. Maar ze wist niet waar ze moest beginnen. En of ze hem wel helemaal kon vertrouwen.

Een hele poos zei hij niets. Stond hij daar alleen maar te wachten. Uiteindelijk zei hij: 'Waar ga je dan *wel* heen... *Meg*?'

Door de manier waarop hij haar naam uitsprak vroeg ze zich af of hij wist dat zelfs die een leugen was. Ze wreef met haar vingertoppen over haar wenkbrauwen. 'Dat weet ik niet. Ik moet gewoon weg.'

'Weg waarvan? Wat is er aan de hand, Meg? Ik kan je niet helpen als ik de waarheid niet weet.'

'Ik moet weg van iemand die... niet goed voor me is.'

'Je man?'

Ze tilde verbaasd haar hoofd op en zag zijn gezicht betrekken. Hoe had hij *dat* geraden? Ze schudde haar hoofd en sloeg haar ogen neer. Haar wangen brandden van schaamte. 'Nee... we zijn niet getrouwd. Maar ik kan niet naar hem terug. Ik kan niet terug.'

'Terug waarheen?'

Ze schudde haar hoofd. Ze wilde Trevor dolgraag vertrouwen. Maar als Kevin haar opspoorde, of als hij, of een van de mensen tegen wie ze onderweg gelogen had, de politie achter haar aan stuurde, wilde ze niet dat ze in de verleiding zouden komen om haar te verraden.

'Waar wil je dan heen?'

'Dat weet ik niet. Naar het westen, denk ik.'

'Het westen is geen bestemming. Je kunt geen kaartje "naar het westen" kopen.' Zijn mondhoeken krulden even, waarna hij weer serieus werd. 'Waarom ga je niet mee terug naar Wren? Blijf daar een poosje, tot je weet wat je wilt. Waar je terecht wilt komen...'

O, wat klonk dat heerlijk. Zo veilig. Afwezig raakte ze door de stof van haar broek heen het rolletje bankbiljetten aan. 'Ik heb niet eens genoeg geld om voor de afgelopen nacht te betalen, laat staan voor nog een nacht.'

'Daar praten we later wel over. Je hebt ook niet genoeg om ergens anders te overnachten. Op deze manier zul je in elk geval bij mensen zijn die je kent. Je zult veilig zijn.'

Ze probeerde hem niet te laten zien hoe opgelucht ze was. 'Weet jij waar ik een baantje zou kunnen krijgen, ook al is het maar tijdelijk? Tot ik genoeg verdiend heb om…' Ze wist niet hoe ze de zin moest afmaken. Wist niet wat er voor haar in het verschiet lag. 'Misschien kan ik Wren helpen in het hotel?'

Hij keek bedenkelijk. 'Het hotel draait niet zo goed de laatste tijd. Ik denk niet dat ze daar geld voor hebben.'

'Maar die verbouwing dan? Ik dacht…'

'Ik denk dat dat ijdele hoop is van hen,' zei hij. 'Maar Bart en Wren zullen je denk ik wel een poosje laten blijven in het hotel. Ze hebben kamers genoeg.'

'Ik zal zo veel mogelijk helpen.' Ze probeerde niet al te enthousiast te klinken, maar de hoop snoerde haar keel dicht. Ze slikte moeizaam. *O, alstublieft, God… als U er echt bent…?* Ze schrok van haar eigen woorden. Dacht ze nu echt dat God haar zou horen? Ze moest toegeven dat er een vreemde troost lag in het uitspreken van die woorden alleen al, in het… Was het een gebed?

Trevor stak een hand uit. 'Kom. We gaan.'

· 22 ·

Terwijl ze over de landwegen terughobbelden naar Wrens Nest, hield Trevor beide handen aan het stuur en keek even tersluiks naar Maggie, die naast hem zat. Praten was blijkbaar het laatste waar ze zin in had. Ze zat met haar hoofd tussen haar schouders en een beetje van hem weggedraaid uit het raam te kijken.

Hij zette de radio aan om de stilte die tussen hen hing te verdrijven. Een vioolconcert van Mozart vulde de cabine en Trevor hoopte dat de schoonheid van de klanken kalmerende wonderen zou verrichten bij de vrouw naast hem.

Ze waren halverwege Clayburn toen ze eindelijk begon te praten. 'Het spijt me dat je deze tocht voor niets hebt moeten maken.'

Hij zette de radio wat zachter. 'Dat geeft niks. Ik had niets belangrijks te doen.'

Ze zei met een cynisch lachje: 'Ja ja.'

'Nee, ik meen het, Meg. Ik ben blij dat je niet in die bus gestapt bent. En het was niet voor niets.' Als haar situatie was zoals hij begon te vermoeden, meende hij ieder woord van wat hij zei. De hangende schouders en de blauwe ogen die zo vaak neergeslagen werden, leken nu logisch. Hij voelde boosheid in zich opwellen. Wat had die vent Meg aangedaan dat ze zo verwond was?

'Ik vind het heel erg.'

Hij besefte pas dat hij de woorden hardop uitgesproken had toen ze hem vragend aankeek.

'Ik vind het heel erg wat hij je aangedaan heeft.'

'Waarom zou jij dat erg vinden?'

Hij maakte een schamper geluid. 'Omdat mannen soms echt rotzakken kunnen zijn.'

Ze haalde haar schouders op, omdat ze het klaarblijkelijk met hem eens was.

Hij wachtte gespannen af of ze iets zou zeggen, maar ze draaide zich weer om en keek weer uit het raam.

Terwijl hij af en toe een steelse blik op haar wierp, kon hij niet voorkomen dat hij Meg vergeleek met Amy. Hij was blij dat hij nooit die doffe blik van verdriet in Amy's donkere ogen had gezien. Nee, zijn Amy had altijd een veelbetekenend glimlachje rond haar mond gehad, alsof ze alle geheimen van het universum in haar hart droeg. Zelfs in de rouwkamer hadden mensen opgemerkt dat de uitdrukking op Amy's gezicht zo gelukzalig was, alsof ze in een oogwenk haar eeuwige bestemming had gezien voor ze haar lichaam verliet.

*Amy.* Soms werd hij helemaal overmand door het verlangen, de pijn, om haar nog één keer te kunnen vasthouden. Hij schudde de gedachte van zich af. Alles was nu goed met Amy. Met deze vrouw niet. Misschien kon hij haar helpen een plekje te vinden waar ze zich kon thuisvoelen.

Hij nam een afslag om een stuk af te snijden. Er viel een donkere deken over hen heen toen ze onder het bladerdak van de iepen doorreden, die aan weerszijden van het land van Bill Wyler stonden.

'O.' Maggie boog zich zo ver naar voren als de veiligheidsgordel toeliet en keek ingespannen door de voorruit naar de bomen boven haar hoofd. 'Dit is de weg waarover ik die dag… nou ja, die *avond* gekomen ben. Hier kreeg ik een lift van een vrouw. Kaye nog wat. Ze had een paar kinderen.'

'Kaye DeVore waarschijnlijk. Haar moeder woont ten oosten van de stad. Die is volgens mij vorige week geopereerd. Kaye zal wel voor haar gezorgd hebben.'

'Wat toevallig.'

*Toevallig?* Hij keek haar vragend aan.

'Dat je haar kent.'

Hij haalde zijn schouders op. 'Zo goed ken ik haar nu ook weer niet. Ik heb met haar man op school gezeten. Danny en zij hebben zes kinderen en de zevende is onderweg, heb ik gehoord.'

'Je weet anders heel wat van haar als je haar niet zo goed kent.'

Hij schoot in de lach. 'Ik kan wel horen dat je niet uit de buurt komt. Clayburn is een klein stadje. En dit is Kansas. Iedereen kent iedereen.'

Ze schudde haar hoofd alsof ze het niet kon begrijpen. 'Zeven kinderen? Echt? Kun je je dat voorstellen?'

'Nou, misschien overdrijf ik een beetje. Maar ik weet dat ze er minstens vier of vijf hebben. Er zit een tweeling bij, geloof ik.'

'Ja, die tweeling herinner ik me. Dat was me een stel.' Ze glimlachte. 'Kom jij uit een groot gezin?'

'Nee, ik ben enig kind. En jij?'

De verdrietige blik keerde terug in haar ogen. 'Ik heb een zus.'

'Ik heb altijd een broer willen hebben. Kunnen jij en je zus het goed met elkaar vinden?'

Ze leek even na te denken over die vraag. 'Nu wel. We… zijn niet samen opgegroeid.'

'O?'

'We zijn in pleeggezinnen opgegroeid, nadat onze moeder…' Ze wuifde met haar hand voor haar gezicht, alsof ze naar een mug sloeg. 'Dat doet er niet toe.'

'Natuurlijk doet dat er wel toe. Het is jouw geschiedenis. Jouw verhaal.'

Weer dat schampere schouderophalen. 'Dat zal wel.'

Hij zocht naarstig naar iets aardigs om te zeggen. Het was duidelijk dat ze niet over zichzelf wilde praten. 'Als je weer een beetje op orde bent bij Wren, heb je dan zin om met me te gaan lunchen? Ik trakteer,' voegde hij er snel aan toe, denkend aan haar financiële situatie. 'Ik kan je iets van Clayburn laten zien.'

Ze keek hem aan, alsof ze wilde aftasten wat zijn bedoelingen waren. 'Goed… bedankt. Dat lijkt me leuk.'

Hij zag er kennelijk veilig uit, of ze had besloten het er met hem op te wagen voor een gratis lunch. Hij vond het allebei best.

Hij keek even op de klok. 'Ik moet nog een paar dingetjes doen in de drukkerij, maar ik kom je om een uur of halftwaalf ophalen in het hotel. Dan zijn we de lunchdrukte een beetje voor.'

Ze schoot in de lach.

'Wat is er zo grappig?'

Ze sloeg een hand voor haar mond om haar lach te onderdrukken. 'Het spijt me, maar is er echt zoiets als "lunchdrukte" in dit "kleine stadje"?' Ze maakte aanhalingstekens in de lucht.

'Je steekt toch niet de draak met onze mooie stad, hè?'

Er verschenen pretlichtjes in haar ogen en ze schudde haar hoofd. 'Ik zou niet durven. Iemand die mij te eten geeft, moet ik te vriend houden.'

'Daar heb je gelijk in. Maar het zal je verbazen hoe vol het zit in onze drie restaurantjes. Wat valt er anders te beleven?'

'Daar heb jij weer gelijk in.' Ze keek bijna vrolijk.

Ze reden van het bomenlaantje de zon weer in en Maggie kneep haar ogen dicht tegen het felle licht. Daarna zweeg ze weer.

Ze reden zwijgend het stadje in. Ze bedankte hem toen hij haar bij het hotel afzette. Hij overwoog even om met haar mee naar binnen te gaan om Wren uitleg te geven, maar voelde aan dat ze dat liever zelf zou doen.

'Tot halftwaalf dan,' zei hij.

'Ik zal zorgen dat ik klaarsta.'

Ze deed het portier van de pick-uptruck dicht, maar de glimlach die ze hem door het raampje toewierp deed vreemde dingen met hem. Misschien was het gewoon de natuurlijke beloning voor het feit dat hij een goede Samaritaan was geweest. Maar het leek meer. Veel meer.

Toen Maggie de hal binnenkwam, keek Wren op van de balie met hetzelfde vormelijke lachje als dat waarmee ze Maggie de eerste keer begroet had. Toen verscheen er een bezorgde uitdrukking op haar gezicht. 'Meg? Wat is er gebeurd? Heb je je bus gemist?'

'Nee. Ik…' Ze barstte in tranen uit. Wat mankeerde haar toch?

Het lukte haar meestal uitstekend om haar gevoelens te onderdrukken. Maar nu had ze in vijf dagen al meer tranen vergoten dan in de afgelopen vijf jaar.

In een hernieuwde poging opende ze haar mond, terwijl ze in haar gedachten alweer een nieuwe leugen verzon om haar terugkeer te verklaren. Maar ze hield zich plotseling in. Het had zo goed gevoeld om Trevor Ashlock de waarheid te vertellen. Nou ja, grotendeels.

Ze besloot hetzelfde te doen bij Wren, die zo goed voor haar was geweest. 'Ik heb geen huis om naartoe te gaan, Wren. Ik heb Trevor gevraagd of hij me terug wilde brengen.'

'Geen huis? Ik begrijp het niet.'

'Ik moest weg uit een... bepaalde situatie. Ik... zit zonder geld, maar als ik werk kan vinden, zou ik graag willen blijven... totdat ik weet wat ik wil.'

Wren legde een hand op haar hart. 'O, schat. Gaat het wel met je?'

Maggie vroeg zich af of de vrouw naar bijzonderheden aan het vissen was, maar de bezorgdheid op het gezicht van de oudere vrouw overtuigde haar ervan dat dat niet het geval was. 'Nee. Het gaat niet goed met me. Ik weet niet wat ik moet doen.'

Wren sprong op en liep vlug om de balie heen. 'O, Meg. Wat is er aan de hand?'

De canvas tas waar al Maggies aardse bezittingen in zaten, viel op de grond toen de warmte van Wrens moederlijke armen haar omhulde. Terwijl Maggie zich liet omhelzen, bracht een zoete, lang vergeten geur een golf van herinneringen terug. Het parfum riep de geur van haar moeder op. Mam had haar die dag in de serre net zo stevig vastgehouden. Iemand, ze kon zich niet meer herinneren wie, had haar en Jennifer meegenomen naar het ziekenhuis waar mam lag. Het was de laatste keer dat ze haar gezien had.

De maatschappelijk werkster had haar en Jennifer die middag naar een ander pleeggezin gebracht. Ze hadden nauwelijks tijd gehad om afscheid te nemen van hun eerste pleegouders, meneer en mevrouw Tarkan. Tot op de dag van vandaag wist ze niet waarom ze daar weg hadden gemoeten. Jenn en zij waren die avond dicht tegen elkaar aan gekropen in een koud tweepersoonsbed, om elkaar warm te houden.

Maar de volgende morgen was de maatschappelijk werkster weer gekomen. En deze keer nam ze Jenn mee in haar auto. 'Naar een leuk, nieuw gezin,' had de vrouw tegen Maggie gezegd. 'Met een mama en papa die altijd van haar zullen blijven houden.' Maar dat gezin had geen plek voor Maggie. Ze wilden een *klein* meisje, en Maggie was vier jaar ouder dan Jennifer, en 'zelfstandiger'. Maggie wist toen niet eens wat dat woord betekende. Ze kwam er al snel achter dat het niet iets goeds was.

Haar pleegmoeder vertelde haar dat ze gauw bij Jennifer op bezoek zou kunnen. Maar er ging een week voorbij en toen nog een en niemand zei ooit meer iets over Jenn.

Toen Maggie in de zesde klas kwam, sloot ze vriendschap met Betsy Tavenger. Ze werden dikke vriendinnen. Dat verminderde de pijn van het verlies van Jenn een beetje. En de wetenschap dat haar zusje in een mooi huis bij een lief gezin woonde.

En meneer en mevrouw Manning waren ook best aardig, ook al leken ze al hun tijd door te brengen met hun kleintjes en besteedden ze nooit veel aandacht aan haar.

'Kom.' Wren maakte haar armen van haar los en liep weer om de balie heen om een setje sleutels te pakken. Ze pakte Maggie bij de hand en nam haar mee door de gang naar dezelfde kamer als die waar ze eerder in geslapen had. 'Maak het je gemakkelijk en rust een beetje uit. De rest regelen we straks wel, met een volle maag.'

'O!' Maggie raapte de canvas tas op. 'Dat vergat ik bijna. Ik heb de lunch nog die u voor me klaargemaakt hebt. Ik heb er nog niks van gegeten.' Ze stak Wren de tas toe.

'Neem dat maar mee naar je kamer. Ik zal zorgen dat Bart een klein koelkastje op je kamer zet, dan kun je zelf wat bewaren.'

Trevor zorgde voor de lunch en met het eten dat Wren voor haar klaargemaakt had, zou ze nog wel een dag of twee kunnen doen. Misschien zou ze Wren kunnen helpen met schoonmaken om voor een paar overnachtingen te betalen. Ze hoefde nog niet meteen weg.

## 23

De achterdeur van de drukkerij was niet op slot, en toen Trevor hem opendeed, kwam hem een vlaag koude lucht tegemoet uit de ruimte waar de drukpersen stonden. Misschien zouden een paar minuten uit de hitte hem weer bij zijn positieven brengen. Het leek haast een droom dat hij deze morgen al heen en weer gereden was naar Salina. Met een mooie vrouw. En dat hij haar mee terug genomen had.

De dingen die hij deed sinds Meg Anders bij Wren verschenen was, waren zo onnatuurlijk voor hem, dat zijn hoofd ervan tolde. Hij zette de cd-wisselaar in zijn kantoortje aan, deed de jaloezieën voor het raam naar de winkel dicht en plofte achter zijn bureau neer. Hetzelfde concert van Mozart dat hij in de auto op de radio gehoord had, klonk door de luidsprekers. Het deed hem denken aan Meg.

Waarom voelde hij zich zo tot haar aangetrokken? Ze was zijn type helemaal niet. Ook voordat hij Amy ontmoette, had hij zich altijd aangetrokken gevoeld tot kleine, donkerharige schoonheden.

Meg was zonder twijfel mooi, maar op een heel andere manier. Hij fronste zijn voorhoofd. Misschien kwam het juist daardoor. Misschien had hij er onbewust voor gekozen vriendschap te sluiten met een vrouw die hem niet elke keer aan Amy zou doen denken als hij naar haar keek.

Hij slaakte een zucht. Als dat zo was, dan werkte het niet. Meg deed hem wel aan Amy denken. Of in elk geval deed ze hem eraan denken hoe het was om verliefd te zijn. Om zich te voelen zoals hij zich bij Amy gevoeld had: sterk en bekwaam. En nodig.

Sinds hij Amy en Trev verloren had, had hij soms het gevoel alsof niemand het zelfs maar zou merken als hij van de aardbodem zou verdwijnen. O, ja, Bart en Wren waardeerden zijn hulp in het hotel, en de kinderen in het dagverblijf genoten zichtbaar van zijn verhaaltjes, maar ieder ander zou die dingen even goed kunnen doen. Geen van hen had hem echt nodig.

Maar Meg leek op een verdwaald katje, dat smachtte naar een plekje om zich thuis te voelen en hij vond het een prettig idee dat hij misschien dat plekje voor haar zou kunnen worden.

'Trevor?' Jamie Marlowe, het tienermeisje dat op zaterdag achter de balie stond, stond in de deuropening van zijn kantoortje. 'Heb je even?'

'Ja, hoor. Wat is er?'

'Kun je even komen om met iemand te praten over een opdracht?'

Hij liep achter haar aan naar de balie en begroette de eigenaar van de plaatselijke houthandel, die tevens directeur van de Kamer van Koophandel was. De man wilde het hebben over een opdracht voor de Kamer van Koophandel. De volgende twintig minuten werden Trevors gedachten in beslag genomen door zakelijke aangelegenheden. Maar zodra hij de drukkerij in liep, moest hij weer aan Meg Anders denken.

Zijn gevoelens verontrustten hem. Hij kende haar amper. Waarom kon hij dan aan niets anders meer denken? Waarom had hij er alles voor opzijgezet om haar te helpen? Hij was even aardig als ieder ander en als hij iemand gewond op straat zag liggen, zou hij de eerste zijn om te helpen. Maar hij was niet iemand die op zoek ging naar goede daden om te verrichten.

Maar toch was dat nou juist wat hij gedaan had voor Meg. En ondanks het feit dat ze een vrouw met problemen was en kennelijk op de vlucht voor de een of andere vent, voelde hij zich tot haar aangetrokken. Waarom? Sinds Amy's dood hadden vrouwen zich bijna aan hem opgedrongen. Tot nu toe was hij nooit geïnteresseerd geweest.

Hij wou dat hij met iemand over zijn tegenstrijdige gevoelens kon praten. Maar hij had niet echt een vertrouweling. Bij die gedachte voelde hij zich schuldig. Natuurlijk had hij die wel. God was altijd bereid naar zijn geklaag te luisteren. Maar nu zou hij graag iemand van vlees en bloed hebben.

In de eerste weken na het ongeluk van Amy en Trev hadden zijn vrienden zich om hem heen geschaard en hem eindeloos over zijn verlies laten praten. Dat had ook geholpen. Maar hun vrienden waren voornamelijk echtparen geweest en vooral de vrouwen bleken het meest bereid om hem te laten praten. En dat werd een beetje pijnlijk. Toen de weken maanden werden en hij voor niets anders meer belangstelling had dan voor het koesteren van zijn verpletterende verdriet, verdwenen zijn vrienden geleidelijk, een voor een. Hij kon het hun niet kwalijk nemen. Soms werd hij ook moe van zichzelf.

En dan had je Jack nog. De enige vriend die hij al kende vanaf de tijd dat ze het op het schoolplein van de lagere school voor elkaar opgenomen hadden. Hij had altijd geweten dat Jack hem door dik en dun zou steunen. Maar het ongeluk had daar verandering in gebracht.

Nu hij behoefte had aan een vertrouweling, was Wren vreemd genoeg de eerste die in zijn gedachten kwam. Maar hoe verbazingwekkend het onder de gegeven omstandigheden ook was dat ze hem onder haar hoede had genomen, hij zou haar nooit in vertrouwen kunnen nemen over ook maar iets wat te maken had met Amy's ongeluk. Wren was te zeer bij de hele ellende betrokken.

Het drong tot zijn verbazing tot hem door dat hij al een hele tijd niet aan het ongeluk zelf had gedacht: aan de akelige, moeilijke bijzonderheden ervan. Dat deed hem goed. Er was een tijd geweest dat er geen seconde voorbijging zonder dat hij eraan dacht. Ironisch genoeg had hij een groot stuk van zijn genezing aan Wren te danken. Hij dankte God iedere dag dat hij een reden had om niet naar huis te hoeven. Soms maakte hij zich zorgen dat Wren haar hele verbouwingsproject alleen uit medelijden met hem verzonnen had. Of erger nog, vanuit haar eigen misplaatste schuldgevoel.

Hij schudde de gedachten van zich af. Misschien zou hij zijn vader vanavond bellen. Het was een hele poos geleden dat ze elkaar gesproken hadden. Sinds zijn ouders naar Florida verhuisd waren, was uit het zicht helaas algauw uit het hart geworden. Maar pa kon goed luisteren en of hij Trevor nu gewoon liet praten of goede raad gaf, het hielp wat tijd met hem door te brengen, ook al moest dat dan via de telefoon.

Hij liep weer naar de drukkerij, waar Mason folders en voordeelcoupons stond te vergaren, die samen met de *Courier* van de volgende week de deur uit moesten.

'Wil je dat ik dit allemaal doe voor ik wegga, Trevor? Ik zou het ook maandagochtend af kunnen maken.' De hoopvolle uitdrukking op Masons gezicht liet er geen misverstand over bestaan waar zijn voorkeur naar uitging.

'Hoezo? Heb je vanavond een afspraak met een mooi meisje?'

Toen Masons gezicht knalrood werd, kreeg Trevor er bijna spijt van dat hij het joch geplaagd had. 'Het maakt mij niet uit wanneer je het doet. Zolang het maar maandagmorgen om een uur of acht klaar is. Daarna heb ik je nodig voor die klus voor de Kamer van Koophandel.'

'Geen probleem.'

Op het gezicht van de jongen verscheen een grote grijns en Trevor kon het niet laten. Hij gaf hem een stomp tegen zijn arm. 'Wou je zeggen dat je liever uitgaat met een mooi meisje dan overwerkt op zaterdagavond? Denk eens aan al die overuren die je dat zou opleveren.'

Mason schoot in de lach. 'Ha! Als je haar zou zien, zou je hetzelfde doen. Hé, volgens mij heeft ze een oudere zus.'

Trevor probeerde de opmerking te negeren. Het leek wel of de hele bevolking van Clayburn de afgelopen maanden had samengespannen om hem weer aan de vrouw te helpen, of op zijn minst weer te laten uitgaan. Hij was niet in de stemming voor dit gesprek, maar Mason leek dat niet te merken.

'Zonder gekheid, ik zou wel iets voor je kunnen regelen. Audrey studeert aan de een of andere universiteit in het oosten, maar ze is deze zomer thuis.'

Trevor legde een zware hand op Masons schouder. 'Ze is waarschijnlijk ietsje te jong voor me, Mason. Ik denk dat ik mijn beurt voorbij laat gaan, maar bedankt dat je aan me gedacht hebt.'

'Nee, wacht. Audrey is veel ouder dan Mandy. Volgens mij is ze gescheiden of zo en weer gaan studeren. Ze is niet zo bloedmooi als Mandy, maar je zou het heel wat slechter kunnen treffen.'

Trevor schudde zijn hoofd. 'Je hebt het flink van dat meisje te pakken, hè?'

Mason draaide zijn pet, die hij achterstevoren droeg, om en verborg zich achter de klep. Ze schoten allebei in de lach.

Maar Trevors glimlach verdween zodra hij de deur van zijn kantoor dichtdeed. Hij zette zijn computer aan en opende de documenten voor een drukorder die maandag klaar moest zijn. Voor de vierkleurenklus moest hij nog wat foto's bewerken voor hij hem op de pers kon leggen en hij had het Photoshopprogramma nog niet helemaal onder de knie. Hij was dankbaar dat hij zich erop moest concentreren. Hij was niet in de stemming om te veel na te denken.

Hij keek even op de klok voor hij aan de slag ging. Waarom hij had aangeboden om die vrouw uit het hotel, Meg, mee uit lunchen te nemen, wist hij niet. Op dat moment had het een goed idee geleken. Ze had het moeilijk. Maar nu het bijna tijd was om haar op te halen, vroeg hij zich af wat hij moest zeggen als mensen naar haar vroegen. Trevor Ashlock kon niet zomaar met een leuk meisje in het Clayburn Café verschijnen zonder uit te leggen wie ze was.

Misschien kon hij beter wat sandwiches kopen bij de supermarkt en met haar gaan picknicken in het park. Kort en krachtig. Zorgen dat ze iets te eten kreeg en haar dan weer terugbrengen naar het hotel. Hij moest toch eerder ophouden met werken om vanavond nog een paar uur aan Wrens keuken te kunnen werken.

Meg zou wel begrijpen dat hij werk te doen had, ook al was het zaterdag. Hij had een eigen zaak. En hij had al de halve ochtend vrijgenomen voor een vruchteloze onderneming naar Salina voor haar.

Hij kneep in de brug van zijn neus. In wat voor lastig parket had hij zichzelf gebracht? Meg Anders leek best een aardige vrouw, maar ze hield iets verborgen. Iets anders dan dat ze op de vlucht was voor een ellendeling die haar slecht behandeld had. Dat wist hij zeker.

Maggie inspecteerde haar spiegelbeeld in de manshoge spiegel. Ze had de kastanjebruine, bedrukte blouse uit de zak kleren van Wren gecombineerd met haar kakikleurige broek. Het was nou niet echt iets wat ze uitgekozen zou hebben voor een sollicitatiegesprek, maar het moest maar. Zo te zien maakten ze zich in Clayburn niet zo druk om formaliteiten.

Ze haalde nog een laatste keer een kam door haar haar, haalde diep adem en liep de gang op.

'Zo, zo, jij ziet er leuk uit,' zei Wren, toen Maggie door de hal liep.

'Wens me maar succes. Ik ga kijken of ik een baantje kan vinden.'

'Nu al?'

Maggie knikte. Ze wilde Wren niet vertellen hoe weinig geld ze nog maar overhad.

De rimpels in Wrens voorhoofd werden dieper. 'Ik denk dat je meer geluk hebt als je tot maandag wacht, schat. Veel winkels gaan vroeg dicht op zaterdag.'

'O.' Daar had Maggie niet aan gedacht. In zekere zin leek het alsof het één lange dag was geweest sinds haar avontuur in de kleine uurtjes van dinsdagmorgen begonnen was.

'Nou ja, je weet maar nooit.' Wrens gezicht klaarde op. 'Je kunt het altijd proberen. Maar kom op tijd terug om met ons te lunchen, goed?'

'O… dank je, Wren, maar Trevor heeft me uitgenodigd om met hem te gaan lunchen.'

Om Wrens mond verscheen een glimlachje. 'Meen je dat? Nou, ik zou je graag uitnodigen voor het avondeten, maar Bart neemt me mee uit eten en naar de film. Die lieverd vindt dat ik er even uit moet.'

'Dat is *inderdaad* lief.'

Wren grinnikte. 'Nou ja, Barts idee van buiten de deur eten is een bezoekje aan de Taco Bell, maar het gaat om de gedachte, nietwaar?' Ze richtte zich weer op de papieren die ze aan het uitzoeken was. 'Maar pak gerust iets uit de koelkast, hoor, Meg. Als je die tenminste open kunt krijgen in die puinhoop in de keuken.'

'Maak je over mij maar geen zorgen. Ik red me wel. Ik ben toch niet gewend om zo veel te eten. En trouwens, ik heb de boterhammen nog, die je voor me gemaakt hebt.'

'Nou, succes met het zoeken naar werk. Laat maar gewoon die lieve lach zien, dan heb je zo een baan. Als ik het geld had, zou ik je zelf aannemen.'

Daar was die vraag dan ook meteen mee beantwoord. Zoiets had Trevor al gezegd, maar ze had er toch stiekem op gehoopt. Maar het had geen zin om ontmoedigd te raken voor ze ook maar ergens om werk had gevraagd. Haar hart begon een beetje sneller te kloppen, maar dat was meer van enthousiasme dan van de zenuwen. Ze had nog niet bedacht wat ze ermee aan moest dat ze zich niet kon identificeren, laat staan dat ze wist hoe ze haar gebrek aan recente werkervaring moest verklaren.

Terwijl ze diep inademde, schudde ze de gedachte van zich af. Ze moest positief denken. Als ze wel een baan vond, betekende dat een kans om hier in Clayburn te blijven. En een nieuw leven te beginnen.

Dat idee begon haar steeds meer aan te staan.

## 24

Met een hand op de deurknop inspecteerde Maggie haar spiegelbeeld in de etalage van de kinderkledingwinkel. Ze zuchtte, to-
verde een glimlach op haar gezicht en probeerde haar hangende
schouders recht te trekken. Hoeveel afwijzing en kon een vrouw
in één ochtend verwerken? Ze had bij iedere winkel aan deze kant
van Main Street een resoluut 'sorry, we hebben niemand nodig' te
horen gekregen.

Ze haalde diep adem, deed de deur open en liep naar binnen om
haar inmiddels goed geoefende verhaal af te steken tegen de vrouw
achter de toonbank.

Nog voor ze uitgesproken was, trok de vrouw een rimpel in
haar voorhoofd. 'Het spijt me, maar ik heb nauwelijks genoeg werk
om mezelf bezig te houden.'

'Kent u *iemand* in de stad die op zoek is naar personeel?' Ze
hoopte dat de eigenaresse de wanhoop in haar stem niet hoorde.

'Heb je het al bij de Dairy Barn langs de autoweg geprobeerd?'

Maggie schudde haar hoofd. 'Ik heb niet echt ervaring met die-
ren.'

De vrouw keek haar schuin aan, maar toen verscheen er een
sprankje begrip in haar ogen en schoot ze in de lach. 'Zo'n soort
melkschuur is het niet, schat. Het is een ijssalon, net zoiets als de
Dairy Queen.'

'O.' Er kroop een blos langs Maggies hals omhoog, maar ze glimlachte door haar verlegenheid heen. 'Ik ben nieuw hier.'

De vrouw zei met een lach: 'Dat dacht ik al. Ik denk alleen dat
ze nu niemand nodig hebben. Er werken heel wat scholieren in de
zomer. Maar zodra de scholen weer beginnen, zijn ze meestal op
zoek naar mensen.'

Maggies hoop verflauwde. Ze kon geen week wachten, laat staan twee maanden. En ook al zouden ze haar vandaag aannemen, hoe zou ze dan op haar werk moeten komen?

Bij de volgende twee winkels in Main Street kreeg ze hetzelfde verhaal te horen, en dezelfde suggestie om het bij de Dairy Barn te proberen.

Ze begon aan de andere kant van de straat. Het café-restaurant zat al vol lunchklanten, dus ze besloot dat ze beter op een later tijdstip terug kon komen om het daar te vragen. Ze wist dat ze niet kieskeurig kon zijn, maar ze had in haar studietijd een paar maanden als serveerster gewerkt en dat had ze niet bepaald leuk gevonden. Maar als ze mensen nodig hadden, zou ze het wel aandurven.

Bij de bloemen- en cadeauwinkel naast het café werd Maggie geconfronteerd met het moment waarop ze gehoopt had, en dat ze gevreesd had. De bloemist gaf haar een sollicitatieformulier. Ze schoof het naar het uiteinde van de toonbank en begon het in te vullen. Ze schreef Meg Anders op en haar sofinummer, maar zoals ze al gevreesd had, vroeg het formulier om informatie waar ze geen toegang toe had, en ze durfde het evenmin aan om het adres van haar voormalige werkgever bij de ontwerpstudio in New York op te schrijven. Nog niet.

Ze vulde in wat ze kon en wachtte toen even. Ze zou de bloemist moeten vertellen dat ze het geboortecertificaat dat ze nodig hadden voor de belasting, niet had en dan moeten hopen dat hij haar niet zou vragen meer bijzonderheden te geven over haar arbeidsverleden.

Ze schraapte haar keel om de aandacht van de man te trekken. 'Ik logeer een paar dagen aan de overkant van de straat, in Wrens Nest. Is het goed als ik dat adres en telefoonnummer gebruik tot ik zelf een plekje gevonden heb?'

De man krabde even op zijn hoofd en leek haar verzoek te overwegen. Toen veranderde zijn glimlach in een verontschuldigende grimas. 'Misschien kunt u beter terugkomen als u... een plekje gevonden hebt. Eerlijk gezegd zijn we op dit moment niet echt naar iemand op zoek.'

Ontmoedigd verliet ze de winkel en stak de straat over naar de kunstgalerie vlak bij Wrens Nest. Ze had het beste voor het laatst bewaard, maar nu was ze bang dat haar hoop weer de bodem ingeslagen zou worden. Ze zette zich schrap en opende de deur. *Daar gaat-ie dan.*

Toen ze de winkel binnenliep, bleef ze even staan om de scherpe geur van olie en terpentine in te ademen. Terwijl ze daar zo stond op de eikenhouten vloer, omringd door wanden vol schilderijen en reproducties, kwam er een gevoel van opwinding over haar. Wat zou het geweldig zijn om in een kunstgalerie te werken, zelfs in zo'n kleine als deze. Misschien zou de eigenaar een plekje hebben waar ze in haar vrije tijd zou kunnen werken. Terwijl ze naar de balie liep, dwong ze zichzelf dat droombeeld van zich af te zetten. Ze durfde zichzelf niet toe te staan om daarvan te dromen.

Jackson Linder stond vandaag niet achter de toonbank, maar ze hoorde iemand fluiten in de achterkamer.

Ze gaf een aarzelend tikje op de ouderwetse bel op de toonbank. Ze moest een tweede en een derde keer bellen voor er een vrouw van middelbare leeftijd uit de achterkamer kwam lopen. De vrouw streek een lok peper-en-zoutkleurig haar uit haar gezicht en keek Maggie aan over de rand van een leesbril die aan een ketting om haar hals hing. 'Kan ik u helpen?'

'Ik was hier laatst en heb toen met meneer Linder gesproken. Ik vroeg me af of u personeel nodig hebt.'

'O, dan zal ik Jack even voor u halen.' De vrouw verdween door de smalle deuropening achter de toonbank.

Even later kwam de schilder zelf door de dezelfde deur, terwijl hij zijn handen afdroogde aan een met verf besmeurde lap. Toen hij om de toonbank heen liep, struikelde hij over iets wat Maggie niet kon zien, maar hij hield zich vlug weer staande en kwam naar haar toe.

'Kan ik u... O! Ben jij het! Nog steeds in de stad?'

Heel even dacht Maggie dat ze whisky in zijn adem rook. Eén angstaanjagend ogenblik veranderde het gezicht van de man in dat van Kevin. Het kostte haar al haar wilskracht om zich niet om te draaien en naar de deur te rennen.

Maar toen kwam het vriendelijke, door de zon verbrande gezicht van Jackson Linder weer in beeld. Ze stak haar hand uit. 'Ja. Ik ben... nou ja, ik ben *weer* in de stad, eigenlijk. Ik heb besloten in deze buurt te blijven wonen. Ik ben Meg Anders.' Het voelde nog altijd vreemd aan om zich op die manier voor te stellen. 'Ik vroeg me af of u plek voor me hebt hier in de galerie.'

Hij krabde over zijn korte stoppelbaardje. 'Ik wil best naar je werk kijken, maar ik zal eerlijk zijn. De zaken lopen niet zo goed. Zelfs al zou ik je werk morgen kunnen ophangen, dan kan ik niet garanderen...'

'Het spijt me. Dat bedoelde ik niet. Ik ben op zoek naar een baan, als receptioniste, of om schilderijen in te lijsten, schoon te maken of wat dan ook. Ik ben niet kieskeurig. Ik heb alleen een baan nodig.'

'O, dan heb ik je verkeerd begrepen. Helaas denk ik dat ik je daarbij ook niet kan helpen. Ik...'

Hij keek langs haar heen door de etalageruit en ze draaide zich om om te zien waar hij naar keek. Maar hij leek in het niets te staren. Hij droomde weg, bijna alsof hij vergeten was dat ze er was.

'In elk geval bedankt. Ik waardeer uw hulp.'

Zijn blik werd weer helder en hij schudde bijna onmerkbaar zijn hoofd, alsof hij uit een trance kwam. Hij zocht met een hand steun op de toonbank. 'Ja,' zei hij. 'Nou... succes. Ik wens je nog een fijne dag.'

Maggie had de indruk dat hij op de automatische piloot handelde. Ze vroeg zich af of hij zich zelfs wel bewust was van het gesprek dat ze met elkaar gevoerd hadden. Ze huiverde. Kevin was soms ook zo geweest. Van de wereld. Niet dat hij dan bewusteloos raakte of zo, of lichamelijke tekenen vertoonde dat zijn hersens niet werkten, maar dan was hij er plotseling mentaal niet meer bij.

Ze wist niet hoe snel ze uit de galerie weg moest komen. Buiten op de stoep dwong ze zichzelf een paar keer diep adem te halen. Ze wist niet goed wat er daarbinnen gebeurd was, maar ze vond het vreselijk dat de gedachte aan Kevin Bryson zo dicht onder de oppervlakte zat.

Toch was ze teleurgesteld. Haar hoop op het vinden van een baantje in de galerie, en misschien de toegang tot een atelier en misschien zelfs een leraar, was de bodem ingeslagen. En ze begon nu snel door haar mogelijkheden heen te raken.

## 25

Terwijl ze terugliep naar het hotel dacht Maggie na over de paar mogelijkheden die ze nog had. Misschien pakte ze het wel helemaal verkeerd aan. Als ze in New York was geweest, zou ze eerst de advertenties in de krant hebben bekeken en dan met een strategie op pad zijn gegaan. Misschien moest ze opnieuw beginnen.

Ze herinnerde zich dat ze in een verkoopautomaat voor het café een krant had gezien. Ze zocht naar het kleingeld in haar broekzak. Ze zou een krant kopen en die meenemen naar het hotel om te bekijken. Er moest toch wel *ergens* in dit stadje een vacature zijn.

Ze draaide zich om om naar het café terug te lopen, maar realiseerde zich dat ze dan weer langs de galerie zou moeten, tenzij ze de straat over zou steken. Dat leek een beetje kinderachtig, dus ze versnelde haar pas en liep met geveinsde vastberadenheid langs de etalage van de galerie.

Net toen ze een inwendige zucht van opluchting slaakte, riep een mannenstem achter haar: 'Mevrouw! *Mevrouw!* Hallo?'

Ze overwoog om net te doen of ze het niet gehoord had, maar toen klonken er voetstappen achter haar. Ze draaide zich vliegensvlug om en zag Jackson Linder met een grote glimlach op zijn gezicht op haar af komen.

Hij kwam glijdend tot stilstand en zei met een nerveus lachje: 'Het spijt me. Ik weet dat u het me gezegd hebt, maar ik ben uw naam alweer vergeten.'

Zijn gladde charme deed haar weer aan Kevin denken. Ze wilde een stap naar achteren doen, zich aan zijn nabijheid onttrekken. Maar ze dwong zichzelf te blijven staan waar ze stond en niet toe te geven aan haar angst. 'Ik heet Meg.'

'O ja. Meg. Zeg, luister eens, ik heb nog eens nagedacht over je aanbod om te helpen in de galerie. Mijn moeder komt zo vaak ze kan. Je hebt haar ontmoet.' Hij wees met een duim over zijn schouder in de richting van de galerie. 'Maar ze heeft zelf ook een winkel, dus je kunt je wel voorstellen hoe dat werkt. Of niet werkt. Ik bedacht opeens dat, als ik een vaste hulp zou hebben, ik misschien een paar nieuwe schilderijen aan andere galerieën zou kunnen verkopen om zo wat meer te verdienen.' Hij leek plotseling onzeker. 'Ik denk er nog over na en als ik besluit om je aan te nemen, dan zou ik je niet veel kunnen betalen, maar ik dacht dat ik er op zijn minst met je over zou kunnen praten, voor iemand anders je voor mijn neus wegkaapt.'

Ze zei met een cynisch lachje: 'Nou, daar hoeft u zich denk ik geen zorgen over te maken. Ik heb tot nu toe overal bot gevangen. Overal waar ik kom zeggen ze dat ze niemand nodig hebben. Maar ik ben nog maar net begonnen,' voegde ze er vlug aan toe. Als ze niet snel haar mond hield, zou hij nog denken dat ze totaal ongeschikt was om te werken.

Hij leek nu volkomen nuchter. Had Maggie zich de dranklucht in zijn adem alleen maar verbeeld? Hier op de stoep rook ze tenminste alleen maar sterke koffie en versgebakken brood van het café aan de overkant.

Ze stak hem haar hand toe. 'Dank u wel, meneer Linder. Ik...'

Hij stak een hand op. 'Noem me alsjeblieft Jackson.'

'Jackson dan,' zei ze. Ze deed haar best om beleefd te blijven glimlachen en niet te laten merken hoe blij ze was. 'Nogmaals bedankt. Ik zou het erg op prijs stellen als u me laat weten wat u besluit. Ik heb wat ervaring met inlijsten en ik heb in een ontwerpstudio gewerkt, dus ik denk dat ik echt wel kan bijspringen. En ik ben ook bereid om administratief werk te doen of schoon te maken... wat dan ook.'

Hij glimlachte. 'Dat zal ik onthouden. Het was leuk om je weer te zien, Meg. Ik hoop dat je het prettig zult vinden om in Clayburn te wonen. Ik zal je een dezer dagen opbellen om te kijken wat we kunnen regelen.' Hij aarzelde even. 'Logeer je nog steeds in het hotel?'

Ze knikte.

Hij keek alsof hij iets wilde gaan zeggen en schudde toen nauwelijks merkbaar zijn hoofd. Hij haalde een balpen en een visitekaartje uit zijn borstzakje. 'Geef me je mobiele nummer maar.' Hij wachtte met zijn pen in de aanslag.

Ze keek verontschuldigend. 'Ik heb geen mobiele telefoon. Maar u zult me vast wel in het hotel mogen bellen.' Ze voelde zich schuldig. Ze had al misbruik gemaakt van de vriendelijkheid van Bart en Wren, maar ze zou er vanavond met hen over praten. Ze zouden het heus niet erg vinden.

Meneer Linder stak haar zijn visitekaartje toe. 'Alsjeblieft. Bel mij maandagmiddag maar.'

'Dat is goed. Dank u.'

Hij hield haar blik net iets langer vast dan nodig was, maar ze negeerde het lichte gevoel van onbehagen dat dat haar bezorgde. Ze had een baan. Dat wist ze zeker. Ze huppelde bijna terug naar het hotel. Tijdens dat gesprekje op straat was haar gemoedstoestand omgeslagen van diepe moedeloosheid in hoopvolle opgetogenheid.

Ze duwde de voordeur open en stootte Wren bijna omver, die op een wiebelige ladder de grote ramen boven de voordeur stond te zemen. Een mengsel van boenwas met citroengeur en ruitenspray deed haar neus kriebelen.

'Hallo, meisje.' Wren rolde een stuk keukenpapier af en spoot het raam in. 'Jij bent vlug terug! Is dat een goed teken of niet?'

Maggie dook onder de ladder door en keek omhoog, enthousiast als ze was om te vertellen hoe haar ochtend verlopen was. 'Misschien wel. De eigenaar van die galerie verderop in de straat heeft misschien een baan voor me.'

Wrens energieke, ronddraaiende bewegingen met de prop papier stopten abrupt. 'Jackson?'

'Ja, Jackson Linder.' Ze oefende zijn naam. 'Kent u hem?'

Wren aarzelde even. 'Ja, ik ken hem.' Zonder Maggie aan te kijken gaf ze haar de spuitflacon aan en kwam de ladder af. 'Heb je al geluncht?'

'Trevor komt me om halftwaalf ophalen, weet u nog?'

'O, ja. Nou, ik heb een lekkere pan soep op het fornuis staan en Bart besloot naar het ouderencentrum te gaan voor een workshop, dus hij is hier niet om ervan te eten en ik heb eigenlijk geen honger. Dan bewaar ik hem maar voor morgen.'

'Het spijt me.'

'Lieve deugd, dat is jouw schuld toch niet.' Wren draaide de natte prop papier in haar handen. 'Meg…'

De aarzeling in haar toon trok Maggies aandacht.

'Ik weet niet of het wel zo'n goed idee is als je voor Jackson gaat werken.'

'Maar… waarom niet?'

Wren slaakte een zucht. 'Hoor eens, Bart en ik vinden het helemaal niet erg om je hier een paar dagen onderdak te verlenen. Je hoeft niet halsoverkop op zoek te gaan naar een baan. Je hebt het nog niet eens bij de snelweg geprobeerd. Daar zitten ook goede bedrijven.'

'Ik dacht dat het voorlopig, tot ik me een auto kan veroorloven, het beste zou zijn om hier in de buurt te blijven.' Ze nam Wren opmerkzaam op. 'Is er een reden waarom het niet goed zou zijn om voor meneer Linder te werken?'

Wrens vermoeide zucht deed Maggie vermoeden dat er een verhaal zou volgen. Wren glimlachte, maar het praten ging haar niet zo gemakkelijk af als anders. 'Nou ja, het zijn mijn zaken niet, maar… in de eerste plaats denk ik dat hij niet in staat is je fulltime werk te verschaffen.'

'Ja, dat zei hij, maar misschien kan ik er nog iets bij vinden.'

'Misschien.' Wren leek plotseling in gedachten verzonken. 'Ik kan die soep beter even uitzetten.'

'Ik zal u even helpen.'

Ze liep achter Wren aan, wat niet eenvoudig was, omdat de vrouw heen en weer bleef dribbelen tussen het gasfornuis en het aanrecht, waarop een bord met crackertjes met kaas stond.

'Alsjeblieft.' Wren gaf haar het bord en ontmoette haar blik voor de eerste keer sinds Maggie gezegd had dat ze misschien voor Jackson Linder ging werken. 'Zet dat maar in het koelkastje op je kamer. Dan heb je vanavond een lekker hapje.'

'O, dat is helemaal niet goed voor me.' Maggie klopte op haar buik. 'Volgens mij ben ik al een paar kilo aangekomen sinds ik hier ben.'

'Onzin.' Wren klakte met haar tong en kneep even in Maggies onderarm. 'Je kunt wel een paar extra kilootjes gebruiken, schat.'

Ze had wel heel lang gewandeld, maar ook heel veel gegeten. Maar wat was het heerlijk geweest om zonder schuldgevoelens te eten, zonder Kevin die haar voortdurend in de gaten hield.

Het geklingel van belletjes aan de voordeur verloste haar van een verdere discussie met Wren. Ze keek door de gewelfde deuropening op de klok in de hal.

'Het is bijna halftwaalf. Dat zal Trevor wel zijn.' Wren straalde alsof ze haar eerdere bezorgdheid liet varen. 'Genieten jullie er maar van met zijn tweetjes.' Ze hield Maggies blik even vast en haar ogen werden zacht. 'Trevor Ashlock is de aardigste man die je ooit zult tegenkomen.'

Zoiets begon Maggie ook al te vermoeden. Maar de gedachte om hem weer te zien bezorgde haar een zenuwachtige rilling over haar rug. Ze hoopte maar dat het haar zou lukken gedurende de hele lunch haar verhalen op één lijn te houden.

## 26

Trevor stond met een ingetogen glimlach bij de open haard in de hal. 'Ben je zover?'

Hij zag er fris, schoon en, nou ja, knap uit in zijn donkerblauwe poloshirt en plooibroek.

Maggie wierp een onzekere blik op haar eigen outfit. 'Ben ik er wel op gekleed?' Ze schoot onmiddellijk in de lach om haar eigen vraag. 'Niet dat het wat uitmaakt. Ik heb niet veel anders om aan te trekken.'

'O, nee, je ziet er prima uit.' Hij keek even door het zijraam dat nu glanzend schoon was door Wrens inspanningen. 'Ik heb het een en ander gekocht voor een picknick, als je het niet erg vindt om buiten te eten. Het is een beetje bewolkt en in het park is rond deze tijd van de dag sowieso een beetje schaduw.' Hij keek haar aan en wendde zijn blik toen vlug af.

Ze kreeg de indruk dat hij zich verontschuldigde. 'Een picknick is prima. Klinkt leuk.'

'Goed dan.' Hij knikte met zijn hoofd naar de deur. 'Mijn auto staat voor.'

De zon verdween soms achter de donzige, witte wolken en het was een beetje afgekoeld, maar in Trevors pick-uptruck was het warm. Hij zette de airco wat hoger, die een stroom koude lucht uitbraakte en toen onmiddellijk warm werd. Hij rolde de raampjes naar beneden.

Na het korte ritje naar het park aan de rand van het stadje voelde Maggie zich een verwaaide, verlepte bloem. Trevor zette de auto op de zanderige parkeerplaats bij een leeg speeltuintje en liep om de auto heen om Maggies portier open te doen. Terwijl ze uitstapte, haalde hij een kleine koelbox uit de laadbak.

'Daar.' Hij wees naar een picknicktafel onder een grote boom. De wortels van de oude populier kronkelden helemaal tot aan de rivieroever om te drinken uit het modderige water van de Smoky Hill River. 'Lijkt je dat wat?'

'Perfect. Kan ik iets dragen?'

'Dat doe ik al.' Hij gaf een klopje op de koelbox. 'Alles zit hierin. Niks bijzonders, maar ik dacht dat je het wel leuk zou vinden om het park te zien.'

'Het is prachtig.' Het was niets vergeleken bij Central Park, maar het had zijn charme. Vooral omdat het vredig en rustig was, op het fluisteren van de populieren na en de incidentele plons van een vis of een kikker in de rivier. Een eindje verderop was een tienermeisje met twee peuters aan het spelen bij de schommels en er zat een oudere man te vissen aan de waterkant, maar verder hadden ze het rijk alleen.

Eerdere picknickers hadden chipsresten achtergelaten op de tafel en de banken. Trevor veegde ze eraf met zijn vrije hand. 'Ik had een deken mee moeten nemen om op te zitten. Sorry. Dit was een spontaan idee. Misschien was het toch niet zo'n goed plan.'

'O, nee, het is prima.' Maggie wist niet of ze argwaan moest koesteren bij zijn beleefde vriendelijkheid of gewoon in zwijm moest vallen om het achter de rug te hebben. Bij die gedachte voelde ze een steek van schuld. Ze had geen enkel recht om romantische gedachten te koesteren. Als Kevin wist waar ze was, bij iets wat sterk op een afspraakje leek, zou hij laaiend zijn. Hoewel ze zich nu realiseerde dat Kevin weinig om haar gegeven had, was ze zijn bezit geweest en wee de man die zich daarmee probeerde te bemoeien. Ze rilde bij de gedachte aan hoe zijn reactie zou zijn.

'Heb je het koud?' Trevor keek haar verbaasd aan.

Ze wreef over het kippenvel op haar blote armen. 'Nee. Ik heb alleen... honger.'

'Nou, laten we maar eens beginnen dan.' Hij deed de koelbox open en haalde er een zak blauwe druiven en twee in cellofaan verpakte broodjes gezond uit. Een zak zoutjes en blikjes fris maakten het feestmaal compleet. 'Ga zitten.' Hij sloeg een been over de bank en ging schrijlings tegenover haar zitten.

Ze ging zitten en rangschikte de dingen die hij voor haar neergelegd had, terwijl ze wachtte of hij zou bidden voor het eten, zoals Bart gisteren in het hotel had gedaan. Trevor boog zijn hoofd. Zijn lippen bewogen, maar hij bad niet hardop.

Ze wachtte tot hij opkeek en hield zich toen bezig met het uitpakken van haar broodje. 'Mmm... dat ziet er lekker uit.'

'Nou ja, ik hoop dat je het niet erg vindt dat ik je niet echt mee uit lunchen heb genomen, zoals ik beloofd had.'

Ze spreidde een arm uit om het park te omvatten. 'Hé, dit *is* uit.'

Hij schoot in de lach. 'Dat is waar. Het is tenminste niet zo warm vanmiddag. Ze zeggen dat het vanavond waarschijnlijk gaat regenen.'

'Je zegt dat alsof dat iets goeds is. Dat zou in New...' Ze stopte plotseling met praten. 'Het... het maakt alles *nieuw*. De regen.'

Had hij haar stuntelige poging om haar fout te verdoezelen opgemerkt?

Zo ja, dan liet hij dat niet merken. 'Als je op het platteland woont, is regen meestal een goede zaak. Nou ja, tenzij het oogsttijd is. Maar moet je zien hoe laag de rivier staat.' Hij nam een flinke hap van zijn broodje en wees met de rest ervan naar de rivier.

Ze nam een slokje van haar cola. 'Die blikjes fris komen zeker uit de vriezer. Het is nog steeds lekker koud.'

'*Fris?*' Hij grijnsde. 'Dat is zeker Californisch.'

Ze hield van schrik haar adem in. Zelfs haar taalgebruik verried haar. Maar ze herstelde zich vlug en wierp hem een glimlach toe. 'Hoezo? Hoe noemen jullie, boerenkinkels uit Kansas, het dan?'

Hij vernauwde zijn ogen iets en keek haar kwaad aan, alsof die boerenkinkelopmerking hem diep beledigd had, maar vrijwel onmiddellijk was de grijns weer terug. Hij trok het lipje van het blikje cola, nam een slok en slaakte een diepe zucht van genoegen. 'Wij noemen dit spul *prik*,' zei hij met een lijzig accent.

Ze schoot in de lach. 'Prik?'

Hij knipoogde. 'Of als we het echt officieel willen zeggen, noemen we het priklimonade.'

'Dat is hetzelfde als frisdrank. Vandaar een blikje fris.' Zodra de woorden over haar lippen waren, beet ze op haar lip. Noemden Californiërs het wel *fris*? Ze was het beu om zelfs in het onschuldigste gesprek ieder woord op een goudschaaltje te moeten wegen.

Ze concentreerde zich op haar lunch en ze aten een paar minuten in stilte verder. Toch was het geen ongemakkelijke stilte. De vogels kwetterden in de bomen boven hun hoofd, de bladeren fluisterden in de wind en Maggie genoot van deze wereld die zo anders was dan de gevangenis van Kevins flat in New York.

Trevor haalde de druiven uit de zak, scheurde er een takje af en gaf dat aan haar. Hij stak er twee in zijn mond. 'Wil je praten over…' Hij haalde zijn schouders op. '… wat er in… Californië gebeurd is?'

Maggie boog haar hoofd, beschaamd en een klein beetje bang. Ze had er nooit over nagedacht dat een groot deel van haar leven eigenlijk een leugen was. Bij de familie Manning, waar ze het grootste deel van haar jeugd had doorgebracht, had ze geleerd dat liegen verkeerd was. Maar bij Kevin had ze geleerd dat het haar heel veel ruzie bespaarde en zijn woede in toom hield. Dus het was een slechte gewoonte geworden. Meestal vertelde ze leugentjes om bestwil.

*Nee, Kevin, er heeft vandaag niemand gebeld.*

*Ja, ik ben gelukkig met je.*

*Sorry, ik ben vergeten om langs de slijterij te gaan.*

Haar leugentjes hadden nooit iemand kwaad gedaan.

Maar het was onvermijdelijk geëscaleerd toen haar die dinsdagochtend in de straten van New York het geschenk van ontsnapping was aangereikt. Sinds die ochtend was haar leven één grote leugen geweest. Bijna vijf dagen lang had ze net gedaan alsof ze iemand was die ze niet was, waarbij ze haar verleden ter plekke bedacht had en haar leven verzon waar je bij stond.

Het probleem was dat ze blij was met het resultaat. Als ze al die leugens niet verteld had, dan zou ze hier niet op dit idyllische plekje zitten; veilig bij deze vriendelijke, grootmoedige man en met de hoop op een nieuwe start in dit stadje. Maar wanneer zou ze weer met een klap in de realiteit terugkomen?

'Meg? Alles goed met je?'

Zijn stem haalde haar langzaam uit haar dagdroom. Trevor boog zich over de tafel, met zijn handpalm een paar centimeter van haar wang, alsof hij haar wilde aanraken. Of slaan misschien?

Maar één blik in zijn ogen was voldoende om te weten dat het niet de woede was, die ze gewend was te zien in de ogen van een man. Het was bezorgdheid en nog iets.

'Ik wil er eigenlijk niet over praten.'

'Goed. Dat begrijp ik.' Hij trok zijn hand terug en hield die met de palm omhoog, alsof hij zich ervoor verontschuldigde dat hij het zelfs maar gevraagd had. Of bood hij zijn excuses aan dat hij haar had willen aanraken?

'En jij?' Ze probeerde hem van zijn vraag af te leiden.

'Wat wil je weten over mij?'

'Wren zei dat je... getrouwd was.'

De uitdrukking op zijn gezicht, alsof ze hem ervan beschuldigde thuis een vrouw te hebben terwijl hij romantisch zat te picknicken met een andere vrouw, deed haar haastig verder praten. 'Ze vertelde me dat je vrouw omgekomen is bij een ongeluk. Samen met je zoontje.'

Toen zijn kaakspieren zich spanden, had Maggie er onmiddellijk spijt van dat ze erover begonnen was. Ze had het bespreekbaar willen maken. Om niet net te hoeven doen alsof ze het niet wist, terwijl ze het wel wist. De ironie daarvan ontging haar niet, omdat er nog zo veel dingen waren waar ze zelf niet eerlijk over was.

Hij knikte. 'Amy. Ze heette Amy... en ons zoontje Trev. Het is twee jaar geleden gebeurd.' Hij leek plotseling geïnteresseerd in het ruwe oppervlak van de picknicktafel. 'Op een zaterdagmorgen.'

*Zaterdag.* Maggie vroeg zich af of hij nog steeds gedenkdagen telde. Zo ja, dan was vandaag er een.

Zijn blik werd afwezig en maakte zijn blauwe irissen dof. 'Ze waren onderweg naar Salina. Hij was nog maar drie, maar Amy ging zijn eerste fietsje voor hem kopen. Zo'n peuterfietsje, met zijwieltjes.' Hij haalde diep adem. 'Iemand... een auto doemde plotseling op hun weghelft op, op de Old Highway 40. Ze hadden geen schijn van kans.'

Zijn handen lagen met de palmen naar beneden op de splinterende bovenkant van de picknicktafel... alsof hij op het punt stond zich af te zetten en ervandoor te gaan.

Maggie legde heel even haar hand op de zijne, maar het was lang genoeg om de warmte en kracht ervan te voelen. 'Wat vreselijk, Trevor.'

Zijn kaakspieren maakten krampachtige bewegingen. 'Dank je.'

Ze aarzelde even, zenuwachtig over de kant die het gesprek op zou kunnen gaan. Maar ze wilde het echt weten. 'Vertel me eens iets over haar.'

'Over Amy?'

Ze knikte afwachtend.

Er verscheen een glimlach om zijn mond. 'Amy was een zonnetje. Altijd aan het lachen, altijd gek aan het doen. Iedereen was dol op haar. Ze was de goedheid zelve. En ze was open... als een boek. Je wist altijd wat ze dacht. Ze was goudeerlijk.'

Maggie zat te draaien op de harde houten bank, omdat ze het gevoel had dat ze een standje kreeg dat ze had verdiend, ook al betwijfelde ze het of Trevor er iets mee bedoelde. Als hij *inderdaad* probeerde haar een schuldgevoel te bezorgen, haar het gevoel te geven dat ze in vergelijking met Amy tekortschoot, dan lukte hem dat heel goed. Ze zette de gedachte van zich af en hield haar hoofd iets schuin, wachtend tot hij verder zou gaan.

Zijn ogen werden vochtig. Hij slikte moeizaam. Maggie voelde zijn pijn.

Op dat moment kwam de zon tevoorschijn vanachter een grote

wolk en zijn stralen stroomden door het bladerdak dat hen beschut had. Trevor kneep zijn ogen tot spleetjes en draaide zijn hoofd opzij, zodat Maggie hem en profil zag. Zijn adamsappel ging op en neer in zijn keel.

Opnieuw wenste Maggie dat ze het pijnlijke onderwerp niet ter sprake had gebracht. 'Ik vind het zo erg... van je vrouw. Zo te horen was ze een geweldig iemand.'

Hij keek haar aan. 'Dank je. Ze was *inderdaad* een geweldige vrouw. En Trev was ook een prachtjoch.'

'Was hij naar jou vernoemd?'

Trevor knikte. 'Hij zou dit jaar naar school zijn gegaan.'

'Lees je daarom voor aan de kinderen... in het kinderdagverblijf?'

Er verscheen een ondeugende blik in zijn ogen. 'Eigenlijk is dat mijn manier om mijn taakstraf te vervullen.'

Bij het zien van haar opgetrokken wenkbrauwen barstte hij in lachen uit. Het was aanstekelijk.

Ze lachte mee zodra het tot haar doordrong dat hij haar weer zat te plagen.

Maar even later keerde de ernst terug op zijn gezicht. 'Ik doe het vooral vanwege Trev. Maar mijn moeder was ook dol op boeken, dat is ze nog steeds.'

'O? Wonen je ouders in de buurt?'

'Vroeger wel. Ik ben in Clayburn opgegroeid. Ik heb de drukkerij van mijn vader overgenomen. Mijn ouders zijn een paar jaar geleden gaan rentenieren in Florida. De koude winters hier verergerden mams artritis. Ze hebben Californië overwogen, maar Florida won het van het land van de mafkezen en de malloten.'

Maggie verstrakte. *Verander alsjeblieft van onderwerp. Verander alsjeblieft van onderwerp.* Ze was te moe om nog meer verhalen te verzinnen.

Trevor gaf haar een duwtje tegen haar arm, met een onzekere grijns op zijn gezicht. 'Hé, dat was een grapje, hoor! Gewoon iets geks wat mijn vader altijd zei. Ik bedoelde er niks mee.'

'Het geeft niet.' Ze forceerde een glimlach, terwijl haar hoofd tolde. Wat zou ze zeggen als ze *echt* uit Californië kwam? 'Het komt alleen... omdat ik dat altijd moet aanhoren.'

Hij grijnsde een beetje schaapachtig. 'Sorry. Flauw grapje. Ik zal het niet meer zeggen.' Zijn ogen begonnen weer te glinsteren. 'Als *jij* tenminste belooft dat je me nooit meer een boerenkinkel zult noemen.'

Daar moest ze om lachen... waarna ze zich afvroeg of hij het echt meende. Maar één blik op zijn gezicht maakte haar duidelijk van niet. De mensen hier leken graag te plagen. Daar moest ze een beetje aan wennen. Kevin had haar nooit geplaagd, tenminste niet op deze manier. Als hij een grapje maakte, was het gemeen... of vulgair. En zij was meestal het mikpunt van zijn spot.

Maar door Trevors goedmoedige geplaag voelde ze zich...

Ze riep zichzelf tot de orde, bang om de gedachte af te maken. Maar toen werd er iets in haar binnenste ontketend en ze gaf het de vrije teugel.

Door hier zo te zijn met Trevor voelde ze iets wat ze nog nooit gevoeld had. En ze wilde niet dat dat gevoel ooit nog zou ophouden.

## 27

'Bedankt voor de lunch. Ik heb ervan genoten.' Maggie voelde zich plotseling verlegen. Ze stak haar hand uit naar de hendel van het portier.

Trevor zette de versnellingspook van de pick-uptruck met moeite in de parkeerstand, maar bleef achter het stuur zitten. 'Vind je het erg als ik je niet tot aan de deur breng?'

'O, nee. Dat verwachtte ik helemaal niet... dat hoeft niet, hoor.' Terwijl ze het zware portier openduwde, liet Maggie zich van de hoge stoel naar beneden zakken en wilde het portier achter zich dichtslaan.

Trevor stak zijn hand uit over de passagiersstoel. 'Laat maar, ik heb hem al. Misschien zie ik je vanmiddag nog. Ik kom later terug om verder te gaan met de verbouwing.'

'O, ik weet niet of ik er dan ben. Misschien ga ik nog wat winkels langs en vul ik nog wat sollicitatieformulieren in.'

'Nou, je zult niet veel winkels open treffen. Na de lunch op zaterdag gaat Clayburn helemaal op slot.'

'Echt? Wren zei dat ook al, maar ik dacht dat ze overdreef. Maar waarom op zaterdagmiddag? Dat is een van de beste winkelmomenten.'

Hij haalde zijn schouders op. 'Daar heb ik eigenlijk nooit over nagedacht. Ik denk dat mensen het gewoon te druk hebben. Ze maken zich klaar voor de kerk, hebben familieverplichtingen. Veel mensen gaan naar Salina om te winkelen of om naar de film te gaan. In een stadje als Clayburn kun je niet alles kopen.'

'O.' Ze liet haar schouders hangen. 'Dat betekent neem ik aan ook dat er op zondag niets open is?'

'Ik ben bang van niet. Maar maandag in alle vroegte komt alles weer op gang. Je kunt net zo goed gebruikmaken van de rust en je dit weekend een beetje ontspannen.'

Ze weerstond de aandrang om tegen hem te zeggen dat ze geen plaats had om zich te ontspannen als ze niet snel een baan zou vinden.

Verward bedankte ze hem nogmaals en draaide zich om naar de deur van het hotel.

Op het geklingel van de bel kwam Wren uit de eetzaal lopen. 'Meg! Hoe was het?'

Maggie schoot in de lach om het al te duidelijke enthousiasme van de vrouw. 'Het was leuk. Je had gelijk. Trevor is een heel aardige man.'

'O, dat is hij zeker. Ik heb nog nooit een…' Wren gooide midden in de zin haar handen in de lucht. 'Mijn saus!' Ze waggelde zo vlug haar korte beentjes toelieten terug naar de keuken.

Maggie liep achter haar aan. Damp steeg op uit een enorme soeppan die op het oude, grote keukenfornuis stond te pruttelen en een kruidige geur verspreidde. Ze snoof. Spaghettisaus. Het fornuis stond plompverloren midden in de keuken en was met een geaard verlengsnoer verbonden met het stopcontact in de wand. Wren zette de pit laag en pakte de handvatten van de pan beet met de punten van haar schort.

'Ik dacht dat jullie uit eten gingen.'

'Dit is voor morgen, na de kerk. Ik kook liever niet op zondag.' Wren roerde even in de pruttelende saus, waarna ze op een stoel neerplofte en haar voorhoofd afveegde met dezelfde schortpunten. 'Je bent natuurlijk uitgenodigd,' voegde Wren eraan toe.

'O, ik heb die boterhammen nog die je voor in de bus gemaakt had. Ze liggen in het koelkastje in mijn kamer. Maak je maar niet druk om mij.'

'Nee, nee, die boterhammen blijven nog wel een dagje goed. Morgen kom je spaghetti bij ons eten.'

Maggie deed haar mond open om te protesteren. Ze had weer een geweten ontwikkeld in de afgelopen paar dagen en ze wilde niet schooien bij de Johannsens. Maar Wren kapte haar af voor ze zelfs maar een kik kon geven.

'Je eet morgen bij ons en daarmee uit.' Haar gezicht klaarde op. 'Tenzij je al plannen hebt gemaakt met Trevor, natuurlijk.'

'O, nee. Maar volgens mij komt hij straks nog aan de keuken werken.'

'*Dat* klinkt als muziek in mijn oren.'

De belletjes klingelden in de hal en Wren en Maggie draaiden zich allebei om naar de deur.

'Ben jij dat, Bart?' riep Wren.

Geen reactie. Wren fronste haar wenkbrauwen en ze keek Maggie verwonderd aan. 'Die man is zo doof als een kwartel. Bart? Bart!' De belletjes klingelden weer en Wren ging op weg naar de hal, maar haar gemopper veranderde in een melodieuze groet toen ze onder de gebogen deuropening doorliep. 'Goedemiddag. Welkom in Wrens Nest. Kan ik u helpen?'

Maggie luisterde vanuit de keuken toe, terwijl Wren gasten inschreef. Uit de gesprekken maakte ze op dat het een tamelijk grote familiegroep was. Ze waren van plan geweest om in Salina te overnachten, maar door een jeugdbasketbaltoernooi zaten de hotels daar vol en iemand had Wrens Nest aanbevolen.

'Nou,' zei Wren, 'daar ben ik blij mee. Ik zal vlug alles in orde brengen. Meg, wil je even in die saus roeren?' riep ze naar de keuken.

Maggie ging in de saus roeren, maar luisterde met één oor naar de geluiden in de hal terwijl Wren de situatie met de keuken aan de gasten uitlegde. 'Onze excuses voor het ongemak, maar maakt u zich geen zorgen. U zult hier in de hal een heerlijk ontbijt krijgen.'

Maggie keek even om het hoekje, zodat ze het groepje van zeven personen kon zien toen ze achter Wren aan liepen naar hun kamers. Ze keerde terug naar haar post achter het fornuis en hield de spaghettisaus in de gaten.

Toen Wren even later terugkwam, zag ze er doodmoe, maar blij uit. 'Nou, wat vind je daarvan? We hebben vannacht vier kamers verhuurd!'

De onuitgesproken boodschap in Wrens woorden maakte Maggie bang. Voor het eerst besefte ze dat er heel gauw een nacht zou kunnen komen dat er geen plaats in het hotelletje zou zijn voor Meg Anders uit Californië. Ze durfde niet te lang bij die mogelijkheid stil te blijven staan.

'Maar nu moet ik een ontbijt voor hen gaan maken! *Iek!*'

Door Wrens komische uitroep vergat Maggie haar eigen donkere gedachten.

'Ik zou kunnen helpen. Graag zelfs. Ik kan vrij goed koken.'

Wren nam haar op, alsof ze over haar aanbod nadacht. Maar toen wreef ze in haar handen. 'Weet je wat? Ik heb nog wat zelfgemaakte kaneelbroodjes in de vriezer liggen. Die kan ik morgenochtend opwarmen en glaceren. Dan maak ik er een eierschotel bij. Ik moet nog wat bacon en vruchtensap halen, maar dan hebben we wel alles, denk ik. Het is nergens voor nodig om in de rats te zitten.' Ze wuifde met een hand. 'Let maar niet op mij. Ik heb het alleen maar tegen mezelf.'

'Nou, zeg maar hoe laat ik morgen op moet staan. Ik wil je graag helpen.'

Wren gaf Maggie een klopje op haar hand. 'Dank je, lieverd. Misschien houd ik je daar wel aan. Je bent een schat.' Ze deed haar schort af en hing het aan een magnetische haak aan de zijkant van de koelkast. 'Ik ga nu eerst even een dutje doen. Dat zou jou ook goeddoen. Je hebt al een hele dag achter de rug en het is nog maar amper middag.'

'Als je het niet erg vindt, ga ik een poosje naar de bibliotheek en dan misschien nog even naar het park.'

'Daar heb je mijn toestemming niet voor nodig, schat. Maar als je gaat, kun je maar beter opschieten. En je kunt beter eerst naar de bibliotheek gaan. Ze gaan op zaterdag om drie uur dicht. Je gaat zeker iets te lezen halen?' Wrens gezicht klaarde op. 'O, hé, zou je het erg vinden om een paar boeken voor mij terug te brengen?'

'Natuurlijk niet. Met alle plezier.' Maggie vertelde Wren niet dat haar echte reden niets met de bibliotheek te maken had. Ze wilde kijken of Jenn al geantwoord had op haar e-mail. Misschien kon ze erachter komen wat Kevin wist. Of hij naar haar op zoek was. Wren zocht in de onderste kastjes. 'Waar heb ik het deksel van die pan nou gelaten?' Ze vond het uiteindelijk in een la en zwaaide ermee in de lucht, terwijl ze een gefrustreerde zucht slaakte. 'Die verbouwing doet me nog eens de das om.'

Maggie legde een hand op Wrens schouder. 'Je keuken is klaar voor je het weet. En ik weet zeker dat hij zo mooi zal worden dat je er al die rompslomp zo door vergeten bent.'

Wren keek schuldbewust. 'O, ik stel me vreselijk aan. Het spijt me, schat. Ik zou mijn zegeningen moeten tellen, maar in plaats daarvan gedraag ik me als een ouwe zeurkous.'

'Welnee.'

Wren schoot in de lach. 'Jawel, schat. En als je me niet gelooft, vraag je het maar aan Bart.' Ze legde de houten lepel neer. 'Ik zal die bibliotheekboeken even pakken, dan kun je weg.'

Terwijl ze zigzaggend naar de bibliotheek liep, op zoek naar scha-duwplekjes op de stoep, stelde Maggie in haar hoofd een nieuwe brief aan Jenn op. Toen ze binnen was, liep het zweet in straaltjes van haar voorhoofd. Het koele, donkere gebouw was een verade-ming. Ze leverde Wrens boeken in en liep naar de nisjes waar de computers stonden.

Alle vier de computers waren in gebruik, dus ze snuffelde wat door de dichtstbijzijnde kasten, terwijl ze in de gaten hield of er eentje vrijkwam.

Toen ze eindelijk online was, opende ze het e-mailaccount dat ze aangemaakt had. Ze bleek dertien nieuwe berichten te hebben. Een koude angst kronkelde langs haar ruggengraat omhoog, tot ze zag dat het op twee berichten na allemaal spam was. Eén mailtje was een welkomstbericht van Hotmail en het andere was van Jenn.

Maggie opende het en boog zich dichter naar het scherm.

*Maggie,*

*Waar ben je? Ik heb me vreselijk zorgen gemaakt. K belde dinsdagavond en zei tegen Mark dat de politie zijn auto ergens in Connecticut langs de kant van de weg gevonden had. Hij zei dat hij niet wist waarom je midden in de nacht op pad was gegaan, maar dat je hem gebeld had, dus hij weet dat je nog leeft.*

*Waarom heb je me niet verteld dat je weer probeerde bij hem weg te gaan? Het zal je wel niet verbazen dat K razend is. Mark verliest me geen moment uit het oog. Hij is bang dat K zal proberen jou via ons op het spoor te komen.*

*Ik hoop dat je weet wat je doet. Ik maak me zorgen over je en vraag me af waarom je niet vaker gemaild hebt nadat ik dit bericht gekregen heb. Beantwoord deze mail alsjeblieft en zeg me waar je bent. En wees voorzichtig! Ik weet dat je altijd gezegd hebt dat hij je niets zou aandoen, maar ik ben bang voor waar hij toe in staat is als hij kwaad is.*

*Laat me alsjeblieft weten wat er aan de hand is! Het is niet veilig voor je om bij ons te zijn, maar als je een plekje nodig hebt om naartoe te gaan, dan zullen wij je helpen om iets te vinden. Mark is zijn baan weer kwijt, dus we zitten een beetje krap, maar we zullen doen wat we kunnen om te helpen.*

*Ik hou van je, Maggie.*

*Jenn*

Maggie plaatste haar vingers op het toetsenbord, omdat ze haar zus graag wilde geruststellen. Maar wat kon ze zeggen? Uiteindelijk hield ze het bij een korte geruststelling, en een waarschuwing.

*Het gaat goed met me, Jenn. Maak je alsjeblieft geen zorgen. Zodra ik je meer kan laten weten, zal ik dat doen. Maar luister alsjeblieft naar Mark. Wees alsjeblieft heel voorzichtig tot alles voorbij is en K beseft dat ik niet terugkom. Vertrouw hem niet. Wat hij ook zegt.*

Tot haar verbazing zaten de tranen vlak onder de oppervlakte. Ze miste haar zus. Baltimore had altijd duizenden kilometers weg gelegen, omdat Kevin niet wilde dat ze Jenn opzocht, maar nu Jenn echt een half land van haar verwijderd was, werd de pijn van het gemis alleen maar groter.

Ze had er meer dan twee dagen over gedaan om hier in dit kleine stadje in Kansas te komen. Dat betekende dat het minstens twee dagen reizen was om terug te komen bij Jenn.

Maggie zuchtte en sloot haar ogen. De pijn in haar hart was meer dan alleen maar heimwee naar Jenn. Op een vreemde manier miste ze Kevin ook. Niet de Kevin van wie ze weggevlucht was, maar de man die ze ooit gedacht had dat hij was: de attente charmeur die ze op een avond in de sportschool tegen het lijf gelopen was. Hij had zijn plek op de loopband voor haar opgegeven en haar de volgende avond mee uit eten gevraagd. Ze had die uitnodiging aangenomen en de eerste twee weken dat hij haar het hof maakte, hadden geleken op iets uit de film. Wat had ze vreselijk graag gewild dat hij de man gebleven was die ze die eerste avond gedacht had dat hij was.

Helaas was ze al voordat Kevin zijn vuisten begon te gebruiken gaan merken dat hij op een andere manier gewelddadig en heerszuchtig was. Hij was dominant; veel te dominant, besefte ze nu. Eerst voelde het goed om bij iemand te horen. Dat iemand zich erom bekommerde waar ze iedere minuut uithing en wilde weten of hij de enige voor haar was. De realiteit raakte haar als een vuistslag toen ze zich haar oude vermoedens herinnerde: terwijl hij voor *haar* de enige was, wist ze niet of hij haar wel altijd trouw was geweest.

Maar diep van binnen had ze altijd gedacht dat Kevin haar nodig had, dus ze had dat gevoel van geborgenheid ingewisseld voor haar vrijheid. Haar verstand vertelde haar dat dat goed was, maar haar hart was niet zo zeker van de ruil. Ze zou morgen kunnen sterven en dan zou er niemand op haar begrafenis zijn. O, ja, Wren en Bart zouden misschien komen… en zelfs Trevor. Maar ze zouden niet

178

eens haar echte naam hebben om op haar grafsteen te zetten.

Plotseling verscheen er een hallucinerende screensaver op het scherm: fonkelende sterren op een inktzwart veld. Maggie staarde ernaar. Ze dacht aan een scène uit een film die ze ooit gezien had. Een astronaut, die door middel van een lijn verbonden was met zijn ruimteschip, waagde zich naar buiten om reparaties uit te voeren. Maar de lijn brak en de arme man dreef weg, terwijl hij zijn ruimteschip, en zijn kans om gered te worden, kleiner en kleiner zag worden, tot het verdween en hij een onbeduidend stipje in het universum was geworden.

Zo voelde ze zich nu. Er waren maar heel weinig mensen voor wie ze belangrijk was en geen van hen wist waar ze op dit moment was. Het deed haar pijn terug te denken aan de tijd dat zij en Jenn en mam een gezin vormden. Toen had ze over God nagedacht. Zelfs af en toe tot Hem gebeden. Ze wreef over haar slapen en probeerde de gedachten van zich af te zetten. Het deed te veel pijn over die tijd na te denken.

Misschien moest ze teruggaan. Naar New York. Dit was te moeilijk. Tenzij ze werk zou krijgen bij de galerie, en dat zou alleen maar parttime zijn, had het zoeken naar werk vandaag niets opgeleverd. Wren had haar gewaarschuwd dat de zaterdag geen goede dag was om in Clayburn op zoek te gaan naar een baan, maar Maggie maakte zich toch zorgen. Wren zei dat ze zich niet druk moest maken om het betalen voor haar kamer, maar ze zouden haar niet voor onbepaalde tijd gratis laten blijven. En tegen de tijd dat ze voor een paar dagen boodschappen had gedaan, zou ze blut zijn. Ze zou nog een paar dagen met Wrens boterhammen kunnen doen. Ze was gewend om weinig te eten, dankzij Kevins angst dat ze een paar pond aan zou komen. Maar uiteindelijk zou ze een manier moeten vinden om zichzelf te onderhouden.

Hoewel ze wist dat de kans klein was dat Jenn meteen zou antwoorden, checkte ze toch nog een keer haar mail. Voor zover ze wist werkte haar zus niet op zaterdag, maar als Mark zonder werk zat, draaide Jenn misschien wat extra uurtjes. Ze voelde een steek van teleurstelling toen haar mailbox deze keer leeg was.

Ze kon net zo goed teruggaan naar het hotel. Misschien kon ze een plan de campagne bedenken. Of op zijn minst regelen dat ze bij Wren kon blijven tot ze maandag verder kon gaan met zoeken naar werk.

Ze wilde het e-mailprogramma afsluiten, maar voor ze met de muis klikte, verscheen er een advertentie van een bank op de zijbalk van de hotmailpagina. Het was niet de bank waar Kevin gebruik van maakte, maar het bracht haar op een idee. Stel dat ze online bij zijn bankrekening kon komen? Volgens haar had Kevin op die manier weleens geld overgemaakt, maar hoewel hij haar graag de rekeningen liet uitschrijven en het huishoudboekje bij liet houden, vertrouwde hij haar nooit het eigenlijke overschrijven toe.

In een opwelling typte ze de naam van Kevins bank in New York in het zoekveld van de browser. Er verscheen een ingewikkelde website en ze werd door een doolhof aan links geloodst. Haar hoofd tolde. Als Kevin er niet was geweest, zou ze haar baan nog hebben en nog bij haar eigen bankrekening kunnen komen. Wat een dwaas was ze geweest om het weinige spaargeld dat ze had op zijn pensioenrekening te storten. Hoe gemakkelijk had hij haar ervan weten te overtuigen dat ze dat moest doen.

Hoe meer kilometers en uren hen van elkaar scheidden, hoe duidelijker ze zag hoe hij haar gemanipuleerd had en haar had overgehaald dingen te doen die ze nu volkomen dwaas vond. Als ze op de een of andere manier bij zijn rekening kon komen, zou ze het bijna kunnen rechtvaardigen dat ze er geld vanaf haalde. Ze zou niet meer nemen dan het bedrag dat ze hem gegeven had. Ze wilde zijn geld niet. Maar haar spaargeld was van haar. Het was maar achthonderd dollar, maar op dit moment leek dat een klein fortuin. Ze rekende uit hoeveel nachten ze bij Wren kon blijven voor achthonderd dollar en lachte zichzelf toen uit. Ze zou ergens een hele maand huur kunnen betalen met dat geld, en nog geld overhouden ook. Dat zou haar genoeg tijd bieden om een baan te vinden.

Met trillende handen klikte ze op de link *Beveiliging*. Hoe ver zou ze kunnen gaan met het proberen bij Kevins rekening te komen voor ze ergens alarmbellen zou doen afgaan?

Ze onderdrukte de angst die in haar keel omhoogkroop, terwijl ze de tekst op het scherm voor haar vluchtig doorlas. Het ging allemaal over codering en firewalls en een ingewikkeld netwerk van andere termen, die net zo goed Chinees hadden kunnen zijn, want ze begreep er toch niets van.

Er stond een gratis nummer dat je kon bellen als je vragen had. Maar de rekening stond alleen op Kevins naam. Ze was zelfs niet gemachtigd om zijn cheques voor de rekeningen van de flat te ondertekenen. Iedere maand had ze cheques uitgeschreven voor de rekeningen en ze dan aan hem gegeven om te tekenen. Hij vertrouwde er niet op dat ze binnen zijn budget zou blijven.

Of had hij ergens geweten dat de dag zou komen dat ze bij zijn rekening zou willen komen? Had hij geweten dat ze ooit een manier zou vinden om aan zijn greep te ontsnappen?

Ze staarde naar de link *Inloggen*. Met ingehouden adem klikte ze erop. Er verscheen een aantal velden die om haar gebruikersnaam en wachtwoord vroegen. Ze typte zijn naam in bij *Gebruikersnaam*.

Ze had er geen flauw idee van wat zijn wachtwoord was. Ze vulde de cijfers van zijn geboortedatum in. Haar hand bleef even boven het toetsenbord zweven voor ze de moed verzamelde om op *Verder* te klikken.

Er verscheen een nieuwe pagina, maar die bevatte een boodschap in rode letters: *Gebruikersnaam en wachtwoord ongeldig. Probeer nogmaals.*

Ze probeerde het nogmaals met een ander wachtwoord, *haar* verjaardag, en kreeg dezelfde boodschap, met een link om het wachtwoord toegestuurd te krijgen. Als ze dat deed, zou het natuurlijk naar Kevins kantoor gestuurd worden en zou hij weten wat ze probeerde te doen.

Ze kende Kevins e-mailadres op zijn werk. Misschien moest

ze dat invullen bij *Gebruikersnaam*? Dat probeerde ze. Deze keer luidde de boodschap alleen dat het wachtwoord ongeldig was. Dan moest de gebruikersnaam goed zijn. Ze probeerde andere wachtwoorden. De datum van de dag dat ze elkaar ontmoet hadden. De dag dat ze bij hem ingetrokken was. Het was gekkenwerk om te proberen een wachtwoord uit het niets tevoorschijn te roepen. Ze hadden die data nooit gevierd. Ze betwijfelde zelfs of Kevin ze nog wist, maar ze kon geen andere combinaties bedenken.

Bij de vijfde poging verscheen er een nieuwe boodschap, in grotere letters op een driehoekig waarschuwingssymbool. *Uit veiligheidsoverwegingen wordt deze rekening tijdelijk geblokkeerd. Bel het onderstaande nummer om uw rekening opnieuw te activeren.*

Het angstzweet brak haar uit. Zou de bank het kunnen ontdekken als iemand bij een rekening probeerde te komen? Zouden ze haar pogingen om toegang te krijgen tot Kevins rekening misschien opmerken en dat aan hem melden? Ze had nieuwsberichten gelezen van criminelen die opgespoord werden aan de hand van hun computergebruik.

Haar hart begon te bonken. Ze schoof haar stoel met een ruk achteruit, waardoor die bijna omviel. Door het kabaal keek een van de bibliothecaressen verstoord op.

Ze rende bijna het gebouw uit en bleef onder aan het trapje even staan om op adem te komen. Zichzelf dwingend in een normaal tempo te lopen ging ze op weg naar het hotel. Ze keek bij iedere zijstraat even over haar schouder en had het gevoel dat ze gevolgd werd. Kevin Bryson had nog steeds macht over haar, zelfs op vijftienhonderd kilometer afstand.

Trevors truck stond voor het hotel. De hal voelde aan als een toevluchtsoord nadat ze zich de hele terugweg zorgen had gemaakt. Alle zin in een wandeling in het park was verdwenen. Het enige wat ze nu wilde, was zich terugtrekken in de veiligheid van haar kamer.

Ze hoorde Trevor timmeren in de keuken, maar ze was niet in de stemming voor een praatje. Ze probeerde naar de gang te ontkomen, maar hij verscheen in de gewelfde deuropening. 'O, ik dacht dat het Wren was. Weet jij waar ze is?'

'Bart heeft haar meegenomen naar de film in Salina. Hij vond dat ze er even uit moest.'

'Hij probeerde er waarschijnlijk voor te zorgen dat ze mij met rust zou laten.'

Ze grijnsde terug. 'Volgens mij was dat een goede zet van Bart.'

Hij grinnikte instemmend. 'Hé, zou je me even een handje kunnen helpen? Heel even maar?'

'Ja, hoor.' Maggie liep achter hem aan naar de keuken, die er nu meer uitzag alsof hij gesloopt werd. Hij had weer alle apparaten losgekoppeld en van de wanden geschoven. Hij leek niet echt vooruitgang te boeken. Ze keek vluchtig om zich heen en schudde haar hoofd. 'Sjonge, ik wil er niet bij zijn als Wren dit ziet.'

Hij zette zijn vuisten in zijn zij en volgde haar blik. 'Ik weet het. Daarom hoopte ik dat je me even zou kunnen helpen. Ik moet het houtwerk opmeten.' Hij stak haar een grote rolmaat toe. 'Kun jij hem aan een kant vasthouden?'

'Goed.' Ze pakte het uiteinde dat hij haar aanreikte en ze maten samen de wanden op, waarbij Trevor af en toe stopte om cijfertjes op een notitieblokje te krabbelen.

'Bedankt,' zei hij toen ze klaar waren. 'Als ik deze muur af kan krijgen, kan ik tenminste de apparaten terugzetten tot ik kan gaan schilderen.'

'Is het al klaar om geschilderd te worden?'

'De keuken is voor een deel klaar. Maar daar moet ik alles nog afplakken.' Hij wees naar het eetgedeelte.

Ze keek om zich heen. 'Heb je de verf al?'

Hij liep met een paar grote stappen de keuken door en tilde een overgebleven stuk gipsplaat op, waar twee grote emmers verf onder stonden. Hij zette de gipsplaat tegen de muur die ze zojuist opgemeten hadden.

'Als je zover bent, wil ik met alle plezier helpen verven. Het is al een poosje geleden, maar mijn zus en ik hebben een paar jaar geleden haar hele flat geschilderd en het resultaat mocht er wezen.'

Hij leek haar aanbod te overwegen. 'Zou je dat echt niet erg vinden?'

'Helemaal niet.' Ze rolde met haar ogen. 'Het zoeken naar een echte baan is tot nu toe een fiasco, dus ik kan net zo goed hier mijn steentje bijdragen. We zouden deze muur waarschijnlijk in een uur of twee klaar kunnen hebben en alles terug kunnen zetten voor Wren terugkomt.'

Zijn gezicht klaarde op. 'Hé, als je het echt meent, dan houd ik je daaraan. Wren zal de grond waar je op loopt kussen als ze vanavond thuiskomt in een keuken die ze weer kan gebruiken.'

'Nou, wat let ons?' Ze keek naar haar kleren. 'Momentje. Ik kan beter even iets anders aantrekken. Dit zijn de enige fatsoenlijke kleren die ik maandag kan aantrekken naar een sollicitatiegesprek.'

'Hier.' Trevor pakte een verkreukeld flanellen overhemd, dat over de trapleer hing. 'Trek dit maar aan. Het is niet veel bijzonders, maar het is schoon.' Hij raakte een spetter opgedroogde plamuur op een van de mouwen aan en lachte schaapachtig. 'Nou ja, het is in elk geval niet bezweet.'

Ze pakte het shirt aan. 'Bedankt.'

Hij grijnsde. 'Een broek heb ik helaas niet voor je.'

'Ik ben zo terug.' Met hernieuwde vastberadenheid liep ze naar haar kamer.

Ze schopte haar schoenen uit en trok vlug de broek aan die Wren haar gegeven had. Ze rekte Trevors shirt zo ver mogelijk uit over de broek heen. Ze moest maar hopen dat ze geen verf op haar goede kleren zou krijgen.

Een vreemd soort opwinding maakte zich van haar meester. Het voelde goed iemand te kunnen helpen. Vooral iemand die dat zo op prijs stelde. Trevor… en Wren ook. Maggie glimlachte toen ze zich het enthousiasme op het gezicht van de vrouw voorstelde als ze thuiskwam in een fris geverfde keuken, waar al haar apparaten weer op de juiste manier aangesloten waren en weer gebruikt konden worden.

Zittend op de rand van het bed om haar veters weer vast te maken, boog Maggie zich naar de wekker op het nachtkastje om te kijken hoe laat het was. Misschien zou Bart Wren meenemen naar een leuk restaurantje, zodat ze nog een uur extra hadden. Misschien zouden ze hem op de een of andere manier kunnen bereiken. Ze zou het Trevor vragen, maar ze betwijfelde of Bart er de persoon naar was om een mobieltje bij zich te hebben.

Het was bijna vier uur. Ze zouden moeten opschieten om klaar te zijn voor het echtpaar thuiskwam, maar het was te doen. Ze liep vlug naar de badkamer en deed haar haar in een paardenstaart, waarna ze snel naar de eetzaal liep. De adrenaline pompte door haar aderen. Het was een gevoel dat ze zich herinnerde van de keren dat ze een strakke deadline hadden bij de ontwerpstudio. Het was een goed gevoel.

## 28

Trevor wrikte met een schroevendraaier de verfbus open en zette hem voor Meg op de vloer op een canvas afdekzeil.

'O, wat een schitterende kleur.' Maggie keek in de emmer verf alsof ze in een wensput keek.

Hij keek naar haar gezicht en genoot van het enthousiasme in haar blik, terwijl hij er niet op probeerde te letten dat zijn haveloze flanellen shirt nu zij het droeg eruit zag als een peperduur kledingstuk.

Ze doopte een verfstaafje in de botergele verf en roerde even, waarna ze het staafje tegen het licht hield. 'Het past perfect bij deze ruimte. Als de zon 's ochtends door die ramen komt, dan glanst het gewoon helemaal.'

Ze moest zijn geamuseerdheid bemerkt hebben. Met haar hoofd een beetje schuin fronste ze haar wenkbrauwen. 'Wat is er?'

'O... niks.'

'Nee, wat is er? Je dacht iets.'

Hij grijnsde. 'Het komt gewoon omdat... nou ja, er zijn niet veel vrouwen die zo in vervoering raken van een bus gele verf.'

'Ik ben dol op kleuren,' zei ze alleen maar. 'En dit is een hele mooie tint. Is dit de enige kwast die je hebt?' Ze pakte een kwast met een verroeste metalen vatting en inspecteerde de haren.

'Momentje.' Hij liep naar Wrens voorraadkast achter de incheckbalie en rommelde er net zolang in tot hij nog twee verfkwasten vond.

'Zijn deze beter?'

Ze pakte ze van hem aan en zwiepte de haren tegen haar handpalm. 'O, ja, veel beter. Bedankt.'

'En je hebt gelijk, dit is een mooie kleur. Hij zal 's ochtends het zonlicht vangen, maar 's avonds ook niet te schel zijn.' Hij zette een hoge borst op. 'Ik heb hem zelf uitgekozen.'

'Echt? Waar heb je die kleurenkennis opgedaan?' Ze keek hem even opmerkzaam aan, maar beantwoordde toen haar eigen vraag. 'O… in de drukkerij natuurlijk.'

'Ja, inderdaad. Maar ik heb ook wat schilderlessen gevolgd op de technische hogeschool. Ik bakte er niet veel van, hoor.' Hij trok een stuk afplakband los dat niet goed genoeg vastzat op de plint en maakte er een dikke prop van. 'Mijn vader en oom begonnen meer dan dertig jaar geleden met de drukkerij en ik heb daar mijn hele middelbareschooltijd gewerkt, als ik niet aan het basketballen was.'

Ze rolde grappig met haar ogen. 'Ga me nou niet vertellen dat je zo'n sportfanaat was.'

Hij haalde zijn schouders op. 'Goed, ik ga het je niet vertellen.'

'Maar je bent het wel,' zei ze met een uitgestreken gezicht.

'Was.' Hij mikte de prop afplakband op de prullenbak in de hoek en gooide hem erin zonder de randen te raken.

'Nee.' Ze schudde haar hoofd en wees naar de prullenbak. 'Kijk maar. Eens een sportfanaat, altijd een sportfanaat.'

Terwijl hij haar met een zuinig lachje, en een gezonde dosis trots, gelijk moest geven, pakte hij een rol afplakband en plakte de plint opnieuw af. 'Zo. Dat moet voldoende zijn.' Hij scheurde het eind van de reep van de rol en deed een stap naar achteren om te kijken of er nog andere plekken waren die hij had overgeslagen. Tevreden zei hij tegen Maggie: 'Ga je gang.'

Ze wreef in haar handen als een tienjarig kind bij de ingang van Disneyland. Hij glimlachte en schoof de steek van schuld die hij voelde opzij, omdat hij haar liet helpen bij *zijn* werk.

Hij haalde de kleinere huishoudtrap uit de eetzaal. 'Alsjeblieft, die zul je wel nodig hebben.'

'Bedankt.' Ze klom op de derde traptree en zette de verfbus op het plateautje van de trap.

Hij bleef even kijken terwijl Maggie de romige verf uitstreek langs de rand waar de muur en het plafond elkaar raakten. Ze deed het heel precies. Gerustgesteld ging hij verder met het afplakken van de ramen en de deuropeningen in de eetzaal. Hij hield haar in de gaten terwijl ze allebei aan een ander gedeelte van de muur aan het werk waren, maar hij had al snel door dat hij een goede hulp aan haar had.

Jasper kwam de keuken binnenlopen en stevende regelrecht af op Maggies ladder. De kat bleef onder de onderste sport naar haar staan kijken. Toen ze hem negeerde, klauwde hij met zijn pootje in de lucht en miauwde een paar keer.

'Dag schattebout.' Met de verfkwast in de lucht keek ze omlaag en kirde: 'Waar heb je gezeten? Je kunt maar beter maken dat je wegkomt, als je geen verf op je staart wilt krijgen. Hup, vriendje. Loop eens door.' Ze probeerde hem er met babywoordjes van te weerhouden om daar te blijven, maar Jasper luisterde niet naar haar en plofte onder de ladder neer.

Maggie zuchtte zachtjes en kwam van de ladder af. Ze tilde de kat op en wreef met haar neus door zijn vacht. 'Kom, schatje. Het is hier niet veilig voor je.'

Terwijl ze hem naar de hal droeg, hoorde Trevor haar tegen hem praten en uitleggen waarom hij niet in de keuken mocht komen. Daarna probeerde ze hem te overreden op het bankje in de hal te gaan liggen. 'Kijk eens wat een lekker zonnig plekje. Kom maar. Brave poes.'

Hij glimlachte, hoewel hij op datzelfde moment geplaagd werd door een herinnering. *Amy, die Trev probeerde over te halen te gaan liggen voor zijn middagdutje.*

Ze verscheen in de deuropening en veegde haar handen af.

'Hoelang denk je dat hij daar blijft?'

Ze haalde haar schouders op en wendde toen vlug haar blik af. Maar Trevor had al gezien dat haar ogen roodomrand waren en vol tranen stonden.

'Ben je allergisch voor katten?'

'Nee.' Ze pakte haar verfkwast.

Had ze gehuild? Hij zocht naar woorden om de pijnlijke stilte te verdrijven. 'Je hebt nog niet veel succes gehad met het zoeken naar een baantje, hè?' Zijn stem weergalmde door de open ruimte, harder dan hij van plan was. En pas nadat hij het gezegd had, besefte hij hoe het geklonken had. Allemensen! Was dat zijn manier om een verdrietige vrouw te troosten? Hij was het echt verleerd.

Maar Meg klom weer op de ladder en ging door met verven, alsof er niets gebeurd was. Misschien had hij zich de tranen alleen maar verbeeld.

Ze bleef even doorverven, maar draaide zich toen naar hem om. 'Ik heb één positieve reactie gehad,' zei ze. Ze leek weer helemaal kalm. 'Het is maar parttime. Wren zei dat ik maandag misschien meer succes heb.'

'Dat is waarschijnlijk waar. Heb je het al bij de Dairy Barn geprobeerd?'

Ze schoot in de lach. 'Sjonge, dat moet wel de beste locatie zijn om te werken in dit stadje. Volgens mij heeft iedereen met wie ik vandaag gepraat heb me aangeraden daar te solliciteren.'

'Waarschijnlijk omdat iedereen weet dat ze daar goede hulp nodig hebben. Het is de enige plek waar je een fatsoenlijke hamburger kunt krijgen en op dit moment werken er een stel middelbare scholieren zonder verantwoordelijkheidsgevoel. Die doen er een kwartier over om een ijsje in de chocola te dopen en nog eens een kwartier om uit te puzzelen hoeveel wisselgeld ze moeten teruggeven van een tientje.'

Ze schoot in de lach. 'Nou ja, als het lekker ijs is, is het het wachten misschien wel waard.'

'O, lekker is het wel. Anders zouden ze allang failliet zijn.'

Ze beet op haar lip en friemelde met de verfkwast in haar handen. 'Je hebt zeker geen hulp nodig in de drukkerij? Ik heb ervaring met grafisch ontwerpen.'

'Echt?' Hij weifelde even, terwijl hij net deed of de reep afplakband in zijn hand al zijn aandacht nodig had. Hij wilde haar niet vertellen dat hij het weinige personeel dat hij had al amper kon betalen. 'Waar heb je gewerkt?'

Ze gaf niet meteen antwoord, maar kwam van de ladder af om een kleinere kwast te pakken. Hij begon te denken dat ze hem niet gehoord had.

Maar zodra ze weer op de ladder stond en verderging met verven om de randen van een keukenkastje, begon ze te praten alsof er geen tijd verstreken was. 'Ik heb bij diverse bedrijven gewerkt. Mijn afstudeerrichting was ontwerpen, maar ik heb van alles gedaan. Als je ook maar *ergens* een gaatje hebt, dan ben ik geïnteresseerd. Al is het de telefoon opnemen of documenten opbergen of wat dan ook. Ik wil zelfs toiletten schoonmaken, als je daar behoefte aan hebt.' Ze giechelde. 'Klink ik wanhopig?'

'Een beetje maar.' Zijn grijns loste op in een zucht. 'Ik wou dat ik je *kon* aannemen voor het schoonmaken van de toiletten, want op dit moment is dat mijn taak.'

Ze schoot weer in de lach. Het was lang geleden dat hij een vrouw aan het lachen had gemaakt.

Hij trok een rimpel in zijn voorhoofd. 'Helaas heb ik op dit moment niet het geld om iemand aan te nemen.' Toen kreeg hij ineens een idee. 'Weet je wat?'

Ze stopte halverwege een streek, met een sprankje nieuwsgierigheid in haar ogen.

Waarom had hij hier niet eerder aan gedacht? 'Moet je horen. Bart en Wren betalen me een behoorlijk bedrag voor deze verbouwing. Maar ik moet het af hebben voordat de klussen voor het begin van het nieuwe schooljaar er weer aankomen in de drukkerij. Als je het schilderwerk voor me zou kunnen doen en later misschien nog wat zou kunnen helpen met de afwerking, dan zal ik je daarvoor betalen.'

Maggie begon te stralen. 'Meen je dat?'

Het idee ging een eigen leven leiden en het enthousiasme spatte van zijn woorden af. 'Ja, ik meen het echt. Ik kan alleen 's avonds werken, maar als jij overdag het schilderwerk zou kunnen doen, kan ik de rest een stuk sneller afmaken. We zouden er allebei mee geholpen zijn. Heb je weleens behangen?'

Ze schudde haar hoofd en de uitdrukking op haar gezicht maakte duidelijk dat ze bang was dat de hele deal daardoor niet door zou gaan.

'Ik ook niet. Maar Wren had het over een behangrand op de muur.' Hij draaide zich om en liet zijn ogen over de muren gaan, terwijl hij probeerde het zich voor te stellen. 'Ik weet niet of ik het wel zo'n goed idee vind, maar Wren wil het.'

'Wat dacht je van sjabloneren, of een geschilderde rand? Ik heb in de badkamer van mijn zus een soort klimoprand geschilderd en het resultaat mocht er zijn... al zeg ik het zelf.' Ze legde haar verfkwast over de bus verf. Terwijl ze zich over de ladder heen boog, wees ze naar de gebogen deuropening. 'Zie je het voor je, iets met slingerende ranken boven de deuropening, haagwinde misschien? Lavendelblauw zou prachtig staan op dat zonnige geel.'

Hij kon zich voorstellen wat ze bedoelde en het klonk leuk. Als ze het echt goed kon, zou het kunstzinnige element de inrichting een unieke uitstraling kunnen geven. Maar als ze nou eens vreselijk slecht was? Hij zag opeens de wand met tekeningen in het kinderdagverblijf voor zich. Hij kon maar beter een slag om de arm houden voor hij er te diep in zat. 'Ik vind het een fantastisch idee, maar ik weet niet of Wren erg gebrand is op dat behang. We zullen het met haar bespreken als ze terug is. Misschien kun je eerst een schets voor haar maken. Maar ik weet zeker dat ze een gat in de lucht zal springen als ze hoort dat jij wilt helpen met verven.'

Ze moesten allebei lachen bij het beeld van een springende Wren en Maggie klapte in haar handen over zijn voorstel, wat hem opnieuw deed denken aan dat kleine meisje in Disneyland.

'Geweldig,' zei ze. 'Hoelang denk je dat het duurt om dit allemaal af te krijgen?'

Hij maakte een paar snelle berekeningen in zijn hoofd en spreidde zijn armen om de eetzaal te omvatten. 'Ik zal alles afplakken en vanavond al die stukken gipsplaat en andere rommel hier weghalen, zodat je maandagochtend meteen verder kunt gaan met verven.'

'O, het is niet nodig om te wachten tot maandag. Ik zou morgenochtend meteen kunnen beginnen!'

Hij schudde zijn hoofd. 'Hm, nee. Die vlieger gaat niet op.'

Er kwam een verbaasde blik in haar ogen. 'Omdat ze gasten hebben?'

'Daar gaat het niet om. Bart en Wren zouden het nooit goedvinden dat je op zondag werkt.'

'O, dat vind ik niet erg. Echt niet.'

Hij blies zijn wangen op, terwijl hij bedacht hoe hij het haar moest uitleggen. 'Volgens mij begrijp je het niet. Zondag is de sabbat. Een rustdag. Bart en Wren hechten daar veel waarde aan.'

Ze knikte langzaam, maar hij zag aan hoe ze keek dat ze het niet echt begreep.

'Maar toch, als je het allemaal in een paar dagen geverfd kunt hebben, zeg dat je dinsdagavond klaar bent, dan kan ik de afwerking in twee, drie avonden doen, terwijl jij aan die rand werkt. Ik weet niet hoe snel je schildert, maar we zouden de hele klus voor het volgende weekend af kunnen hebben.'

'O. Zo snel?' Ze voelde zich een beetje ontmoedigd. 'Nou ja... natuurlijk. Je kunt op me rekenen.'

Hij nam haar opmerkzaam op. Blijkbaar waren haar verwachtingen heel anders geweest dan de realiteit. En hij hoopte dat ze geen Californisch salaris voor dit baantje verwachtte. 'Het spijt me. Ik zou willen dat er meer uren in zaten, maar ik ben gewoon realistisch. En het loon dat we hier in Kansas betalen is misschien een beetje een schok voor je nadat je aan de westkust gewoond hebt.'

'O, nee... ik had niet verwacht...' Ze was opeens helemaal verdiept in een velletje bij haar nagel. 'Het was niet mijn bedoeling om ondankbaar over te komen. Ik ben heel blij met het werk. En tegen de tijd dat we klaar zijn, heb ik misschien iets gehoord van de galerie.'

Trevors hand bleef halverwege het stuk muur dat hij aan het afplakken was, steken. 'De galerie?'

Ze knikte. 'Dat is de mogelijkheid waar ik het over had. De eigenaar zei dat hij misschien werk voor me had. Het zou natuurlijk alleen maar parttime zijn, maar het is tenminste…'

'Je bedoelt de galerie van Linder?'

'Ja.' Ze wees naar buiten. 'Hier verderop.'

Hij knikte. 'Ik weet waar je bedoelt.'

Oude gevoelens kwamen met bulderend geweld terug. Hij probeerde ze te onderdrukken, maar ze lieten een bittere smaak achter in zijn keel.

'Meneer Linder heeft niets beloofd, maar hij zei dat hij misschien wat parttime werk voor me heeft.'

Trevor vermande zich en ging verder met afplakken. Was dit een soort test? Hij had al lang geleden orde op zaken gesteld met Jack. Echt waar. En misschien kon Meg werkelijk een goede inbreng hebben in de galerie. Met haar achtergrond in de grote stad zou ze waarschijnlijk wel een paar frisse ideeën hebben. En misschien was dit een kans voor Jack om zijn leven weer op de rit te krijgen.

Maar was hij het niet aan Meg verplicht om haar op zijn minst te waarschuwen? Aan de andere kant… wat voor vriend deed dat?

En dan had je Wren nog. Hij wilde haar voor geen goud kwetsen. Toch was Meg ook een vriendin geworden. En als ze hem hier zou helpen…

Hij haalde een stoffige hand door zijn haar. Meg Anders was hier nog geen week en ze zette zijn leven nu al op de kop.

## 29

Er was iets met Jackson Linder, waar niet over gepraat werd. Maggie had zich al verbaasd over de reactie van Wren en nu had Trevor ook al zo'n knorrige uitdrukking op zijn gezicht. Wat hielden ze voor haar achter?

'Wat... zou je te doen krijgen... in de galerie?'

Trevor bleef met zijn rug naar haar toe staan, maar de bruuskheid in de beweging waarmee hij een stuk afplakband afscheurde, ontging Maggie niet.

'Dat weet ik nog niet. Misschien wel toiletten schoonmaken.' Ze wachtte op de lach die ze hem hoopte te ontlokken, maar die kwam niet. 'Ik zou een handje helpen met de winkel en zo, zodat hij zich kan concentreren op zijn schilderwerk.'

Trevor bromde wat en ging weer verder met het raam dat hij aan het afplakken was.

'Ken je meneer Linder?'

'Jazeker.'

Wren en hij reageerden precies hetzelfde. Maggie legde haar verfkwast op het plateautje van de ladder en kwam naar beneden. Trevor zat op zijn knieën het houtwerk onder de vensterbank af te plakken. Ze liep naar hem toe en bleef achter hem staan tot hij opkeek.

Hij ging op zijn hurken zitten. 'Heb je iets nodig?'

Met haar handen in de zij nam ze hem opmerkzaam op. 'Is er iets wat ik zou moeten weten over meneer Linder?'

Hij wreef over zijn neus. 'Hoe bedoel je?'

'Dat mag jij mij vertellen. Zowel jij als Wren reageerden nogal vreemd toen ik over hem begon. Alsof er een reden voor is dat je er niet zo enthousiast over bent dat ik die baan bij de galerie zou aannemen.'

'Je zei dat het nog niet zeker was.'

'Nee. Maar als het wel zeker was, is er dan iets wat je me zou willen zeggen?'

Hij kwam overeind. 'Jack is een vriend van me, Meg. We kennen elkaar al heel lang. Ik weet niet of het goed zou zijn als ik...'

'Wat? Wat is er?'

'Het is gewoon...' Zijn werkschoen trok een spoor door de laag stof op de grond. 'Jack heeft de afgelopen jaren veel meegemaakt. Hij is...'

Ze wachtte, terwijl hij op zijn wang kauwde en van de ene voet op de andere wipte en nu met zijn andere voet een spoor door het stof maakte.

'Jack heeft een moeilijke tijd achter de rug en daar is hij niet goed mee omgegaan. Hij... drinkt te veel en... nou ja, ik heb genoeg gezegd.' Hij ging zachter praten. 'Waar het om gaat, is dat ik niet zou weten waar hij het geld vandaan zou moeten halen om je te betalen. Voor zover ik weet heeft hij al tijden geen schilderij meer verkocht. Laten we het er maar op houden dat het niet bepaald goed gaat met de galerie en dat het weinige geld dat hij verdient opgaat aan drank.'

Dus ze had *inderdaad* een dranklucht in zijn adem geroken. 'Is dat het enige wat hij doet?'

'Nu wel.'

Ze wist niet goed hoe ze dat moest interpreteren, maar voor ze hem kon vragen wat hij bedoelde, klingelden de belletjes aan de deur. Trevor keek naar Maggie, alsof zij zou weten wie het was.

'Wren heeft vanmiddag gasten gekregen. Een grote groep. Zij zullen het wel zijn.'

'Echt?' Trevor stond op. 'Volgens mij hadden ze niet gereserveerd. Wren heeft tenminste niets gezegd. Nou, dat is geweldig.'

Maggie liep naar de deur. 'Ik zal even kijken of ze iets nodig hebben.'

In de hal bleef ze plotseling staan toen ze Bart en Wren bij de balie in een aantal boodschappentassen zag rommelen. 'O, zijn jullie het. Jullie zijn vroeg thuis! Ik dacht dat jullie naar de film zouden gaan.'

Wren keek op. Haar ogen waren dik en haar wangen roder dan normaal. Maar ze schonk Maggie een glimlach en haar stem klonk net zo opgewekt als altijd. 'We besloten niet te gaan. We zijn niet van die filmmensen.'

Bart wreef met zijn hand cirkeltjes over de rug van zijn vrouw. Wren keek glimlachend naar hem op en leunde een beetje naar achteren. Ze zag er plotseling uit alsof ze elk ogenblik kon gaan huilen.

'Alles goed met je?'

'Ja, hoor,' zei Wren, terwijl ze plotseling iets leek te zoeken in een van de boodschappentassen.

Maggie deed een stap naar haar toe en wou dat ze iets kon bedenken om te zeggen of te doen. 'Kan ik helpen met opruimen?'

'Lieve help, nee!' Wren was onmiddellijk weer zichzelf. 'Je bent een gast, lieverd. Ga nu maar. Neem je rust.'

'Nou, eh… ik help Trevor een handje.'

Bart en Wren wisselden een blik en Maggie liep zonder uitleg terug naar de eetzaal.

Maar ze stond nog maar nauwelijks op de ladder, toen het oudere echtpaar door de deuropening naar binnen keek.

Wren sloeg een hand voor haar mond. 'Allemensen! Moet je nou eens zien!'

Trevor knipoogde naar Maggie en draaide zich toen om naar Wren. 'Als jullie naar de film waren gegaan zoals jullie gezegd hadden, zou je misschien thuisgekomen zijn in een keuken die helemaal geschilderd *en* aangesloten was.'

Wren slaakte een kreetje en draaide zich vliegensvlug om. 'Ik ben er niet,' zei ze over haar schouder. 'Doe maar net of jullie me niet zien. Voor zover jullie weten, zit ik in de bioscoop met een grote bak popcorn op schoot. Kom mee, Bart. Laten we een oude video gaan bekijken.' Ze pakte haar man bij zijn arm en ze verdwenen door de gebogen deuropening, giechelend als verliefde tieners.

Bij het horen van hun voetstappen op de trap in de hal kwam Trevor naar de ladder en stak zijn hand op om met een triomfantelijk gebaar zijn hand tegen die van Maggie te slaan. 'Laten we net doen alsof ze nooit thuisgekomen zijn,' fluisterde hij. 'Het gaat ons best lukken!'

Ze knikte instemmend en kletste met veel vertoon wat verf op het volgende stuk muur. Ze werkten in stilte bij het zoevende geluid van Maggies verfkwast en dat van het ritmische afrollen en scheuren van Trevors afplakband, terwijl hij de hele ruimte afplakte.

Toen hij klaar was met het afplakken van de eetzaal, kwam hij met een leeg verfbakje naar de ladder toe. 'Dat ziet er goed uit, zeg. Als jij het niet erg vindt om de randen van deze muur te doen, dan kan ik vast met de roller aan de slag waar jij al geweest bent.'

'Prima.'

Hij stak haar het verfbakje toe en ze hield de bus schuin en schonk verf in het bakje. Ze verplaatsten de ladder naar de andere muur en ze klom er weer op en ging aan de slag met de randen van de grootste muur van de keuken, terwijl Trevor met de roller lange, gelijkmatige streken maakte op de muren die Maggie al gedaan had. Hoewel het licht buiten afnam en het schemerig werd, begon de keuken een zonnige gloed te krijgen.

Jasper drentelde de keuken in en streek langs Maggies ladder. Met zijn staart gooide hij een verfkwast van het blik verf. Gelukkig had Trevor ervoor gezorgd dat de vloer langs de wanden bedekt was met canvas afdekzeil. Maggie joeg de kat weg.

Een halfuur later ging ze even naar het toilet en nam twee blikjes cola mee terug die iemand, waarschijnlijk Bart, in het koelkastje in haar kamer had gezet.

'Wil je een blikje fris?' Ze stak Trevor het gekoelde blikje toe.

Hij wierp haar een veelbetekenende blik toe.

'Neem me niet kwalijk! Een blikje *prik*.' Ze rekte de klinkers op een bij Kansas horende, lijzige manier uit. 'Als je niet oppast, geef ik je een prik,' mompelde ze zachtjes, maar wel zo hard dat hij het hoorde.

Hij schoot in de lach en stak zijn handen in een gebaar van overgave omhoog.

Misschien werd het tijd dat ze de waarheid vertelde over dat hele westkustgedoe voordat ze zich nog dieper in de nesten werkte. Ze deed haar mond open om iets te zeggen, maar Trevor stond daar met die aantrekkelijke glinstering in zijn blauwgrijze ogen naar haar te grijnzen, en er kwam geen woord over haar lippen. Ze voelde haar wangen rood worden.

Hij leek het niet te merken en ging weer aan het werk. Maar Maggie kreeg een knoop in haar maag. Met haar leugens had ze een heel nieuwe achtergrond voor zichzelf geschapen, maar het werd steeds moeilijker om haar verhalen op één lijn te houden. Er schoot haar een spreekwoord te binnen, dat haar moeder vaak had aangehaald. *Al is de leugen nog zo snel, de waarheid achterhaalt haar wel.* De woorden tuimelden over elkaar heen in haar hoofd, tot het een web werd, waarin ze verstrikt raakte. Ze moest de waarheid vertellen.

Maar als ze dat deed, wat zou hij dan van haar denken? Wat zou iedereen van haar denken? Deze mensen waren anders. Ze had nog nooit zulke lieve mensen ontmoet als Bart en Wren Johannsen. Ze kende hen nog maar een paar dagen, maar op de een of andere manier wist ze dat alles aan hen echt was. Ze deden zich niet anders voor dan ze waren. Hun vriendelijkheid was niet bedoeld om indruk te maken of om later iets van anderen terug te verwachten.

Trevor was uit hetzelfde hout gesneden. Eerst had ze zijn motieven gewantrouwd. Hij had natuurlijk het volste recht om haar ook te wantrouwen. Ze had hem eigenlijk misbruikt, omdat ze naar de bushalte moest. Maar toen was hij gebleven om ervoor te zorgen dat ze veilig was en had hij haar uitgenodigd voor een picknick. Ze was er vrij zeker van dat hij daar geen bijbedoelingen bij had gehad. Het waren gewoon vriendelijke daden, om iemand die dat nodig had, te helpen.

Ze keek naar hem en werd overmand door een vreemd gevoel. Het was een gevoel dat ze niet kon thuisbrengen, maar het vulde haar met uitzicht, met hoop. En met een emotie die ze niet durfde te koesteren.

Trevor leek niet te merken dat haar verfkwast stilgevallen was, dat ze naar hem keek. Hoe zou ze ooit deel kunnen uitmaken van het leven dat ze hier zag: in het stadje, het hotel, en in de man die naast haar aan het werk was? Ze hadden iets waar zij naar hunkerde. Maar ze had geen flauw idee wat het was. Of hoe ze het te pakken zou kunnen krijgen.

Ze hervatte het geruststellende ritme van het verven, maar haar hart was helemaal in de war. En dat had nu eens niets te maken met Kevin Bryson.

## 30

'Tada!' Bij het horen van Trevors uitroep draaide Maggie zich met een ruk om op de ladder. Hij zwaaide zwierig met de roller op de lange steel heen en weer voor de afgeronde muur en maakte een hoffelijke buiging. Het was nog maar de eerste van drie muren, maar het zag er prachtig uit en Maggie kon zich al voorstellen hoe de keuken eruit zou zien als hij af was.

Zou ze hier dan nog zijn om het met eigen ogen te zien? Of zou ze dan al verder getrokken zijn? Ze schudde de vraag van zich af en dwong zichzelf om uit de donkere wolk te komen waar ze zich in gehuld had. 'Hoe laat is het eigenlijk?'

Trevor veegde een verfspat van het glas van zijn horloge. 'Het is bijna zes uur. Wil je ermee stoppen?'

Ze moest haar uiterste best doen om niet in de lach te schieten om de smekende blik op zijn met verf besmeurde gezicht. Het was duidelijk dat hij er nog helemaal niet mee wilde stoppen.

'Ik heb niets anders te doen. Maar als je weg moet, kan ik het hier wel opruimen.'

'O, nee. Ik kan de hele avond blijven.'

'Nou, dat weet ik nog niet, maar ik kan er nog wel een paar uur tegenaan.'

'Mooi zo!'

'Zullen we eerst even een hapje eten?'

'Ik heb eigenlijk wel honger, nu je het zegt.'

Ze ging naar haar kamer en haalde de boterhammen uit het koelkastje. Ze begonnen een beetje klef te worden, maar ze zouden nog wel te eten zijn. Trevor zette een paar stoelen om een tafel in de hal en ze gingen tegenover elkaar zitten.

Maggie keek toe hoe hij drie van de zes boterhammen verslond die Wren voor haar gemaakt had voor in de bus. Ze had die boterhammen als noodvoorraadje tegen de honger beschouwd en was van plan geweest er een aantal dagen mee te doen. Maar vanavond was ze blij dat ze ze met Trevor kon delen en ze keek toe hoe hij ze opat zonder zich er zorgen over te maken waar haar volgende maaltijd vandaan zou moeten komen.

Zij at er twee op en bood Trevor de laatste aan. Hij nam hem met een grijns aan. Even later stak hij de laatste hap in zijn mond, veegde de kruimels van zijn handen en schoof zijn stoel achteruit. 'Ben je zover?'

'Ik ben er klaar voor.'

Hij liep achter haar aan naar de keuken en hielp haar met het vullen van het verfbakje uit haar verfbus. De volgende twee uur werkten ze. En praatten ze. Vooral Trevor praatte. En dat vond zij wel best. Hij onthaalde haar op de kleurrijke geschiedenis van het stadje Clayburn en op verhalen uit zijn jongenstijd, die hij hier doorgebracht had. Trevors jeugd was er een waar Maggie alleen maar van kon dromen: een jeugd vol liefde en een heel stadje vol ondersteunende opvoeders. Zijn herinneringen waren gevormd rond eenvoudige avonturen die hem elke keer dat hij ze ophaalde, dierbaarder werden, merkte ze. Zijn verhaal over zijn enige echte klim naar de top van de watertoren van Clayburn met twee van zijn vriendjes in de zomer dat hij tien jaar werd, deed haar schuddebuiken van het lachen.

'Maar hoe bang we ook waren om die zevenentachtig treden naar de top op te klimmen, we wisten pas wat angst was toen we boven aankwamen en naar beneden keken, waar onze moeders woest naar boven stonden te kijken. We hebben serieus overwogen om daar een nachtje te blijven… tot mijn moeder ons vertelde dat de politie onderweg was.'

Een verre blik deed zijn gezicht betrekken, maar Maggie zag dat hij het van zich afschudde en zich met een innemende blik in zijn ogen naar haar toe keerde. 'En, kan Meg Anders het watertorenverhaal overtreffen? Hoe was het om op te groeien in Californië?'

Ze schudde haar hoofd, terwijl ze razendsnel nadacht. 'Dat kan ik niet overtreffen.' Maar Trevors verhaal had haar herinnerd aan een verhaal waar ze heel lang niet aan gedacht had, misschien wel sinds het gebeurd was. Haar moeder… die probeerde haar te leren hoe ze pannenkoeken moest bakken. Ze glimlachte en haalde haar herinneringen op voor Trevor. 'Ik las het recept verkeerd en gebruikte maar een half kopje meel, terwijl het er twee moesten zijn. Ik wist niet dat het niet de bedoeling was dat het beslag zo dun was als lijm.'

'Oeps,' zei Trevor, kennelijk wetend waar dit naartoe zou gaan.

'Ze kwamen flinterdun en vol gaten uit de pan, alsof het kant was. Mam pakte er een op en zag dat ik op het punt stond in huilen uit te barsten. Dus toen kondigde ze aan dat ik zojuist een prachtige stapel *crêpes* gemaakt had.'

'Van die luxe Franse pannenkoekjes?'

Ze knikte. 'Ze smeerde er marmelade op, rolde ze op, bestrooide ze met poedersuiker en ze smaakten nog lekker ook.'

'Dat had je moeder vlug bedacht.'

Maggie slikte een brok in haar keel weg. Waarom had ze zo lang alleen maar stilgestaan bij de tijd nadat ze mam opgenomen hadden? Ze schoot in de lach toen er nog een herinnering kwam bovendrijven. 'Mijn moeder had een keer jam gemaakt die nooit dik werd. Als ze een potje openmaakte, was het net siroop. Dan zei ze: "We moeten wat van die beroemde crêpes van jou maken om dit op te gieten, Magg…"' Ze stopte plotseling en dempte haar stem. Trevor leek het niet te merken, dus ze praatte snel verder. 'Daarna maakten we iedere zaterdagochtend crêpes. Mam noemde ze *faux crêpes* en liet ons allemaal met een zwaar Frans accent praten terwijl we ze opaten.' Ze tilde haar kin op en deed het voor. 'Jennifèr, lieverd, wil je de *cr-r-rêpes* even doorgeven, *s'íl vous plait.*' Ze liet haar r's rollen en nam een hooghartige houding aan.

Trevor schaterde het uit en zijn gelach overspoelde Maggie en vulde een plek in haar binnenste, die leeg en droog was geweest.

Haar verhaal herinnerde hem aan een andere gebeurtenis en hij begon te vertellen. Ze wisselden de ene herinnering na de andere uit en tegen de tijd dat de klok in de hal negen sloeg, was Maggie ermee opgehouden zich zorgen te maken dat ze zich zou verspreken en iets zou zeggen wat haar schijnvertoning zou verraden.

Tegen tienen, toen de lawaaiige gasten binnenkwamen en in de hal gingen zitten lachen en praten, hadden Maggie en Trevor hun eigen feestje in de keuken.

Drie muren in het keukengedeelte waren geverfd en ze hadden al een aardig begin gemaakt met de muur met de deurboog. Maggie had al een ontwerp voor een sierrand bedacht en kon nauwelijks wachten tot ze hem op papier kon schetsen om aan Wren te laten zien.

'Kun je hier ergens schilderspullen kopen? Mijn vingers jeuken om een kwast vast te houden,' zei ze tegen Trevor toen ze het weer over de sierrand hadden.

Hij grinnikte en wees naar de grote verfkwast in haar hand. 'Kun je dat na vanavond nog zeggen?'

Ze schoot in de lach. 'Ik had iets in gedachten wat een tikkeltje kleiner was… en een tikkeltje kunstzinniger.'

'Ik betwijfel of Alco het soort verf heeft dat je nodig hebt, maar we vinden het wel. Misschien heb ik zelfs nog wel wat voor je in de drukkerij.'

Toen er een lachsalvo uit de hal opklonk, keek Trevor op zijn horloge. 'Ik weet niet hoe het met jou is, maar ik ben bekaf. Zullen we de apparaten terugzetten en er dan een punt achter zetten voor vandaag? Ik denk dat Bart en Wren in slaap gevallen zijn.'

Ze hadden het echtpaar niet meer gezien sinds ze naar boven waren gegaan om een film te bekijken. Maggie glimlachte en stelde zich voor dat ze samen op het bankje in hun kleine kamertje lagen te snurken, terwijl op de achtergrond de aftiteling over het scherm rolde. Ze zei tegen zichzelf dat ze niet moest vergeten haar wekker te zetten, zodat ze al op zou zijn als Wren morgenochtend beneden kwam. Ze kon nauwelijks wachten om de blik op het gezicht van de lieve vrouw te zien als ze zag hoeveel ze bereikt hadden. Dan zouden ze samen het ontbijt voor de gasten kunnen klaarmaken in een mooie, opgeruimde keuken. Ze zouden de tafels nog wel in de hal moeten zetten om het ontbijt op te dienen, maar als ze nog een paar avonden zo hard werkten, zou de eetzaal ook klaar zijn. Maggie kon zich niet herinneringen wanneer ze voor het laatst zo'n gevoel van voldoening had gehad.

Ze hielp Trevor om het zware fornuis weer aan te sluiten en op zijn plek te schuiven, en daarna de koelkast. Terwijl zij de vloer veegde en de werkbladen afsopte, tilde Trevor drie van de vier kleinere tafels naar de hal, zodat alles klaarstond voor de ontbijtgasten.

Maggie bracht de vuile lappen die ze gebruikt hadden naar de wasruimte en zag dat Wrens keukenspulletjes daar op een plank stonden. Ze rangschikte ze op de werkbladen in de keuken, waardoor het er meteen een stuk gezelliger uitzag.

Tegen de tijd dat ze eindelijk onder de deurboog hun werk stonden te overzien, hadden de gasten zich op hun kamer teruggetrokken voor de nacht.

Trevor keek glimlachend op haar neer. 'Niet slecht voor een dagje werk, hè?'

'Het ziet er zo goed uit, dat ik in de verleiding kom om Wren wakker te maken.'

Hij schoot in de lach. 'Ik denk dat ze er morgenochtend meer van zal genieten.'

'Ja, maar ik zet mijn wekker, zodat ik erbij kan zijn als ze het ziet. Wil je dat ik je bel?'

'Ha! Als je dat doet, trek ik al mijn beloftes in.' Ze schoot in de lach bij het zien van de glinstering in zijn ogen.

'Lafaard.'

'Je weet toch wel dat Wren om een uur of zes opstaat als ze gasten heeft?'

'Dat meen je niet!'

'Echt wel.'

'Zelfs als ze alleen maar kaneelbroodjes hoeft te ontdooien?'

'Dat weet ik niet. Maar ik neem voor negenen mijn telefoon niet op. Nu we het er toch over hebben, ga jij morgen met Bart en Wren mee naar de kerk?'

'De kerk? Dat was ik niet van plan.'

Hij keek naar de vloer, waarna hij haar aankeek. 'Wil je met mij mee?'

'Naar de kerk?' Haar stem trilde.

Hij knikte. 'Ik zou je iets voor tienen kunnen komen ophalen.'

'Eh, ik weet het niet.' Ze voelde zich ongemakkelijk en zocht naarstig naar een excuus. Ze was niet meer naar de kerk geweest sinds de tijd dat de familie Tarkan haar en Jenn iedere week meenam naar de zondagsschool. Heel lang geleden. Met de leugens waarmee ze haar pad bezaaid had van New York naar Clayburn boezemde alleen al de gedachte aan al die rechtvaardigheid haar angst in. 'Ik heb Wren beloofd dat ik haar zou helpen met het ontbijt. En trouwens, ik heb niets om aan te trekken.'

Trevor stak een hand op. 'Hé, het geeft niet. Het was maar een vraag. Wat je gisteren aanhad zou trouwens prima zijn.'

Door zijn verwachtingsvolle glimlach zou ze er haast naar verlangen om ja te zeggen, maar haar gezonde verstand won het van haar gevoel. 'Hoe dan ook, bedankt.'

Trevor stond te wachten, alsof hij dacht dat ze misschien van gedachten zou veranderen als hij haar maar lang genoeg bleef aankijken. Ze keek naar de vloer en hurkte toen neer om een pluisje van een van de houten planken te rapen. De klok op de schoorsteenmantel leek te bonken in haar oor. Maggie wou dat de avond tien minuten eerder geëindigd was met hun gevoel van triomf over Wrens keuken.

'Nou, ik denk dat ik ervandoor ga. Bedankt voor al je hulp. Laat me weten wat Wren zei.'

Ze knikte. 'Zal ik doen.'

'Ik kom maandagmiddag terug om verder te gaan met de eetzaal. Wren heeft me alvast vooruitbetaald voor een deel van het werk, dus dan neem ik een cheque mee voor jou, voor het werk dat je vandaag gedaan hebt. En ik zou het fijn vinden als je me dan weer helpt… als je kunt.'

'Goed.' Ze raakte de mouw van het flanellen overhemd aan dat hij haar geleend had. 'Ik zal zorgen dat dit gewassen wordt, dan krijg je het maandag terug.'

'Houd het maar.' Hij liep naar de deur. 'Je zult het nodig hebben. Dat hoop ik tenminste.' Hij zocht zijn gereedschap bij elkaar en ging via de voordeur naar buiten.

Ze deed het licht in de keuken en de eetzaal uit en controleerde of de voordeur op slot zat. Trevor had hem blijkbaar op slot gedaan toen hij wegging.

In haar kamer was het stil. Het fris opgemaakte bed nodigde haar uit om zo onder de dekens te kruipen. Het was verleidelijk, maar ze was te vies om dat serieus te overwegen. Maar ze viel bijna in slaap onder de warme douche.

Ze zette haar wekker op zes uur en sliep al bijna voordat haar hoofd het kussen raakte.

Trevors kussen voelde koel aan tegen zijn nek. Hij lag met zijn handen onder zijn hoofd naar het plafond te staren. Zijn haar was nog vochtig van de douche. Hij was bekaf, maar het was een goede dag geweest. Met Megs hulp hadden ze meer afgekregen dan hij voor mogelijk had gehouden en door haar gezelschap waren de uren omgevlogen.

De herinnering aan de mogelijkheid dat Meg voor Jack zou gaan werken ontnuchterde hem een beetje. Maar misschien had hij hun allebei respijt gegeven. De verbouwing bij Wren zou nog minstens een paar dagen duren… langer als Wren ermee instemde dat Meg de sierrand zou schilderen. Het was duidelijk dat Wren Meg graag mocht. Ze had haar onder haar hoede genomen vanaf die eerste ochtend dat ze hem tot stilte was komen manen omdat Meg nog sliep, midden op de dag. Hij had het gevoel dat Wren misschien nog wel andere klusjes voor haar in petto had als het schilderwerk klaar was. Vooral als Meg haar vertelde dat Jack haar een baan aangeboden had. Misschien zou Wren met Meg praten en hem de moeite besparen.

Maar dat betwijfelde hij. Wren was de laatste tijd vreselijk stil geweest over het onderwerp Jack Linder. Dat begreep hij. Het deed pijn om te zien wat Jack zichzelf aandeed. Trevor begreep het leed van de man, maar zag Jack nou niet dat zijn gedrag alles wat gebeurd was alleen maar veel erger maakte?

Hij haalde diep adem. In het donker leken zijn gedachten altijd deprimerender en overweldigender dan in het ochtendlicht. Toch maakte het hem kwaad dat het denken over Jacks situatie hem dwong om opnieuw de vraag van vergeving onder ogen te zien. Hij wist dat hij Jack vergeven had. Langgeleden al. Maar soms was de verleiding om die last weer op te nemen groter dan hij kon verdragen.

'Ik vergeef hem volkomen, Vader. Dat weet U. Help me om te blijven vergeven.' Hij sprak de woorden hardop uit, verbaasd om hun tegenstrijdigheid, maar tegelijkertijd wetend dat zijn gebed aanvaard was.

*Denk aan iets anders. Iets goeds,* zei hij tegen zichzelf. *Schenk aandacht aan alles wat waar is, alles wat edel is, alles wat rechtvaardig is, alles wat zuiver is, alles wat lieflijk is…*

*Meg.* Over iets lieflijks gesproken… Hij dacht aan haar glimlach, haar oprechte lach om zijn flauwe grappen. Tot vanavond had hij haar niet veel horen lachen. Hij was van plan daar verandering in te brengen. Megs lach was welluidend. Hij hunkerde ernaar haar een reden te geven om te lachen. Om te weten hoeveel God van haar hield.

Hij glimlachte in het donker. Het was een goede dag geweest. Voor het eerst in tijden, misschien voor het eerst sinds die vreselijke dag, was hij met een blij gevoel thuisgekomen en verheugde hij zich op de dag van morgen. Hij was niet van plan dat door ook maar iets te laten bederven.

Hij schudde zijn kussen op en rolde op zijn zij, zodat hij naar de andere kant van het bed keek. De lege kant. En hij durfde te hopen dat die plek ooit weer gevuld zou zijn.

## 31

Door het gesnerp van de wekker schoot Maggie met een ruk overeind in bed. *Zes uur.* Ze kroop onder de dekens vandaan en liet haar benen over de rand van het bed zakken. *Nee, hè!* Ze wilde niet opstaan. Alle spieren in haar lijf protesteerden en ze had het gevoel alsof er een drumstel zat op de plaats waar haar hersenen hoorden te zitten.

Ze dwong zichzelf om uit bed te komen en ging haar gezicht wassen. Haar kleren lagen nog op de stoel waar ze ze de vorige avond gelegd had toen ze Trevors flanellen overhemd had aangetrokken. Ze kleedde zich vlug aan en liep de gang op.

Naast alle deurnissen in de gang brandden nachtlampjes en toen ze de hal binnenkwam, zag ze licht uit de keuken komen. Wren was zeker al op.

Maggie liep vlug door de hal en de gebogen deuropening, maar bleef als aan de grond genageld staan toen ze Wren aan de enige overgebleven tafel in de eetzaal zag zitten, met haar handen voor haar gezicht.

'Wren?'

Het sneeuwwitte hoofd kwam overeind en Wren slaakte een gilletje. Haar ogen waren rood en dik en haar haar zat in de war. 'O, kind, je laat me schrikken!'

'Wren?' Maggie liep snel naar haar toe en hurkte naast haar neer, waarbij ze haar elleboog op de tafel liet rusten. 'Wat is er?'

Wren lachte door haar tranen heen. 'Lieve, lieve kinderen die jullie zijn. Moet je nou toch eens kijken!' Ze spreidde haar armen om het keukentje te omvatten. In het zachte schijnsel van de lampjes onder de kastjes zag de keuken er alleraardigst en bijzonder gezellig uit. 'Jullie hebben het afgemaakt! En jullie hebben alles opgeruimd voor me.' Ze snufte en snoot haar neus in een verfrommeld zakdoekje.

'Maar waarom huil je?'

Wrens tranen leken helemaal niet op vreugdetranen.

Ze snufte nog eens in het zakdoekje. 'Let maar niet op mij. Ik schoot gewoon even vol. Maar wat doe jij zo vroeg op?'

'Ik wil je helpen met het ontbijt.'

Wren schoof haar stoel met een ruk naar achteren en duwde zichzelf overeind. 'Nou, dan moeten we maar eens beginnen. Weet je hoe je koffie moet zetten?' Ze wachtte niet op een antwoord, maar repte zich het keukentje in, deed een kastdeurtje open en reikte Maggie een koffiebus aan. Terwijl Maggie de koffie in het filter schepte, pakte Wren ingrediënten van de planken. 'Och, och! Ik kan je niet zeggen hoe fijn het is om weer te kunnen werken zonder iedere keer over een oven heen te moeten springen als ik een la open wil doen.'

Wren wilde kennelijk niet praten over wat haar dwarszat, dus Maggie speelde mee en volgde haar aanwijzingen op. Ze klopte vierentwintig eieren los, sneed een rode paprika en champignons en bakte bacon uit om in de eierschotel te verkruimelen. Tegen zevenen stond de eierschotel in de oven, werden de kaneelbroodjes opgewarmd en verspreidde de koffie zijn verrukkelijke aroma door de gang.

'Daar zullen ze wel wakker van worden,' zei Wren. Ze leek weer helemaal de oude.

'Heb je gisteravond last gehad van het lawaai?'

'Lieverd, volgens Bart sliep ik al voor de voorfilmpjes op die video voorbij waren. Hij maakte me wakker en stuurde me naar bed. Ik heb niks meer gehoord tot de wekker vanmorgen ging.'

'Gelukkig maar. Ik dacht echt dat we jullie wakker zouden maken met dat feestje in de hal en het kabaal dat Trevor en ik hier maakten.'

Wren gaf Maggie een klopje op haar arm. 'Ik zou het niet erg gevonden hebben als ik er wakker van geworden was. Nogmaals bedankt, Meg. Je bent een schat.' Ze hield haar pols schuin en keek op haar horloge. 'Volgens mij is alles hier onder controle. Onze rumoerige gasten zeiden dat ze waarschijnlijk niet voor achten zouden komen ontbijten. Waarom ga jij niet nog even terug je bed in? Je lichaam is waarschijnlijk nog gewend aan Californische tijd.'

Dat was weer een dolkstoot in Maggies hart. Haar leugens begonnen haar te achtervolgen. Ze begon van deze mensen te houden. Het leek onmogelijk, maar in die paar dagen leek het wel alsof ze familie van haar geworden waren. Toch voelde ze zich elke keer als iemand iets zei wat betrekking had op haar achtergrond, die ze verzonnen had, een verrader. Ze moest schoon schip maken. En snel.

Maar als ze nu de waarheid vertelde, zouden ze haar misschien op straat gooien. En dat zou ze hun niet kwalijk nemen. Ze moesten toch wel denken dat ze geprobeerd had misbruik van hen te maken?

Ze zou een baantje zoeken hier. Een eigen plekje vinden. En Wren en Bart iedere cent terugbetalen voor alles wat ze voor haar gedaan hadden. Dat zou het eerste zijn wat ze zou doen, nog voor ze haar schildersbenodigdheden zou kopen. En dan zou ze het goedmaken met hen, hun de hele waarheid vertellen. Ze zouden begrijpen dat ze gelogen had om zichzelf te beschermen. Dat ze eerst niet geweten had wie ze kon vertrouwen. Dat ze nooit van plan was geweest om het bedrog zo lang te laten duren. Maar als ze hier wilde overleven, moest ze bewust alles over haar oude leven vergeten.

En ze zouden het best begrijpen, toch? Allemaal?

Plotseling moest ze denken aan Trevors glimlach. Zou hij haar vergeven?

Het verbaasde haar hoe belangrijk het antwoord op die vraag voor haar was.

Tegen negenen was het griezelig stil in het hotel. Alle gasten hadden uitgecheckt en Bart en Wren waren naar de kerk gegaan. Bui-

211

ten leek Main Street wel een straat in een spookstad: in alle winkels hing een bordje *Gesloten* en er was geen auto te zien.

Aan haar kamer met de vrolijke blauwwitte gordijnen en de zon die door haar raam scheen, was niets veranderd, maar Maggie werd door eenzaamheid overmand. Ze voelde het nog sterker dan in de flat in New York. In plaats van het gebruikelijke stadsverkeer en het gehuil van sirenes dat daar de achtergrondmuziek was geweest voor haar eenzaamheid, waren hier in Clayburn, Kansas, de enige geluiden afkomstig van de kwetterende vogels buiten. Ook al hadden Bart en Wren hun best gedaan om haar over te halen deze ochtend met hen mee te gaan naar de kerk, ze voelde zich op de een of andere manier door hen in de steek gelaten. Hoezeer de gedachte om een kerkgebouw binnen te stappen haar ook beangstigde, ze wenste bijna dat ze op hun uitnodiging ingegaan was.

Ze vroeg zich af of Trevor nu in de kerk zou zitten. Ze wist zeker dat dat zo was. En ze bedacht dat ze zich voor hem misschien had kunnen laten overhalen om naar binnen te gaan.

De maandagochtend duurde eindeloos met meer dan de gebruikelijke kinken in de kabel in de drukkerij. Trevor had het gevoel dat er plotseling honderd kleine klussen opgedoken waren. Hij zou misschien blij zijn geweest met het werk, ware het niet dat geen van die klussen veel geld opleverde en voor het grootste gedeelte alleen maar tijd kostte: de drukproef controleren van een bedrijfshandboek voor een fabriek in Salina, correcties aanbrengen op een poster die Mason verprutst had in de drukpers en nog meer van dat soort karweitjes.

Trevor stond te popelen om de deur achter zich dicht te kunnen trekken en naar het hotel te gaan. Hij voelde zich net een middelbare scholier, die erover inzat dat Meg misschien haar deel van het schilderwerk al klaar had en al gestopt was. Maar hij wilde haar niet mislopen. Behalve dat ze een grote hulp voor hem was, zorgde ze er ook voor dat de uren omvlogen. En het plezier dat ze samen hadden leek zich tot in de avond uit te strekken en zijn emotionele evenwicht nog lang nadat hij bij haar weggegaan was, in stand te houden.

Hij herinnerde zich dat ze van plan was deze ochtend verder te gaan met het zoeken naar een baan en hij hoopte dat ze daar het grootste deel van de dag mee bezig zou zijn. Maar dan zou ze misschien te moe zijn om vanavond te schilderen.

Hij kon niet ophouden met aan haar te denken. Met zich af te vragen wat haar levensgeschiedenis was. Hij was er nu wel van overtuigd dat ze niet helemaal eerlijk tegen hem was, of tegen wie dan ook in Clayburn. Maar iemand had haar pijn gedaan. Zo veel had ze wel toegegeven en hij was bereid geduld met haar te hebben terwijl ze daarvan genas. Hij had de afgelopen twee jaar in hetzelfde schuitje gezeten. Hij wist maar al te goed hoe pijnlijk het genezingsproces kon zijn. Maar hoewel Meg toegaf dat ze loog, zag hij haar niet als een leugenaar. Hij voelde dat Megs verhalen dienden om ervoor te zorgen dat ze zich veilig voelde. Om haar te beschermen tegen wat het ook was dat haar bedreigde. Hij merkte dat hij heel erg beschermend was als hij dacht aan de persoon of de omstandigheid die ervoor gezorgd had dat ze weggevlucht was van huis, waar dat ook was.

Uiteindelijk sloeg de klok in de winkel vier uur en maakte hij zich los van de drukkerij. Hij reed door de straat en zette zijn auto voor Wrens deur. Hij tilde zijn gereedschapskist uit de laadbak en ging naar binnen.

Meg stond al op een ladder in de eetzaal. Ze droeg zijn flanellen overhemd, met de mouwen opgerold, en haar haar was weggestopt in een donkerblauwe bandana, die hij herkende als die van Bart. Ze stond met haar rug naar hem toe en de muur die ze aan het schilderen was, was al voor twee derde af.

'Hé, hallo. Je bent al een aardig eind gevorderd, zie ik.'

Ze draaide zich om op de ladder om hem aan te kijken en haar tevreden glimlach herinnerde hem eraan waarom hij zich de hele dag verheugd had op dit moment. 'Ik hoop dat je het niet erg vindt dat ik je werk overgenomen heb.'

'Nee, hoor, helemaal niet.' Hij pakte een verfkwast en begon de randen van de hoek van de aangrenzende muur te schilderen.

Wren verscheen in de deuropening. 'Hoe gaat het hier? Zijn jullie al toe aan een pauze? Ik heb vanmorgen koekjes gebakken.'

'Ik ben er nog maar net,' zei Trevor. 'Maar Meg is hier blijkbaar al een tijdje. Als het echt moet, kan ik voor haar denk ik wel even pauze nemen.'

Wren wierp hem een moederlijke, zogenaamd strenge blik toe. 'Pas op, jochie.'

Hij knipoogde naar Meg en doopte zijn verfkwast in de bus, terwijl ze allebei in de lach schoten.

Wren vouwde haar handen onder haar kin en draaide keurend in de rondte. 'Het ziet er geweldig uit.'

'Heeft Meg het al met je over de sierrand gehad, Wren?'

Megs verfroller kwam tot stilstand. Ze keek van hem naar Wren en schudde haar hoofd. 'Nog niet.'

'Waar hebben jullie het over?' De nieuwsgierigheid straalde uit Wrens ogen.

'Meg stelde voor om in plaats van een behangrand misschien een met de hand geschilderde sierrand te maken, iets als sjabloneren.'

Wren keek bedenkelijk.

'Wie zou dat schilderwerk dan moeten doen?'

Trevor zag het wantrouwen in haar blik. Dacht ze dat hij opperde dat Jack het schilderwerk zou kunnen doen? Hij stelde haar vlug gerust. 'Meg heeft bij een grafische ontwerpstudio gewerkt. Ze heeft zoiets al eens eerder gedaan.'

'Nou ja, sjabloneren heb ik nog maar één keer eerder geprobeerd,' protesteerde Maggie. 'Maar ik dacht erover om dit uit de vrije hand te doen. Ik heb gisteravond een paar schetsen gemaakt en volgens mij zijn die wel aardig gelukt.'

Wrens gezicht kreeg een mildere uitdrukking. 'Nou, laat maar eens zien, dan.'

'Ik wil niet dat je je verplicht voelt om het te doen, hoor. Het zijn maar schetsen. Bart heeft me wat gekleurde pennen gegeven van de balie, maar dat zijn niet precies de kleuren die hier volgens mij het beste zouden staan, dus je zult je fantasie moeten gebruiken.'

Trevor pakte de verfroller uit haar hand. 'Ga ze maar halen. Laten we maar eens kijken.'

Ze kwam van de trap af en rende bijna door de hal naar haar kamer.

Wren keek hem aan. 'Jij hebt haar hier zeker toe aangezet, meneer Ashlock? Je was er al nooit enthousiast over dat ik wilde behangen.'

Hij stak verdedigend een hand op. 'Waar ik niet enthousiast over was, was dat *ik* moest behangen.'

Wren grinnikte.

'Maar dit was Megs idee… echt waar.' Hij haalde schuldbewust zijn schouders op. 'Ik heb haar hooguit een beetje aangemoedigd.'

Maggie kwam terug met een aantal velletjes papier. Ze spreidde ze uit op de enige tafel die nog in de ruimte stond, nadat ze de andere tafels naar de hal verplaatst hadden voor de gasten van zaterdag. Haar gezicht straalde. Haar handen vlogen over het papier terwijl ze Wren liet zien wat ze in gedachten had.

Tot Trevors opluchting zag hij dat ze echt talent had. Het eenvoudige, met krullen versierde bloemenontwerp dat ze voorstelde paste perfect bij de aparte architectuur van het hotel. En haar vakmanschap stond buiten kijf.

Wren keek schuin van het papier naar de gebogen deuropening. 'Ik vind het mooi. Ik vind het heel mooi. Hoelang heb je ervoor nodig om dat te maken?'

Maggie leunde met haar kin op haar vuist en dacht na. 'Waarschijnlijk een dag of drie, vier. Ik zal iedere verflaag moeten laten drogen voor ik de volgende kan aanbrengen. En het hangt ervan af voor hoeveel uur meneer Linder me werk zal kunnen geven.'

Wren wierp Trevor een blik toe die leek te zeggen: 'Doe iets!'

Hij schraapte zijn keel. 'Is het al zeker dat je voor hem gaat werken?'

Maggie glimlachte. 'Ik heb na de lunch met hem gesproken en hij wil dat ik morgenochtend al begin. Dat is een goede zaak. Al mijn andere pogingen zijn op niets uitgelopen. Maar daarom wilde ik hier vanmiddag zo veel mogelijk af krijgen.'

Wren verzamelde Maggies schetsen en maakte er een net stapeltje van. 'Leg ze maar weer terug in je kamer, zodat ze niet vuil worden. Ik vind het een geweldig idee en ik zou je graag willen inhuren om het voor me uit te voeren.'

Trevor verstrakte. De Johannsens zaten krap bij kas, zeker nu het hotel slechter liep dan ooit. Hij had zelfs geaarzeld om de renovatieklus aan te nemen, tot hij besefte dat Bart en Wren het per se wilden. Hij kon hun in elk geval een redelijker tarief vragen dan het exorbitante bedrag dat Buddy Rollenmeyer van de houthandel genoemd had.

Wren vervolgde, met haar hand op Maggies arm: 'Ik weet niet wat je voor zo'n klus vraagt, maar je mag hier gratis blijven tot het af is.'

Maggies ogen werden groot. 'Echt? O, dat is geweldig!' Ze vloog Wren spontaan om de hals en deed toen een stap naar achteren, schijnbaar verlegen door het blijk van genegenheid. 'De kamer is meer dan genoeg salaris, Wren. Ik weet niet hoe ik je daarvoor moet bedanken.'

'Dat heb je al gedaan. Berg die tekeningen nu maar veilig op.'

Zodra Maggie buiten gehoorsafstand was, zei Wren met beverige stem tegen Trevor: 'Ik vind dat ik iets tegen haar moet zeggen, Trevor. Jack is... nou ja, hij is gewoon Jack. Maar vanwege Bart wil ik er niet al te... nou ja, je weet wel. Toch vind ik het geen prettig idee dat Meg betrokken raakt bij die ellendige toestand.' Wren knikte met haar hoofd in de richting van Jacks galerie.

'Heb je iets tegen Jack gezegd?'

Zodra hij het gezegd had, had hij er spijt van. Natuurlijk had ze niets gezegd. Voor zover hij wist was Jack al bijna twee jaar niet meer bij Wren binnen geweest. Dat had Wren hem, Trevor, kunnen verwijten. Jack verweet het hem waarschijnlijk inderdaad. Maar Trevor had langgeleden vrede gesloten met zijn plek in het leven van Bart en Wren en daar zou hij niet weer over beginnen.

'Het spijt me, Wren. Doe maar wat je denkt dat je moet doen. Maar misschien is dit wel een goede zaak. Meg lijkt aardig wereld-wijs.'

'Ze is gekwetst. Ze heeft er niet met me over gesproken, maar ik herken de signalen. Ik weet dat ze werk nodig heeft, ik zou dol-graag willen dat Bart en ik haar een baan konden aanbieden, maar ik wil niet dat iemand haar weer pijn doet.'

Hij schudde langzaam zijn hoofd. 'Ik weet het. Ik weet het.'

Hij wilde ook niet dat iemand Meg pijn zou doen. Maar er waren al genoeg problemen tussen Wren en Jack, en deze situatie zou dat er niet beter op maken. En Jack… die had het al heel lang moeilijk en leek nog niet bereid naar een oplossing te zoeken.

Trevor slaakte een zucht. Hij had Meg bekritiseerd omdat ze niet eerlijk was over haar verleden, omdat ze zich verschool achter vermoedelijk regelrechte leugens. Maar eerlijk gezegd koesterden hij en Wren ook zo hun geheimen. Goed bedoeld, om de ander, en Jack, liefdevol te beschermen. Maar Meg zou mogelijk met open ogen haar onheil tegemoet gaan als ze haar niet snel op de hoogte zouden brengen.

Een maar al te bekend gevoel van neerslachtigheid daalde op hem neer. Hij was blij dat Amy nooit zou weten hoeveel verdriet er in de wereld gekomen was omdat haar auto toevallig op het verkeerde moment op dat stuk snelweg had gereden.

## 32

Toen Maggie de eetzaal weer binnenliep, hing er een ongemakkelijke stilte. Trevor was plotseling helemaal verdiept in het aanbrengen van een derde laag verf in de hoek die hij aan het afwerken was
en Wren stoof naar de keuken en begon werkbladen af te nemen,
die al glanzend schoon waren.

Maggie keek van de een naar de ander, maar beiden weigerden
oogcontact met haar te maken. Ze hadden over haar staan praten,
zo veel was wel duidelijk.

Had ze iets gezegd dat haar verraadde? Of waren Wren en Trevor al die tijd al op de hoogte van haar leugens? Ze vermoedde
van wel. Ze had zich te vaak versproken. Hoewel ze, sinds Trevor
haar mee teruggenomen had van het busstation, had geprobeerd
geen regelrechte leugens meer te vertellen, maar alleen dingen te
verzwijgen, was ze te bedreven geraakt in de kunst van het liegen.
Misschien had Wren besloten dat het toch niet vertrouwd was om
haar in het hotel te laten wonen en werken.

Wren verzamelde handdoeken en theedoeken van haakjes in
de keuken, handdoeken die die ochtend nog schoon waren, wist
Maggie, en liep de keuken uit. 'Ik moet een was draaien,' zei ze.
'Geef maar een gil als jullie iets nodig hebben.'

Geen woord meer over de koekjes die ze net nog aangeboden
had.

'Wat is er aan de hand?' Ze durfde het te vragen omdat Trevor
met zijn rug naar haar toe stond. 'Mijn oren prikken.'

'Pardon?'

Ze haalde haar schouders op. 'Een oud spreekwoord. Als je oren
prikken, is er iemand over je aan het praten.'

'O.' Hij ging door met verven.

218

'Waren jullie over mij aan het praten?'

Hij bukte zich om de verfkwast op de pot verf te leggen en kwam toen overeind. Er verscheen een nadenkende frons op zijn gezicht. 'Ik moet je iets vertellen.' Hij deed een stap naar haar toe.

*O, o. Daar zul je het hebben.* Ze bleef afwachtend staan.

'Het gaat over Jack Linder.'

'Ja, dat heb je me al verteld. Geloof me, Trevor, ik weet hoe ik met een dronkenlap om moet gaan.'

Trevors wenkbrauwen schoten omhoog, maar ze was blij dat ze het gezegd had. Het was waar. Misschien kon ze de waarheid stukje bij beetje vertellen. Dat zou minder pijnlijk zijn. 'Is hij de dronkenlap van de stad of zo? Wren was ook al van streek toen ik haar vertelde dat ik misschien in de galerie ging werken. Weet zij van het probleem van die man?'

Hij wreef over het stukje huid tussen zijn ogen, alsof hij een hoofdpijn probeerde af te weren. 'Ja, Wren weet ervan.' Trevor hief zijn hoofd op en keek haar aan.

Maggie kreeg de indruk dat hij tot een besluit probeerde te komen over hoeveel hij haar wilde vertellen.

Uiteindelijk zei hij met een zucht: 'Wren weet het beter dan wie dan ook, Meg. Jack is haar zoon.'

'Hè?' Ze had Jacks moeder die dag toch ontmoet in de galerie?

Zijn gezicht versomberde.

'Maar... ik heb zijn moeder *ontmoet*.'

Trevor knikte weer. 'Dat is Twila... Linder. Het is een lang verhaal, Meg, en het is niet aan mij om het allemaal te vertellen.'

Maggie wachtte, in de hoop dat hij niet van plan was hier te stoppen.

Hij keek langs haar heen de hal in en rekte zijn hals om te zien of Wren hen niet hoorde.

Het gedempte geluid van de wasmachine gaf hem kennelijk permissie om door te gaan. 'John en Twila Linder adopteerden Jack toen hij nog maar een baby was. John is een paar jaar geleden overleden, maar het was een geweldig stel. Ik ben heel vaak bij hen thuis geweest toen we nog klein waren. Jack heeft altijd geweten dat hij geadopteerd was, dat leek nooit een probleem. Maar op de middelbare school had hij een vriendinnetje dat hem ervan overtuigde dat hij op zoek moest gaan naar zijn echte moeder. Met Twila's goedkeuring begon hij toen hij achttien was een zoektocht en… nou ja…' Trevor keek Maggie aan. 'Zijn echte moeder bleek al die tijd al in Clayburn te wonen.'

Maggie liet haar ingehouden adem ontsnappen. 'Wren?'

'Ja. Wren was… nou ja, laten we zeggen dat ze niet de Wren was die we nu kennen en liefhebben. Ik ken niet alle bijzonderheden, maar Jacks echte vader was kennelijk niet bepaald…' hij schraapte veelbetekenend zijn keel, '… *beschikbaar* om met Wren te trouwen.'

'Maar hoe zit het dan met Bart?'

'Bart en Wren waren afgelopen zomer pas tien jaar getrouwd.'

Maggie leunde stomverbaasd tegen de tafel, terwijl ze probeerde te bevatten wat Trevor haar zojuist verteld had. De situatie was zo anders dan ze zich had voorgesteld. Ze had aangenomen dat Bart en Wren al hun hele leven bij elkaar waren. Dat ze hun pensioen naderden, nadat ze al vanaf hun middelbareschooltijd een stel geweest waren. Natuurlijk had ze niet de moeite genomen om Wren naar haar leven te vragen. Ze was te zeer verdiept geweest in haar eigen problemen. Problemen die nu verbleekten in het licht van Trevors verhaal. Zo te horen was zij niet de enige met problemen, met een verleden waarvoor ze zich schaamde.

Haar hart smolt van medeleven voor Wren. Nu begon ze het allemaal te begrijpen. Wrens eigenaardige reactie toen ze het over de galerie-eigenaar had. Haar ongerustheid dat Maggie daar zou gaan werken…

Ze keek op naar Trevor. 'Weten de mensen in de stad het? Gaan Wren en Jack met elkaar om?'

Hij schudde zijn hoofd. 'De laatste tijd niet meer. De mensen weten het. Het heeft jaren geleden in de krant gestaan, toen Jack

Wren net gevonden had. Ze zijn jarenlang heel goed met elkaar bevriend geweest. Wren lette er angstvallig op dat ze Twila's plek niet innam, niet dat ze dat ooit had gekund, maar het was voor beiden goed dat ze de waarheid kenden. En ze konden het prima met elkaar vinden.'

Maggie trok een rimpel in haar neus. 'Waardoor is dat veranderd? Doordat Jack drinkt?'

'Niet helemaal.'

Door Trevors beverige zucht vroeg Maggie zich af of hij soms iets te maken had met Jacks verhaal. Het leek dieper te gaan dan hun jeugdvriendschap.

Hij keek op zijn horloge en pakte toen zijn verfkwast weer op. 'Laten we dit laatste stuk afmaken en dan een hapje gaan eten. Daarna wil ik je iets laten zien.'

Vanaf haar plaats op de passagiersstoel in Trevors pick-uptruck zag Maggie de telefoonpalen langs Old Highway 40 voorbijglijden, de weg waarlangs ze het stadje binnengelopen was. Ze was nu vier dagen in Clayburn. Op de een of andere vreemde manier voelde deze plek, dit kleine, eenvoudige stadje op een oude prairie, meer aan als thuis dan iedere andere plek waar ze ooit gewoond had.

Ze was benieuwd waar Trevor haar nu mee naartoe zou nemen. Hij had geen woord meer gesproken sinds ze hun verfrommel hadden opgeruimd en in zijn auto waren gestapt.

De koele luchtstroom van de airco blies over haar blote armen en ze wenste dat ze Trevors flanellen verfshirt aangehouden had. Ze wierp een zijdelingse blik op hem. Ze kende hem nog maar zo kort, maar ze voelde geen spoortje angst voor de vriendelijke man die naast haar zat, met zijn gebruinde polsen losjes over het stuur en zijn blik op de weg en Vivaldi in de cd-speler.

De zon balanceerde boven op een haag die zich in de verte aan de horizon achter hen uitstrekte, en een lint van dikke, purperachtige wolken bereidde zich voor op wat een spectaculaire zonsondergang beloofde te worden. Tien minuten ten oosten van de stad, waar de weg de Smoky Hill River kruiste, ging Trevor langzamer rijden en sloeg een grindweg vlak over de brug in. Daar keerde hij en zette de auto weer met zijn neus in de richting van Clayburn. Hij stopte en zette de muziek uit.

Het kruispunt kwam haar vaag bekend voor, maar Maggie begreep niet waarom hij haar hiernaartoe gebracht had.

Trevor zette de motor uit en opende zijn portier, waarbij hij de sleuteltjes in het contact liet zitten. 'Kijk uit als je uitstapt. De greppel is diep aan die kant. Wacht maar even.' Hij liep snel om de auto heen en hielp haar met uitstappen.

De greppel stond vol met onkruid en hoog gras. Hier en daar stonden groepjes zonnebloemen. De lucht rook muskusachtig door de vochtige aarde.

Ze liep achter hem aan langs de kant van de weg, waarbij hun schoenen knerpten op het reepje fijn zand dat door het langsrijdende plattelandsverkeer opgeworpen was. Een paar meter achter de truck bleef Trevor staan en hij keek uit over de weilanden. Ze ging naast hem staan en volgde zijn blik, maar de lage heuvels en de stronken van knoestige bomen achter de stenen omheining boden haar geen aanwijzing voor de reden waarom ze hier waren. Ergens achter hen koerde een houtduif. Een paartje had een nestje onder de dakrand van het hotel en Bart had haar op een avond hun roep leren herkennen. Het was het eenzaamste geluid dat ze ooit gehoord had.

En nu leek dat gekwelde vogelgeluid Trevors gemoedstoestand te weerspiegelen.

Hij stond daar, kaarsrecht en somber, en leek heel ver weg met zijn gedachten. Maggie deed een stapje naar achteren en respecteerde zijn stilzwijgen. Even later boog Trevor zijn hoofd, alsof hij zichzelf probeerde te kalmeren. Ze wachtte, terwijl ze zich steeds ongemakkelijker ging voelen.

Maar toen richtte hij zich tot haar. Er blonken tranen in zijn ogen. 'Dit is de plek waar mijn gezin omgekomen is... Amy en

Trev.' Hij slikte moeizaam en wendde zijn blik af. 'Het ongeluk is hier gebeurd.'

Ze haalde beverig adem, terwijl ze het eindelijk begreep. 'O, Trevor,' fluisterde ze. Hierdoor leek het allemaal zo reëel. Ze probeerde zich voor te stellen dat dit prachtige plekje overspoeld werd door voertuigen van de hulpdiensten, ambulanceverpleegkundigen, gebroken glas. Er ging een rilling over haar ruggengraat. 'Wat vreselijk.'

Met zijn ogen strak op het zand onder zijn voeten knikte hij instemmend. Het bleef een hele poos stil. 'Kom eens hier.' Hij liep om de pick-uptruck heen, naar de andere kant van de greppel. Hij liet zich van de met gras begroeide helling glijden en stak zijn hand uit om haar naar beneden te helpen.

Toen ze weer vlakke grond onder de voeten had op de bodem van de greppel, keek ze om zich heen. Trevor liep gebukt door het hoge gras, alsof hij ergens naar zocht. En toen wist ze weer waarom deze kruising haar bekend voorgekomen was.

Hij hield een hoog gordijn van graspluimen uit elkaar om de uitgehouwen kruisen zichtbaar te maken die ze in de greppel had zien staan op de dag dat ze vanaf het busstation was komen lopen. Een diepe droefheid maakte zich van haar meester toen de betekenis van de kruisen duidelijk werd. Ze slikte een brok in haar keel weg en wachtte tot Trevor iets zou zeggen.

Hij liet zich op een knie in de greppel zakken. Steunend op het grootste kruis begon hij gras uit de grond te trekken en opzij te gooien om de plek vrij te maken. Ze wachtte, niet wetend wat ze moest zeggen. Ze had heel erg te doen met deze man, met alles wat hij meegemaakt had.

Uiteindelijk kwam hij overeind. De zon was achter de haag verdwenen en wierp een schaduw over zijn gezicht. 'Deze kruisen… die heeft Jack gemaakt. Voor Amy en Trev. Een jaar lang, misschien langer, legde hij er iedere zaterdag verse bloemen bij. Dat is nu alweer een poosje geleden.' Hij boog zijn hoofd weer.

'Ik begrijp het niet.'

'Jack haalde in, vlak voor Amy. Hij boorde zich in haar auto, met een snelheid van zo'n tachtig kilometer per uur. Volgens de politie is de kans groot dat ze de klap nooit heeft zien aankomen.'

Maggie hield haar adem in. 'Was hij... dronken?'

'Nee.' Trevor schudde met een vreugdeloos lachje zijn hoofd. 'Nee, dat is het ironische van de zaak. Jack dronk *nooit*, zelfs niet uit stoerheid op de middelbare school. Hij was broodnuchter op de dag van het ongeluk.'

'O, Trevor.' Ze probeerde zich in te denken hoeveel dit hem gekost moest hebben. 'Hoe kun je ooit zoiets vergeven?'

Trevor keek haar aan. 'Ik heb Jack vergeven, Meg. Op de dag dat het gebeurde heb ik dat echt gedaan.'

Maggie schudde haar hoofd. Ze begreep niet hoe iemand ooit zo'n ongelooflijke fout kon vergeven.

'Het had jou of mij net zo goed kunnen overkomen, Meg. We hebben het allemaal weleens gedaan. Je hebt haast, je denkt dat je goed uitgekeken hebt, maar je wordt afgeleid...'

'Dus... zijn drankprobleem...?'

'Schuldgevoel over wat er gebeurd is heeft hem naar de fles doen grijpen. Hij schijnt er niet overheen te kunnen komen.'

Ze staarde hem aan, niet in staat de goedheid die ze in hem zag te begrijpen. 'Maar je hebt hem vergeven.'

Hij knikte. Het schemerige licht verduisterde zijn gezichtsuitdrukking. 'Ik denk dat ik begrijp hoe hij zich voelt. Als de rollen omgedraaid waren, zou ik misschien met dezelfde verleiding geworsteld hebben.' Hij liet zijn hoofd zakken en keek toen met verdriet in zijn ogen naar haar op. 'Ik heb alles gedaan wat ik kon om hem van dat schuldgevoel te verlossen. Maar hij lijkt het niet te kunnen vergeten. Ik kan er nu niets meer aan doen. Totdat hij zichzelf kan vergeven, is er niets wat ik kan zeggen of doen.'

Hij liet zijn blik langs de hemel gaan en knikte met zijn hoofd naar de pick-uptruck. 'Het wordt zo donker. We moeten gaan.' Hij liep voor haar uit naar haar kant van de auto en opende het portier voor haar.

Toen ze weer in de auto zaten, stak Trevor zijn hand uit naar de sleutel, maar draaide hem nog niet om. 'Zou je het erg vinden als we hier gewoon even blijven zitten?'

Maggie wilde zeggen dat ze desnoods de hele nacht zou blijven zitten als het nodig was. In plaats daarvan knikte ze alleen maar.

Hij draaide zijn raampje omlaag en zij deed hetzelfde, waardoor er een zuchtje wind door de bedompte cabine woei. Ze bleven zwijgend zitten. Haar hoofd tolde van alles wat ze zojuist gehoord had. Ze dacht weer aan Trevors bewering dat hij zijn vriend vergeven had. Ze liet een vinger langs de rand van het raam glijden en probeerde de moed op te brengen om de vraag te stellen die in haar binnenste brandde. 'Vat dit alsjeblieft niet verkeerd op, maar... ik snap echt niet hoe je hem kunt vergeven wat hij gedaan heeft.'

Hij glimlachte een beetje. 'Ik hou van Jack, Meg. Hij is mijn vriend.'

'Maar stel dat hij *wel* dronken was geweest toen hij Amy's auto raakte? Had je hem dan ook kunnen vergeven?'

Trevor beet op zijn lip en boog zich even over het stuur. Maar toen hij weer rechtop ging zitten en haar aankeek, stonden zijn ogen helder. 'Zelfs dan hoop ik dat ik ervoor had gekozen hem te vergeven. Maar, Meg, het is niet mijn eigen wil. Zonder Zijn hulp zou ik het niet kunnen.' Hij wees naar boven en keek haar toen weer doordringend aan. 'Niemand kan het zonder Hem.'

Ze wendde haar blik af en wenste dat ze van onderwerp kon veranderen. 'Het moet zo moeilijk zijn. Die hele kwestie met je vriend, boven op het verlies van je gezin.'

Hij pakte het stuur vast, terwijl er een treurig lachje om zijn lippen speelde. 'Leuk is anders. Maar wat doe je eraan?'

'Ik vind het zo erg voor je, Trevor.' Waarom kon ze nou nooit iets bedenken wat werkelijk troostend was?

Hij zat een beetje te draaien. 'Voor Wren is het het ergste.'

'Ik snap niet waarom hij Wren op een afstand houdt.'

'Ik weet ook niet goed of ik het begrijp. Maar ja, drank doet rare dingen met een mens.'

Ze knikte langzaam. Ze begreep meer dan Trevor kon vermoeden.

'Ik denk dat Wren zag dat Jack zijn leven vergooide en daar iets aan probeerde te doen. Dat viel niet goed bij Twila en op de een of andere manier liep het allemaal in het honderd en werd Wren degene op wie Jack zijn woede ging afreageren.'

'Arme Wren.'

'Dus nu kun je misschien begrijpen waarom Wren…' hij stak zijn hand uit en gaf haar een klopje op haar hand, '… en ik ook, het niet zo'n prettig idee vinden dat jij voor Jack gaat werken. De galerie liep een paar jaar geleden heel goed. Jack was zo veelbelovend. Hij heeft heel veel talent. Maar ik weet niet of hij nog wel een schilderij afgemaakt heeft sinds die dag. Of veel verkocht heeft.' Hij schudde zijn hoofd. 'Voor het geval je het nog niet opgemerkt had, Clayburn is nu niet bepaald een cultureel mekka, waar mensen in de rij staan om originele kunst te verzamelen.'

Ze glimlachte om zijn sarcasme.

Zijn blik dwaalde naar buiten, waar de kruisen uit het gras in de greppel omhoogstaken. 'Misschien heeft hij *echt* hulp nodig in de galerie. Het gaat mij niet aan, en Wren trouwens ook niet, wat jij doet. We willen alleen niet dat je nog meer narigheid zult meemaken. En meestal heeft Jack er al een dagtaak aan om op zijn benen te blijven staan.'

Oprechte bezorgdheid verzachtte zijn blik. Maggie zag aan zijn gezicht hoeveel Trevor om zijn vriend gaf. En om Wren.

'Wat Jack overkomen is, was niet eerlijk.' Trevors stem had even een afwezige klank. Hij staarde door de voorruit de oprukkende duisternis in, terwijl zijn adamsappel op en neer ging. 'Ik hoef jou niet te vertellen hoe vreselijk ik het vind dat het mijn vriend was die op die noodlottige dag in die auto reed.'

Maggie keek hem aan. Ze voelde zich vreemd bevoorrecht dat ze hier nu naast hem zat. Ze schudde haar hoofd. 'Als er een God is, lijkt het een wrede grap om zoiets uit te halen.'

Trevors blik leek dwars door haar heen te gaan. 'Ik heb geen moment aan Gods voorzienigheid, Zijn zorg, getwijfeld, Meg. Zelfs niet na die vreselijke zaterdag. Ik denk dat Zijn hart brak om Amy en Trev en ik denk dat het gebroken is om Jack. Ik beweer niet dat ik begrijp waarom het gebeurd is zoals het gebeurd is, maar ik weet dat God niet opgehouden is God te zijn op de dag dat Amy stierf.'

Maggie wilde tegen hem ingaan, probeerde zelfs de woorden te vinden die zijn bewering zouden betwisten. Maar eerlijk gezegd benijdde ze hem, verlangde ze ernaar op dezelfde manier als hij in iets, Iemand, te geloven. Ze liet haar vingers over het rafelige uiteinde van haar veiligheidsgordel gaan. 'Ik vind het zo erg voor je dat je dit allemaal hebt moeten meemaken. Daarbij vergeleken lijkt mijn leven over rozen te zijn gegaan.' Zodra de woorden over haar lippen waren, kon ze haar tong wel afbijten. Wat ze gezegd had, was waar, maar met één zinnetje had ze hem een vrijbrief gegeven om vragen te stellen over haar leven.

En aan de blik op zijn gezicht te zien en omdat hij nu eenmaal een heer was, hapte hij hoffelijk toe. Hij strekte zijn arm uit over de rugleuning van de voorbank en legde even zijn hand op haar schouder. 'Vertel me eens iets over Meg. Waar ben je naar op zoek?'

De vraag deed haar schrikken. 'Ik snap niet goed wat je bedoelt.'

'Wat hoop je hier in Clayburn te vinden?'

Ze hield haar hoofd iets schuin en dacht na, zich intens bewust van zijn ogen, die op haar gericht waren. Waar *was* ze naar op zoek? Gek genoeg had ze het gevoel alsof ze op het punt stond het, wat het ook was, te vinden, maar toch wist ze niet hoe ze Trevors eenvoudige vraag moest beantwoorden. Hij drong niet verder aan, hij bezorgde haar geen ongemakkelijk gevoel. Hij wachtte alleen maar.

'Ik weet niet goed waar ik naar op zoek ben. Maar ik weet dat ik al heel lang weg moest. Ik wou dat ik je kon vertellen dat ik eindelijk de moed had om hem, Kevin, te verlaten.' Ze wierp hem een snelle blik toe en keek toen weer een andere kant op 'Hij heette Kevin. Maar dat is niet wat er gebeurd is.' Ze schudde langzaam haar hoofd en er borrelde een spottend lachje op uit haar keel. 'Mijn auto werd gestolen terwijl ik achter het stuur zat.'

Trevors ogen werden groot en zijn wenkbrauwen schoten omhoog. 'Echt?'

Ze vertelde hem wat er die ochtend gebeurd was. 'Zo ongewoon is dat niet in… waar ik vandaan kom, waar ik woonde. Toen ik eindelijk wist te ontsnappen, was ik een heel eind uit de buurt van de flat waar we woonden.'

'Woonde je met hem samen?'

Ze sloeg haar ogen neer en knikte. Er was geen spoor van beschuldiging in Trevors toon, maar toch voelde ze die van binnen. Een week geleden zouden hun woonomstandigheden geen enkel punt van overweging zijn geweest. In New York was dat niks bijzonders. De meeste mensen die ze kende gingen trouwen zodra ze eraantoe waren om een gezin te stichten, als ze het al deden. Daarvoor probeerden ze de schoenen uit voor ze ze kochten, zoals Kevin altijd zei. Maar iets in de mensen van dit stadje zorgde ervoor dat ze veel van haar beslissingen ging heroverwegen. Dat ze zich er zelfs voor schaamde.

Ze waagde een snelle blik op Trevors gezicht en verwachtte daar sporen van veroordeling te zien. In plaats daarvan stond er oprechte bezorgdheid te lezen in zijn vriendelijke ogen. En nog iets anders. Iets wat ze niet helemaal kon thuisbrengen.

Ze overwoog hoeveel ze moest zeggen. Uiteindelijk begon ze te praten, langzaam, van de ene zin op de andere springend, alsof het stapstenen in een vijver waren. 'Op de dag dat die vent me mijn auto afpakte, zat ik daar met een pistool op me gericht en toen drong het opeens tot me door dat ik banger was om naar huis te gaan dan om in die auto te blijven zitten.' Ze boog haar hoofd, omdat de herinnering pijn deed.

Trevors korte, liefdevolle aanraking op haar schouder was als een balsem en haar keel snoerde dicht.

'Volgens mij was er heel wat moed nodig voor wat je gedaan hebt. Meer dan je misschien beseft.' Zijn stem klonk zacht in het grijs wordende avondlicht.

Zo had ze er nooit over nagedacht. Misschien was het waar. Misschien was ze *inderdaad* sterker dan ze dacht. Misschien hoefde ze niet de geschiedenis van haar moeder te herhalen. Misschien kon ze echt opnieuw beginnen, hier in dit rustige stadje. Door Trevor Ashlock wenste ze met heel haar hart dat dat waar was.

Er woei een briesje door de ramen. Ze hoorde de duiven weer naar elkaar roepen.

'Meg, je moet begrijpen dat ik van Jack houd als van een broer. Ik denk alleen dat werken voor hem op dit moment niet het beste is wat je zou kunnen doen. Voor niemand, ook niet voor Jack. Ik hoop dat het niet lijkt alsof ik mijn vriend afval.'

Ze verstrakte een beetje, terwijl ze haar woorden probeerde te wegen. 'En ik hoop dat ik niet ondankbaar lijk als ik zeg dat ik denk dat ik het wel aankan.'

Hij stak zijn handen omhoog in een gebaar van overgave. 'Ik zeg je niet wat je moet doen. Maar ik denk hierbij ook aan Wren. Ik weet dat je waarschijnlijk niet van plan bent om voor altijd in het hotel te blijven, maar Wren mag je heel graag en zij zou zich er ook ongemakkelijk bij voelen als jij voor Jack werkt.'

Maggie kon zichzelf wel slaan. Was ze zo zelfzuchtig dat ze niet gezien had dat Trevors grootste zorg die lieve Wren gold? Hij moest haar wel een ongelooflijke ellendeling vinden. Nou ja, dat was ze ook. Ze perste haar lippen op elkaar en wenste dat ze door de vloer van de pick-uptruck kon zakken. 'Het spijt me, Trevor. Daar heb ik helemaal niet aan gedacht. Ik ben een dwaas.'

Dat ontlokte hem een glimlachje. 'Nee, dat ben je niet. Je bent een vrouw die zich op dit moment druk *moet* maken om haar eigen leven. Ik denk dat ik dat wel begrijp.'

Maar hij kon het niet begrijpen. Hij wist niet wat voor een

vrouw ze was, hoe egoïstisch ze was geweest, welke fouten ze had gemaakt, dat ze goede mensen had bedrogen, misbruik van hen had gemaakt om in Clayburn te komen. Om nog maar te zwijgen van de leugens die ze nog altijd volhield om hier te blijven. Ze had zo'n diepe kuil voor zichzelf gegraven dat ze niet wist hoe ze er ooit nog uit zou kunnen klimmen.

· 33 ·

De telefoonpalen gingen opnieuw in een waas aan haar voorbij toen ze terugreden naar het stadje en Maggies gedachten voerden strijd met elkaar. Iets in haar, een dwaas, zelfvernietigend deel van haar, wilde Trevor alles vertellen. Schoon schip maken. Er een eind aan maken. Voor altijd bevrijd zijn van de geheimen die ze koesterde.

Maar dat kon ze niet doen. Ze wist dat ze dat niet kon. Zelfs al was ze nu veilig, zelfs al was Clayburn werkelijk ver genoeg verwijderd van Kevin zodat ze zich nooit meer zorgen om hem zou hoeven maken, nu had ze een nieuwe reden om haar geheimen te bewaren.

Trevor. Ze had er geen week voor nodig gehad om te ontdekken dat Trevor Ashlock een fatsoenlijk mens was. Een eerlijke, integere man. Ze had nog nooit iemand als hij gekend. Maar als ze hem nu de waarheid over zichzelf zou vertellen – dat ze niet de vrouw was die hij dacht dat ze was, dat zelfs haar naam een leugen was – zou hij zo snel uit haar leven verdwijnen dat haar hoofd ervan zou tollen.

En als hij het soort man was dat ze dacht dat hij was, zou hij misschien zelfs Bart en Wren en Jackson Linder voor haar waarschuwen. Hij zou zijn vrienden niet laten bedriegen door een vrouw als zij. Ze zou hem er nooit van kunnen overtuigen dat ze veranderd was. Niet als ze nog zo veel geheimen voor hen achterhield. Ze zouden haar allemaal sneller wegsturen dan ze met haar ogen kon knipperen, en wie zou hun dat kwalijk nemen?

Hoe bestond het dat dit stadje, waar ze een week geleden nog nooit van gehoord had, zo veel voor haar betekende? En deze mensen, om wie ze op de een of andere manier voor het eerst sinds tijden was gaan geven. Ze begreep het niet. Ze was veranderd. Ze was op de een of andere manier anders geworden. Ze had hoop van binnen, die ze voorheen nooit had durven koesteren. Ze merkte zelfs dat ze zich afvroeg of God iets met dit alles te maken had. Of Hij misschien wist wie ze was en zich bekommerde om wat er met haar gebeurde. Het beangstigde haar op een manier die ze niet kon verklaren.

Ze voelde Trevors blik op zich rusten, maar ze kon hem niet aankijken met deze gedachten die haar hoofd in de war brachten.

'Hé.' Zijn stem klonk zacht en vriendelijk. 'Alles goed met je?'

Ze masseerde haar slapen. 'Ik heb veel om over na te denken. Sorry dat ik niet zulk best gezelschap ben.'

'Maak je je zorgen over… hem? Over Kevin?'

Ze knikte. 'Ik ben bang.' Dat was waar, maar er was zo veel meer.

'Ik zal op je passen. Als je iets van hem hoort, als hij je moeilijkheden bezorgt, zullen we de politie inschakelen. Hij heeft geen enkel recht op je als je hem niet meer in je leven wilt. Dat moet hij weten.'

Ze schudde haar hoofd. 'Zo simpel is het niet.'

'Wat is er dan? Ik weet dat je me niet echt kent, maar ik wil je helpen. Je hoeft niet bang te zijn. Je bent hier veilig.'

O, wat wilde ze dat graag geloven. Was het maar waar.

'Hoe kan ik je helpen? Als er iets is wat ik kan doen, kun je me altijd roepen. Ik wil dat je dat gelooft.'

Ze haalde diep adem en waagde een sprong in vertrouwen. 'Trevor, ik heb die baan nodig… bij Jackson. Ik zal een paar dagen wachten voor ik met hem ga praten. Ik heb Wren beloofd dat ik zou helpen met het schilderwerk in de keuken. Tot die tijd heb ik een plek om te slapen en in de tussentijd kan ik blijven zoeken naar ander werk. Maar ik…' Ze vermande zich. 'Als ik niets anders vind, kan ik gewoon niet meer verder vluchten. Ik ben te moe.'

De vermoeidheid in Maggies ogen, in haar neerhangende schouders, raakte Trevor. Hij had hetzelfde meegemaakt… nog maar al te kort geleden. Niet om dezelfde redenen natuurlijk, maar hij dacht dat hij het begreep. In zijn eigen verdriet en vragen was hij tenminste omringd geweest door mensen die van hem hielden. Meg was alleen. Helemaal alleen. Wat moest dat vreselijk zijn.

Hij herinnerde zich dat ze het over een zus gehad had. Misschien was dat een manier waarop hij kon helpen. Het zou vast een troost zijn om iemand van haar familie hier te hebben. Een beetje beducht om het onderwerp ter sprake te brengen, vroeg hij: 'Meg, heb je met je zus gesproken sinds je hier bent?'

Ze wierp hem een behoedzame blik toe. 'Ik heb haar een e-mail gestuurd. Hoezo?'

'Zou zij misschien kunnen komen om je te helpen met het zoeken naar woonruimte? Om je te helpen inrichten?'

Ze deed haar mond open, maar aarzelde toen. Hij kon haar gedachten bijna lezen terwijl ze probeerde te besluiten of ze hem in vertrouwen zou nemen. *Laat haar me alstublieft vertrouwen, Vader.*

'Mijn zus, Jenn, weet niet waar ik ben. Kevin is… geen aangenaam mens. Ik ben bang voor wat hij zou kunnen doen als hij zou denken dat Jenn weet waar ze me kan vinden.'

Trevor floot zachtjes. 'Ik realiseerde me niet dat het zo erg was. Maar misschien zou ze hier een poosje naartoe kunnen komen? Tot Kevin…' Hij wist niet goed hoe hij die zin moest afmaken. Gaf zo'n man het ooit op?

Maggie schudde haar hoofd. 'Jenn is gelukkig. Ze heeft een moeilijke start gehad, maar ze is met een geschikte kerel getrouwd. Ze hebben het niet gemakkelijk. Om de een of andere reden heeft Mark er moeite mee een baan te houden. Maar volgens mij is ze echt gelukkig. Na alles wat ze heeft meegemaakt, zou ik het niet wagen haar leven overhoop te gooien. Ik ben blij voor haar, echt waar.' Maggies stem brak.

'Maar ze weet dat het goed met je gaat, toch?'

Maggie schoot in de lach, maar het klonk gekunsteld en niet overtuigend. '*Gaat* het dan goed met me?'

Haar droevige glimlach deed hem pijn aan het hart. Een plek die hij heel lang niet meer verkend had. Niet meer sinds Amy.

'Alleen jij kunt dat weten, Meg. Ik denk dat alles best goed zal komen. Maar mag ik je een goede raad geven?'

Ze haalde haar schouders op.

'Verberg jezelf niet. Wees eerlijk. De mensen hier zullen van je houden zoals je werkelijk bent. Dat is iets waar je nooit bang voor hoeft te zijn.'

Toen kwamen de tranen. Ze probeerde ze in te slikken, maar ze stroomden over haar wangen. Als hij niet achter het stuur gezeten had, zou hij misschien in de verleiding zijn gekomen om haar in zijn armen te nemen en geprobeerd hebben haar te troosten.

Het was waarschijnlijk maar goed dat hij achter het stuur zat.

Toen ze weer bij het hotel waren, sprong hij uit de pick-uptruck en rende om de auto heen om haar portier open te doen. 'Red je het wel, denk je?'

Ze veegde over haar natte wangen, knikte en schonk hem een beverig glimlachje.

'Waarom ga je niet naar je kamer en...'

Ze giechelde. 'Stuur je me naar mijn kamer?'

Het was goed om weer wat vrolijkheid in haar glimlach te zien. 'Zo bedoelde ik het niet.' Hij grijnsde. 'Neem even wat rust. Ga even slapen of fris je wat op of wat dan ook. Ik ga straks verder met schilderen. Je kunt komen helpen zodra je eraan toe bent.'

'Dank je, Trevor. Als je het niet erg vindt, denk ik dat ik eerst even naar de bibliotheek ga voor ze sluiten. Ik wil Jenn e-mailen.'

Hij glimlachte. 'Goed zo.'

Maggie aarzelde. Haar vinger zweefde boven de muis en de cursor wees naar het vakje met Verzenden. Heel even kwam ze in de verleiding alles wat ze geschreven had te wissen en terug te kruipen in haar cocon van angst. Maar ze dwong zichzelf op het knopje te drukken en fluisterde iets wat leek op een gebed toen ze haar e-mail zag verdwijnen en de onmiskenbare woorden op het scherm zag verschijnen. *Uw e-mail is verzonden.*

Ze bleef een hele poos achter de computer in de studienis zitten, erwijl ze zich afvroeg of ze de juiste beslissing had genomen. Ze bleef Trevors bemoedigende woorden maar horen. *Goed zo. Goed zo.* Het leek haast een zegen.

Ze hoopte het maar. Ze had veel gevraagd van haar zus. Ze had haar niet alleen verteld waar ze was, maar ze had Jenn ook de informatie gestuurd die ze nodig had om een kopie van haar geboorteakte en sofinummer aan te vragen. Zodra ze daarvoor gezorgd had en de papieren in handen had, was ze van plan schoon schip te maken en opnieuw te beginnen. Hoe slecht en verward ze ook was, het was te moeilijk om te proberen iemand anders te zijn.

Ze sloot het e-mailprogramma af en schoof haar stoel naar achteren, zich vaag bewust van gefluister achter haar. Toen ze zich omdraaide, zag ze een vlasblond jochie van een jaar of vier naar haar wijzen.

'Zie je wel, mama, ik zei het toch.' Hij stak zijn kin uitdagend naar voren.

De vrouw die naast hem stond had een peuter op haar heup en legde een hand op het hoofd van de jongen om hem tot stilte te manen. Toen werden haar ogen groot. 'O. Je bent het *inderdaad*!' De vrouw had een jongetje en twee kleine meisjes naast zich staan. 'Je zult het je wel niet meer herinneren, maar wij hebben je vorige week ten oosten van de stad een lift gegeven. Ik ben Kaye.'

'Natuurlijk.' Maggie herkende de vrouw die Trevor Kaye De-Vore genoemd had. 'Ik ben Meg. Nogmaals bedankt. Ik weet niet wat ik gedaan had als je die avond niet langsgekomen was.'

'Ach. Er is altijd plaats voor nog iemand. Ik ben blij dat we konden helpen.' Kaye keek Maggie even onderzoekend aan. 'Je hebt zeker familie hier. Ik kan tenminste geen enkele andere reden bedenken om zo lang in Clayburn te blijven.'

'Nee… geen familie. Ik overweeg eigenlijk om hier te gaan wonen. Ik help op dit moment een handje bij de verbouwing van het hotelletje en ben op zoek naar een vaste baan. Weet jij toevallig iemand die hulp nodig heeft?'

Kaye schoot in een vrolijke lach. 'Schat, als ik het me kon veroorloven, zou ik je meteen zelf in dienst nemen.' Haar blik omvatte haar horde kinderen, en de lichte uitstulping onder haar wijd vallende blouse bevestigde wat Trevor had gezegd over de volgende die onderweg was. Kaye schudde haar hoofd. 'Sorry, ik weet niemand. Maar ik zal mijn oren openhouden. Logeer je nog steeds in het hotel?'

Maggie knikte.

'Bofferd die je bent.' Kaye slaakte een zucht. 'Dat klinkt geweldig. En denk niet dat ik er zelf niet van gedroomd heb om een paar dagen in te checken bij Wren om er even tussenuit te zijn.' Ze knipoogde. 'Ik zou zelfs mijn man een nachtje kunnen laten overkomen. Dan zouden we elkaar, *ahum*, opnieuw kunnen leren kennen.'

Maggie voelde haar wangen rood worden, maar er welde een onbekende vreugde in haar op. Alsof ze een nieuwe vriendschap gesloten had. Op haar sporadische telefoontjes met Jenn na had ze geen enkele vriendin meer gehad sinds Kevin haar gedwongen had ontslag te nemen.

'Nou, ik wou dat ik kon helpen. Als ik eenmaal een plekje gevonden heb, kan ik misschien weleens komen oppassen als jij en je man een avondje uit willen.'

Kayes gezicht fleurde op. 'Misschien houd ik je daar wel aan.'

Voor Trevor de volgende middag weer kwam schilderen, glipte Maggie weg voor een wandeling in het park bij de rivier. Het was er vredig en het was een goede plek om na te denken. Terwijl ze in de schaduw van de populieren liep, die langs de onregelmatige oever stonden, dacht Maggie na over haar gesprek met Kaye DeVore. Er begon een ideetje in haar op te borrelen. Als Wren nu eens een bijzondere open dag zou houden ter ere van de afronding van de verbouwing van het hotel en dan mensen uit Clayburn zou uitnodigen om een nachtje te blijven slapen? Ze zou het kunnen aanprijzen als een romantisch weekendje weg of zo.

Het idee liet haar niet los en ze liep er die middag nog steeds over na te denken toen Trevor en zij de laatste laag verf aanbrachten in Wrens eetzaal. Als ze zo'n open huis zouden houden, zouden ze de kamerprijzen voldoende kunnen verlagen om het voor echtparen uit de omgeving betaalbaar te maken. Volgens Trevor was een ritje naar Salina voor een etentje en een bezoek aan de bioscoop met de huidige benzineprijs duurder dan een overnachting in het hotel.

Haar verfroller ging steeds sneller over de muren naarmate de ideeën opborrelden, tot ze zich uiteindelijk verontschuldigde om bij de balie pen en papier te gaan halen. Ze ging ermee aan de enige tafel in de eetzaal zitten en begon driftig te schrijven.

Trevor boog zich over de bovenkant van de trapleer heen. 'Zit je daar een bestseller te schrijven?'

Ze lachte meesmuilend. 'Nee. Maar ik heb volgens mij net een heel leuk idee gekregen.'

'O? Wat dan?'

'Ik weet niet of het iets is waar jij enthousiast over zou zijn, maar…' Ze knipte met haar vingers. 'Je zou *wel* kunnen helpen. Zou je tijd hebben om een paar posters te drukken?'

'Wat voor posters?'

Ze keek even naar hem op, maar gebaarde toen dat hij verder kon gaan. 'Laat maar zitten. Ik moet eerst met Wren praten, maar ik kom erop terug.'

'Goed.'

Ze negeerde zijn geveinsd boze blik en richtte zich weer op haar lijstje. Voor zover ze wist had Wren al eens eerder zoiets geprobeerd om op die manier de zaken in het hotel wat op te krikken. Maar toch voelde ze zich behoorlijk enthousiast. Het zou kunnen werken en dan zou ze zich niet meer zo'n klaploper voelen hier.

Ze krabbelde nog een paar dingen op, vouwde het papier op en stak het in haar zak. Ze schoof haar stoel naar achteren. 'Zal ik het van je overnemen daar?'

Trevor keek vanaf de ladder omlaag. 'Het gaat best hier, tenzij je wilt ruilen.' Hij keek de eetzaal rond. 'We zijn bijna klaar, weet je dat? Nog een dag als deze en dan kun je beginnen aan je sierrand terwijl ik de afwerking doe en de plinten er weer opzet.'

Ze volgde zijn blik. 'Het is mooi geworden, hè?'

'Ja, het is echt mooi geworden. Wren kan haar geluk niet op. Ze zei dat je haar ook aangeboden hebt om te helpen met de aankleding.'

Maggie knikte. Maar ze voelde ook angst opkomen. Het schilderwerk was bijna klaar. Ze zou de sierrand waarschijnlijk ook in een paar dagen af hebben. En dan?

· 34 ·

'Ik kreeg het idee toen ik Kaye DeVore gisteren in de bibliotheek tegen het lijf liep.' Maggie stond voor de balie, waar Wren rekeningen aan het betalen was.

Wren keek op van de telmachine en haar frons van concentratie verzachtte zich toen haar blik die van Maggie ontmoette. 'Ach, Kaye. Altijd even vrolijk, hè?'

'Ja, maar ze vertelde me hoe uitgeput ze is en dat ze geneigd was zelf in te checken in dit hotel. En dat zij en haar man amper tijd voor elkaar hebben met de kinderen en zo. En toen dacht ik: *waarom niet?*' Maggie hoorde hoe ze steeds enthousiaster ging praten terwijl ze haar idee aan Wren uiteenzette. 'We zouden een speciale aanbieding kunnen maken. Het hotel kunnen reserveren voor echtparen uit Clayburn en de omliggende stadjes. Je moet dan natuurlijk wel een weekend uitkiezen dat er nog geen andere gasten gereserveerd hebben...'

'Ha!' Wrens schampere lach onderbrak haar. 'Nou, dat is vrijwel ieder weekend vanaf nu.'

Dat spoorde Maggie aan. 'Het zou een romantisch weekendje weg zijn, een manier voor mannen om hun vrouw te trakteren, of voor vrouwen om hun man te verrassen. En ze hoeven er niet eens de stad voor uit of een fortuin aan benzine uit te geven.' Ze dwong zichzelf lang genoeg haar mond te houden om Wrens gezicht aan de andere kant van de balie aandachtig op te nemen. Wat ze in de lieve, gerimpelde ogen zag, gaf haar hoop.

'Hmmm.' Wren schoof haar stoel naar achteren en maakte haar schort weer vast om haar omvangrijke middel. 'Weet je, met die hoge benzineprijzen zouden mensen dat weleens kunnen overwegen.'

'O, ik weet zeker dat ze dat zullen doen, Wren. Echt. Misschien zou je zelfs een speciale prijs voor het weekend kunnen rekenen inclusief een diner bij kaarslicht op vrijdagavond. We zouden het kunnen aankondigen als een romantische retraite, met een soort open huis om te pronken met de nieuwe eetzaal.'

Wrens schouders schokten van het lachen. 'O, Meg, ik geniet van je enthousiasme. Je zou jezelf eens moeten horen! Je zou haast denken dat je een aandeel hebt in het hotel.'

Maggie kreeg een kleur, omdat het tot haar doordrong dat ze 'we' gezegd had, alsof het hotel van haar was. 'Het spijt me. Het was niet mijn bedoeling...'

'O, lieverd, nee!' Wren gaf haar een klopje op haar arm. 'Ik vind het geweldig dat je zo warm loopt voor het hotel. Deze plek kan wel een creatieve oppepper gebruiken.'

Opgelucht stak Maggie van wal met de andere ideeën waarover ze sinds gisteren had lopen fantaseren. 'En misschien zouden we Trevor zover kunnen krijgen dat hij wat affiches drukt en die her en der in de stad ophangt?'

Wren trok de bureau-agenda naar zich toe en pakte een pen uit de houder. 'Nou, laten we eens een paar data prikken en kijken wat de mogelijkheden zijn. Bart zal misschien een beetje moeilijk doen over alle ophef, maar hij zal uiteindelijk wel overstag gaan.' Ze keek naar Maggie. 'Hoelang denkt Trevor er nog voor nodig te hebben om de hele eetzaal klaar te krijgen? Het laatste wat ik wil is dat we dit plannen en dat hij dan de avond voordat de gasten komen nog over de vloer kruipt om de plinten vast te zetten.'

Maggie schoot in de lach, omdat ze nu al wist wat een lol Trevor zou hebben om Wrens opmerking als ze het hem vanavond vertelde. 'Volgens mij wilde hij binnen een paar dagen klaar zijn met zijn aandeel. En als je zeker weet dat je het niet erg vindt dat ik hier blijf zolang ik aan de sierrand werk, kan ik die waarschijnlijk in een dag of twee, drie af hebben.'

Wren knipte met haar vingers en begon door de agenda te bladeren. 'Ik heb het! We maken er een oogstfeest van. Als we nog een

aar van die warme dagen op rij krijgen, zal de tarweoogst over
en paar weken klaar zijn. Dan zijn de boeren toe aan een verzetje,
un vrouwen zullen er meer dan aan toe zijn en iedereen zal een
eetje geld in zijn zak hebben om uit te geven.'

'Dat is perfect.' Maggie klapte opgetogen in haar handen.

Wren keek even naar de eetzaal. 'O, maar ik moet nog gordijnen
ophangen en alles zit onder het stof…'

'Ik zal je helpen, Wren. Ik wil graag helpen. We kunnen bloem-
stukken maken voor op de tafels…' Ze keek om zich heen in
de hal en kreeg opeens inspiratie. 'Het zal te warm zijn voor een
vuur, maar we zouden de open haard vol kunnen zetten met
kaarsen. Een heleboel kaarsen! Dat zou zo'n romantisch effect
geven.'

Toen ze zich omdraaide, zag ze Wren met een eigenaardige
glimlach naar haar kijken. 'Waarom zou mejuffrouw Meg opeens
zulke romantische ideeën hebben, vraag ik me af? Het heeft toch
niet iets te maken met onze stadstimmerman, of wel soms?'

Maggie zoog met een scherp geluid haar adem in. 'Nee. O, nee.
Helemaal niet. Ik bedoel… Trevor is heel aardig, maar, nou ja, ik
ken hem nauwelijks. We kennen elkaar nauwelijks.'

Wren knipoogde. 'Ik kende Bart Johannsen drie hele weken en
toen wist ik dat hij de ware Jakob voor me was. Soms weet je dat
gewoon.'

Maggie vroeg zich af of Wren wist dat Trevor haar op de hoogte
had gebracht van Jack en Wrens jeugdzonde. Ze durfde er niet
naar te vragen, maar alsof Wren Maggies gedachten gelezen had,
vertelde ze haar verhaal.

Haar gezicht betrok. 'Begrijp me niet verkeerd. Bart en ik zijn
niet halsoverkop getrouwd. We hebben de tijd genomen om elkaar
te leren kennen. Om er zeker van te zijn dat God het er ook mee
eens was dat wij met elkaar zouden trouwen. Ooit heb ik dat niet
aan God gevraagd.'

Ze schudde langzaam haar hoofd. 'Nee, dat is niet helemaal juist.
Ik wist vanaf het begin hoe God erover dacht. Ik… ik wilde er

alleen niet naar luisteren. Wilde mijn eigen weg gaan. Ik was kop
piger dan goed voor me was.'

Ze keek op naar Maggie. 'Ik heb veel mensen pijn gedaan me
mijn dwaasheid.'

Wrens bekentenis stak een beetje. 'Wren…' Maggie sloeg haa
ogen neer, in de hoop dat ze Trevor niet in moeilijkheden zo
brengen. 'Trevor heeft me het een en ander verteld. Hij dacht da
je dat niet erg zou vinden. Hij zei dat Jack… jouw zoon is.'

Wren knikte en keek een andere kant op. 'Hij is mijn zoor
Maar ik heb niet zijn moeder kunnen zijn. Of pas toen hij al vol
wassen was. Ik heb hem van een afstand zien opgroeien en je kun
niet weten wat een vreugde en smart dat tegelijkertijd was. We zijr
een poosje bevriend geweest. Totdat Amy… tot het ongeluk var
Trevors vrouw.'

Haar gezicht betrok nog verder. 'Hij was er helemaal kapot van
En ik raakte hem erdoor kwijt, we raakten hem allemaal kwijt
Het is een van de droefenissen in mijn leven, Meg. Het was al erg
genoeg dat Trevor Amy en Trev verloor. Jack lijkt niet in te zien da
hij Trevors verdriet alleen maar verergerd heeft. Hij is een harde
egoïstische man geworden. Maar uitgerekend ik kan iemand niet
veroordelen omdat hij egoïstisch is. Het was de wortel van mijn
eigen fout. Ik zou er alles voor overhebben om die ongedaan te
maken.'

'Wren! Als iemand niet egoïstisch is, ben jij het wel.'

'O, schat, dat ben ik wel. Dat zijn we allemaal, eerlijk gezegd. Alleen door Gods genade…' Ze schudde haar hoofd. 'Ik ben volwassen geworden.' Wren leek ver weg met haar gedachten.

Maggie wilde een hand op haar arm leggen om haar wat troost
te bieden. Maar ze aarzelde, omdat ze geen inbreuk wilde maken
op Wrens gedachten.

Even later kwam Wren weer tot zichzelf en keerde haar vertrouwde glimlach weer terug. 'En, Meg, sorry als ik je een beetje
op je nek gezeten heb. Je weet wel, over jou en Trevor. Ik be-
schouw mezelf soms als koppelaarster.' Ze schoot in een hartelijke

242

ach. 'Dat heeft me een paar keer in problemen gebracht, maar ik heb ook weleens succes gehad. Heus. Vraag maar aan Kaye en Douglas DeVore.'

Maggie schoot in de lach, opgelucht dat Wren zichzelf weer was. 'Echt?'

Wren knipoogde. 'Die kinderen van hen, ik geloof dat ze er inmiddels een stuk of zes hebben, beschouwen me bijna als hun oma.'

Terwijl ze naar Wren keek, voelde Maggie zich helemaal warm worden. De wetenschap dat deze geweldige, lieve vrouw fouten had gemaakt in haar verleden – dezelfde soort fouten die Maggie gemaakt had – maar toch zo veel vreugde kon vinden in haar leven... dat bood haar hoop.

En moest je eens zien hoeveel de mensen van Wren hielden. Dat was genoeg om Maggie te laten geloven dat ze ooit eenzelfde soort genade zou vinden als die Wren gevonden had.

Wren kwam met de opengeslagen agenda om de balie heen. 'Nou, laten we Bart maar eens gaan opzoeken en kijken of we hem enthousiast kunnen maken voor ons kleine plannetje.'

Maggie schoot in de lach. 'Het is geen klein plannetje, Wren. Ik heb je nog niet eens de helft verteld.'

Wren grinnikte en Maggie liep achter haar aan de trap op, blijer dan ze ooit geweest was.

## · 35 ·

Trevor hield zich met zijn knie in evenwicht tegen de ladder en spijkerde nog een stuk sierlijst tegen het plafond. Het gebabbel van Wren en Meg in de eetzaal onder hem vormde de achtergrondmuziek bij zijn werk. Als hun gekwetter hem niet zo op de lachspieren zou werken, had hij zich er misschien vreselijk aan geërgerd. Ze kakelden als kippen zonder kop en dat deden ze nu al bijna een week, vanaf het moment dat Meg met het idee voor een soort oogstfeest op de proppen was gekomen. Een romantisch weekendje weg voor echtparen.

'We zouden bloemstukjes kunnen maken voor op de tafels,' zei Meg tegen Wren. 'Iets eenvoudigs, maar misschien met kleine tarwe-aren erin, dat past leuk bij het oogstthema.'

Wren slaakte een instemmend kreetje. 'O, ja, Meg! In Barts bloementuin moet tegen die tijd wel het een en ander in bloei staan. Margrieten in elk geval en misschien wat zinnia's voor de kleur.' Het was lang geleden dat Trevor Wren zo enthousiast had horen praten. Meg had een positieve invloed op Bart en Wren.

Ze had ook een positieve invloed op hem. Hij kon zich niet herinneren wanneer hij voor het laatst zo van iemands gezelschap had genoten. Hij haalde een stoffige hand door zijn haar. Nou ja, natuurlijk wel. *Bij Amy.*

Maar door Meg voelde hij zich weer opleven. Klaar om verder te gaan met zijn leven. Hij verheugde zich 's ochtends bij het wakker worden weer op de dag en viel als hij 's avonds thuiskwam als een blok in slaap. Hij had haar dag aan dag dichter bij de waarheid zien komen, dichter bij het begrijpen van Gods liefde voor haar. Wat verlangde hij ernaar dat ze eindelijk de stap zou wagen naar de armen van de Vader.

Maggie draaide in het rond en bekeek de eetzaal alsof ze van plan was hem te gaan omvormen. 'Zouden we er nog een paar tafels bij kunnen krijgen? Dan kunnen we romantische tafeltjes voor twee maken.'

'Allemensen, kind! Hoeveel mensen denk je hierop af te kunnen lokken?'

'Ik denk dat je mensen zult moeten teleurstellen en een tweede weekend zult moeten plannen.'

Wren schoot in een hartelijke lach. 'Nou, dat betwijfel ik, juffrouw Meg, maar je optimisme staat me wel aan.' Ze liep naar de ramen die op Main Street uitkeken. 'Zodra Trevor hier klaar is, gaan we de gordijnen weer ophangen, maar als we dat dineetje hebben, zal het buiten donker zijn. Ik vraag me af wat we met de ramen kunnen doen.'

Trevor riep omlaag: 'Je zou kerstboomverlichting kunnen ophangen.'

Meg en Wren draaiden zich om en keken hem als boze schooljuffen aan.

'Je weet wel, van die gekleurde knipperlichtjes.' Hij maakte een knipperbeweging met zijn vingers. 'Die je in de kerstboom hangt.'

Alsof ze het afgesproken hadden, wisselden Wren en Meg een blik, die ieder ander uitgelegd zou hebben als een van afkeuring, of erger. Maar hij wist wel beter en onderdrukte een glimlach.

Wren zette haar handen in haar zij en keek hem doordringend aan. 'Zeg, jochie, houd jij je nou maar bezig met timmeren en laat de aankleding aan ons over.'

Hij hield zijn lachen in en salueerde. 'Ja, baas.'

Maggie barstte uit in gegiechel en Wren lachte met haar mee. Ze dempten hun stem en begonnen te fluisteren.

Hij stopte met timmeren om Maggies opmerking te kunnen horen.

'Weet je…' Ze keek even in zijn richting.

Hij deed net of hij geconcentreerd bezig was een stuk sierlijst tegen het plafond te passen.

'Niet tegen Trevor vertellen dat ik het gezegd heb, hoor,' fluisterde Meg in Wrens oor, 'maar die kerstverlichting is nog niet zo'n slecht idee.'

'Hé,' schreeuwde hij triomfantelijk, 'dat hoorde ik!'

Nog meer gegiechel. Nog meer gefluister. Hij rolde met zijn ogen, niet dat iemand het zag, en ging verder met zijn werk. Die twee voerden iets in hun schild en kennelijk hadden ze hem daar niet bij nodig.

Maggie werd wakker van een dof geratel op Main Street. Ze tuurde naar de wekker, liet zich uit bed rollen en liep snel naar het raam. Een stoet reusachtige voertuigen, een soort monstertractors, rolde voorbij, gevolgd door een aantal kiepauto's. De gebruikelijke doordeweekse stroom van pick-uptrucks sloot de rij. Dit waren zeker de oogstploegen waar ze zo veel over had horen praten.

Ze kleedde zich vlug aan en liep de gang op om te zien wat er aan de hand was, maar bleef vlak voor de hal staan toen ze Bart en Wren met hun hoofden vlak bij elkaar over de balie gebogen zag staan. Ze leken zich niet bewust van de drukte buiten. Eerst dacht Maggie dat ze aan het bidden waren en ze deed stilletjes een paar stappen naar achteren. Maar toen ze even naar hun zachte stemmen luisterde, begreep ze dat ze het over zaken hadden.

Misschien probeerde Wren Bart nog steeds enthousiast te maken voor het idee van de open dag. Bart had beleefd geluisterd toen Wren en zij hem er vorige week over verteld hadden, maar Maggie had gemerkt dat hij nog zijn bedenkingen had.

Ze draaide zich om en wilde zachtjes naar haar kamer lopen, maar spitste haar oren toen ze haar naam hoorde. Net uit het zicht bleef ze staan.

'Mij maakt het niet uit, Wren.' Barts krant kraakte toen hij hem opensloeg. 'Jij bent degene die altijd alles volgens het boekje wil doen. Ik weet het niet... erkent de belastingdienst betaling in natura?'

Maggie luisterde naar het gerinkel van het lepeltje in Wrens thee, een ochtendmelodie die Maggie net zo vertrouwd was geworden als het tikken van de wekker op haar nachtkastje.

'Ik weet het niet en ik ben niet van plan het te gaan uitzoeken ook.' Wren dempte haar stem en Maggie moest haar uiterste best doen om haar volgende woorden te verstaan. 'En jij ook niet, meneer de wandelende encyclopedie. De belastingdienst kan zeggen wat ze wil, maar als ik een lieve jonge vrouw als gast in mijn huis wil ontvangen, dan doe ik dat en dan laat ik haar blijven zo lang als ik wil.'

Wren had het over haar! Maggie was bijna tot tranen toe geroerd.

'Je moet het zelf weten, Wren. Het is een lieve meid en ik heb er niets op tegen dat ze hier is. Ik wil alleen niet dat je achteraf gewetensbezwaren krijgt als je een beetje moet knoeien met je belastingopgave.'

'Je weet dat ik de wet tot in de puntjes naleef, maar de overheid moet me niet gaan vertellen wie ik wel of niet als persoonlijke gast in mijn huis mag ontvangen.'

Maggie kon zich voorstellen hoe Wren nu helemaal geagiteerd met haar handen op haar heupen stond en met haar ellebogen flapperde alsof het vleugels waren.

'Dat is wel zo,' zei Bart, 'maar je zou er misschien anders over denken als je vermoedens juist zijn dat dit meisje op de vlucht is voor de wet. Of erger.'

Maggie onderdrukte een kreet toen ze dat hoorde. Wren dacht dat ze een soort crimineel was... en toch verdedigde ze haar recht om Maggie als gast in haar huis te hebben? Dat sloeg nergens op.

Maggie sloop terug naar de deur van haar kamer, verontrust door de gedachte dat die arme Wren misschien wakker lag van bezorgdheid dat ze wellicht een voortvluchtige onderdak verleende.

Maggie bleef met haar hand op de deurknop staan. Ze voelde zich schuldig omdat ze hen had afgeluisterd en had nu de behoefte om zich een poosje schuil te houden. Ze zou aan het ontbijt moe-

ten verschijnen en dan moeten doen alsof ze geen woorden ge
hoord had die niet voor haar oren bestemd waren. Nog meer doe
alsof. Ze duwde de deur open.

Jasper miauwde achter haar en schoot haar kamer in voor ze d
deur dicht kon doen. Meg wilde hem naar buiten jagen, maar i
plaats daarvan tilde ze de grote poes op en verborg haar gezicht i
zijn zachte vacht. Een golf van verlangen naar haar eigen kat over
spoelde haar. Ze vroeg zich af of Kevin Piccolo inmiddels de deu
uit had gedaan. Misschien kon ze een manier bedenken waaro
Jenn de kat uit haar flat kon halen.

*Nee. Natuurlijk niet.* Ze zette het idee meteen weer uit haa
hoofd. Ze dacht niet helder na. Als Jennifer de kat zou halen, zou
ze daarmee verraden dat ze wist waar Maggie was. Dat risico kor
ze niet nemen, hoezeer ze Piccolo ook miste. En trouwens, ze had
niet eens genoeg geld voor haar volgende maaltijd, laat staan om
een kat helemaal naar Kansas te laten overbrengen. En waar zou ze
hem moeten laten als ze hem hierheen zou halen? Het hotel was
Jaspers terrein en Maggie vroeg al veel te veel van Wren en Bart
Nu helemaal.

Ze dacht weer aan het gesprek dat ze afgeluisterd had. En ze realiseerde zich één ding: ze *moest* Wren en Bart de waarheid vertellen
– voor ze zo diep verstrikt raakte in een web van leugens, dat ze
niet meer wist hoe ze eruit moest komen.

## 36

Onafhankelijkheidsdag naderde met rasse schreden, maar Maggie had nauwelijks tijd om op te merken dat het stadje zich opmaakte voor de feestelijkheden, omdat Wren en zij onvermoeibaar bezig waren met de plannen voor de open dag die ze Operatie Wrens Nest gedoopt hadden. Bart zag het nu kennelijk ook helemaal zitten en hielp te hooi en te gras mee.

*Te hooi en te gras?* Maggie lachte in zichzelf. Ze begon zelfs te denken als een boerenkinkel!

Maar ze werd weer gauw serieus toen ze zich herinnerde dat ze zichzelf beloofd had een mogelijkheid te zoeken om haar situatie aan het oudere echtpaar op te biechten. Maar met alle drukte leek de kans steeds kleiner dat dat nog voor de open dag zou gebeuren.

De tarweoogst was overal in volle gang en te midden van alle planningswerkzaamheden had Wrens Nest ook nog drie nachten een ploeg oogsters te gast, mannen die met hun enorme maaidorsers van de ene boerderij naar de andere trokken.

'Die kerels zijn het zout der aarde,' zei Wren over de oogstmedewerkers die vanuit Texas overkwamen. Het was de tweede nacht dat de ploeg bleef slapen en zij en Maggie hadden zojuist twee grote bakplaten met kaneelbroodjes in de oven gezet voor het ontbijt van de volgende dag. 'Maar ik ben helemaal niet blij met al het stof en het stinkende zweet dat ze gisteravond met zich meenamen. Heb je hen gezien? Wat waren die smerig, zeg.'

Voor Maggie antwoord kon geven, verscheen Bart in de gebogen deuropening. 'Het stof op die jongens brengt wel geld in het laatje, mevrouw Johannsen.' Hij dook net zo snel weg als hij verschenen was.

Maggie schoot in de lach om zijn geïmproviseerde toespraak. Maar Wrens gezicht betrok en ze veegde haar handen af aan haar schort en liep naar de hal. Maggie hoorde dat ze Bart een kus gaf en hem omhelsde. 'Je hebt zoals gewoonlijk gelijk, Bart. En vergeef me, Vader. Ik neem mijn woorden terug.'

Vanaf de plek waar ze bezig was de keuken schoon te maken kon Maggie het echtpaar niet zien, maar ze wist uit ervaring dat Wren haar ogen opsloeg naar het plafond.

Maggie moest er nog steeds aan wennen dat Bart en Wren zo openlijk hun genegenheid voor elkaar uitten en zo gemakkelijk met God omgingen. Ze spraken niet met de Almachtige alsof het een of ander vaag bijgeloof was, zoals sommige vrienden van haar in New York. Bart en Wren bejegenden God alsof Hij op dat moment bij hen in dezelfde ruimte was. Soms was ze er bijna van overtuigd dat dat ook zo was. Het zette haar aan het denken.

Op de dag dat ze ongewild getuige was geweest van Wrens vermoedens dat 'Meg' op de vlucht was voor de wet, had ze een besluit genomen. Hoewel ze hun misschien niet de hele waarheid vertelde, zou ze geen nieuwe leugens meer op de oude stapelen. Een paar keer had ze wat creatieve afleidingstactieken moeten gebruiken om van onderwerp te veranderen en ze had zich een keer of twee versproken, het was niet gemakkelijk om met oude gewoontes te breken, maar ze leerde eerlijk te zijn tegen deze mensen die zo vriendelijk voor haar waren geweest. En eerlijk tegen zichzelf te zijn.

Ze had haar best gedaan om haar nieuwe eerlijkheid–duurt–het-langstbeleid ook toe te passen op Trevor, maar bij hem bleek dat wat moeilijker. Misschien omdat ze merkte dat ze het, naarmate de dagen verstreken, steeds belangrijker ging vinden wat Trevor Ashlock dacht.

Trevor was nu helemaal klaar met de verbouwing, ongeveer op hetzelfde moment dat zij klaar was met het schilderen van de sierrand. Wren leek met beide prestaties even blij en de opgeknapte eetzaal zag er inderdaad mooi uit, vooral toen Wren en Maggie er de laatste hand aan legden.

Ze was er verdrietig om geweest dat Trevors werk aan de eetzaal, en dus haar excuus om iedere avond tijd met hem door te brengen, en einde liep. Maar ze had zich voor niets zorgen gemaakt. Trevor bleef zich bijna iedere avond als hij klaar was met zijn werk in de drukkerij bij Wren melden en bood de helpende hand bij allerlei klussen die Maggie en Wren voor hem wisten te bedenken.

's Avonds, vlak voordat het donker werd, maakten zij en Trevor wandelingen langs de oever van de Smoky Hill River in het park langs de weg. Hij onderhield haar met verhalen over zijn jeugd, toen hij opgroeide langs de rivier, en door hem leerde Maggie de mensen van Clayburn kennen.

Tijdens al die uren die ze samen doorbrachten raakte Maggie er op een gegeven moment van overtuigd dat Trevor Ashlock precies was wie hij leek te zijn. Anders dan Kevin leek Trevor geen enkele behoefte te hebben om haar onder controle te houden of haar voor te schrijven wat ze moest doen. Af en toe voelde ze zich schuldig als ze besefte hoe open en eerlijk hij altijd tegen haar was.

Hoewel ze tegenover Trevor hetzelfde 'geen-nieuwe-leugens-meer'-beleid had aangenomen als bij de Johannsens, had ze hem nog steeds niet haar hele verhaal verteld. Ze maakte hem deelgenoot van kleine herinneringen uit haar jeugd, de gelukkiger tijden, waarmee ze naging in hoeverre Trevor haar accepteerde. Hij had haar niet teleurgesteld. Ze begreep werkelijk niet wat haar tegenhield. Ze vermoedde dat Trevor wist dat ze niet eerlijk tegen hem geweest was over wie ze was. Toch had hij altijd geduld met haar en drong hij er nooit bij haar op aan meer los te laten dan ze wilde.

Ze wist zeker dat Kevin haar inmiddels bijna vergeten was. En ze verlangde naar de dag, en duchtte die tegelijkertijd, dat ze bij zijn flat zou aanbellen, haar spullen zou ophalen (inclusief Piccolo), en alle banden met dat gedeelte van haar leven zou doorsnijden.

Ze had met plezier de taak op zich genomen om de gastenkamers van het hotel van onder tot boven schoon te maken. Op Wrens aanraden hielden ze een grote schoonmaak, die volgens Wren allang had moeten worden gehouden. Ondanks de 'vieze' oogstploeg kon Maggie geen spoortje vuil ontdekken in de kamers. Maar ze ging er niet tegenin. Bart en Wren hielden vol dat ze haar kost en inwoning en nog wat zakgeld verdiende en Maggie was niet in de positie om daartegen te protesteren.

Gistermiddag had Bart Wren en Maggie meegenomen naar Salina om inkopen te doen en vandaag zat Wren nieuwe gordijnen voor de ramen van de eetzaal te naaien op haar kleine zwarte Singernaaimachine. Eén paar was al klaar en hing voor de pasgeverfde ramen. De rood-witgeblokte stof stak fris af tegen de goudgele wanden. Maggie liet haar blik door de ruimte dwalen en ze herinnerde zich hoe die er eerst had uitgezien.

Nu straalde de ruimte warmte uit. De kronkelende sierrand die ze boven de gebogen deuropening en boven de ramen had geschilderd, keerde terug in het patroon van Wrens antieke serviesgoed. Opnieuw ingelijste prenten van kippen en hanen aan de wanden maakten de inrichting compleet.

Op Trevors aanraden had Jackson Linder de prenten ingelijst. Wren was met Jack gaan praten en aan haar joviale geneurie te horen op de ochtend dat ze met de ingelijste prenten thuiskwam, vermoedde Maggie dat Wren blij was met het resultaat van haar bezoek aan haar zoon. Maar Wren had er verder niets over gezegd en Maggie had er niet naar willen vragen.

Maggie had Jack gebeld, nadat ze serieus begonnen was met het plannen van Operatie Wrens Nest en had hem gezegd dat ze voorlopig fulltime in het hotel werkte. Er werd met geen woord meer over gesproken dat ze in de galerie zou gaan werken. Daar was ze dankbaar voor, omdat ze de breekbare band die weer tussen Wren en haar zoon leek te ontstaan, niet in gevaar wilde brengen.

De belletjes aan de voordeur rinkelden op een manier die Maggie was gaan herkennen als die van Trevor. Ze glimlachte. Die man deed nooit gewoon een deur open. Hij maakte zijn entree. En haar hart maakte er altijd een gek sprongetje door.

'Waar is iedereen?' Trevors stem werd gevolgd door het geluid van het openen van de stenen koekjespot.

'Waar denk je?' riep Wren, terwijl ze Maggie een veelbetekenend knipoogje gaf. 'Ik zei toch tegen je dat ik die koekjes daar
niet had moeten laten staan.'

Trevor verscheen kauwend op een koekje in de gebogen deuropening. Maggie legde haar hand op Wrens arm en wees toen naar
Trevor. 'Ik reserveer hem voor vanmiddag, goed?'

Wren keek op van haar naaimachine. 'Wat voer je in je schild?'

'Ik wil een ontwerp maken voor de poster. Als we die niet dit
weekend afdrukken en ophangen, wordt het voor mensen te laat
om plannen te maken.'

'Daar heb je waarschijnlijk gelijk in.' Wren knipoogde weer.
'Goed dan. Je mag hem hebben.'

Trevors blik schoot heen en weer tussen Maggie en Wren. 'Eh…
neem me niet kwalijk. Heb ik nog iets te zeggen over mijn eigen
lot?'

'Nee,' zeiden Wren en Maggie tegelijkertijd.

Trevor barstte in lachen uit en sloop met veel vertoon terug naar
de hal om nog een koekje te pakken, maar Maggie zag de glimlach
die om zijn mond speelde. Ze werd er helemaal blij van.

Hij was in een paar tellen terug. De koekkruimels kleefden aan
zijn onderlip. Maggie wilde haar hand uitsteken om ze weg te ve-
gen, maar hield zichzelf tegen voor ze hen allebei in verlegenheid
zou brengen.

Hij schonk haar een glimlach waardoor ze bijna dacht dat hij
wist wat ze van plan was geweest. Hij trok een stoel onder een van
de tafels vandaan, draaide hem om en ging er schrijlings op zitten.
'Wat had je in gedachten voor die poster?'

Maggie ging vlug haar schetsblok halen en ging tegenover hem
aan de tafel zitten. Ze liet hem het ontwerp zien dat ze gemaakt
had. 'Ik kon me de naam van een aantal lettertypes die ik in gedachten had, niet meer herinneren. Het zou er beter uitzien als ik
het op de computer had kunnen doen.'

'Nou ja, we kunnen naar de drukkerij gaan als je dat wilt.'

'Echt? Dat zou geweldig zijn.'

'Tuurlijk.' Hij stond op en zette in een vloeiende beweging d
stoel weer op zijn plek. 'Als we het vanavond af kunnen krijger
kan ik ze morgen afdrukken. Ik heb wat klussen die morgen eers
gedaan moeten worden, maar na de lunch heb ik wel tijd. He
hoeft niet lang te duren.'

Haar hart sprong op van blijdschap. Ze herinnerde zich hoe he
gevoeld had als ze op haar werk met een leuk project bezig wa
geweest.

Ze legde een hand op Wrens schouder. 'We gaan je verlaten. I
dat goed?'

Wren keek op van haar naaiwerk en gaf met een handgebaar te
kennen dat het goed was. 'Gaan jullie maar. Ik ben hier nog we
even mee bezig.'

Maggie liep naar de deur, maar Wren draaide haar stoel met een
ruk om en liet het gordijn op de naaimachine aan zijn lot over
'Vergeet niet erop te zetten dat er zowel een diner als een ontbijt
bij inbegrepen is.'

'Ik zal eraan denken.'

Wren stak een vinger op. 'O, en zorg ervoor dat je erbij zet dat
het een diner *bij kaarslicht* is.'

Maggie tikte op het schetsboek onder haar arm en verborg een
glimlach. 'Het staat er allemaal in, Wren. Alles waar we over gepraat
hebben.'

'Je hoeft niet voor ons op te blijven,' riep Trevor, terwijl hij de
deur van de hal met een samenzweerderige grijns opendeed en
Maggie met een hand op haar rug naar buiten leidde.

'Maak het niet te laat voor haar, Trevor. Ik laat haar al veel te
hard werken.'

Trevor rolde met zijn ogen en Maggie lachte naar hem. Ze had
nog nooit zo sterk het gevoel gehad dat ze ergens thuishoorde.
Alsof ze een plek had die echt haar thuis was.

Kon dat gevoel maar altijd blijven duren.

## 37

Trevor deed het licht in zijn kantoor aan en zette zijn computer aan. 'Wil je iets drinken?'

Maggie stond bij de deur, met haar armen om haar schetsboek gevouwen. Ze drukte het tegen zich aan alsof het een kogelvrij vest was.

'Straks misschien.' Ze lachte nerveus. 'Mij kennende zal ik het waarschijnlijk over het toetsenbord gooien.'

'O, nee.' Hij grijnsde. 'Dat doet Mason al.'

'Mason?'

'Die student die voor me werkt. Dat is een ongelooflijke kluns. Geen enkel apparaat is veilig als Mason Brunner er binnen een straal van tien meter in de buurt is.' Hij trok zijn bureaustoel naar achteren en klopte op de zitting. 'Ga zitten. Ik zal je even op gang helpen.'

Ze ging zitten, terwijl hij een kruk pakte en naast haar ging zitten. Hij boog zich over haar heen, klikte het fotobewerkings-programma aan en opende een nieuw document. 'Je hebt al eerder met dit programma gewerkt, hè?'

Ze keek hem over haar schouder heen aan en trok een gezicht. 'Het is wel een tijdje geleden.'

'Het schiet je wel weer te binnen.'

Ze legde haar schetsboek links van haar open op het bureau en nam aarzelend de eerste regels informatie over op de computer. 'Eens even kijken… kan ik hier lettertypes uitkiezen?' Haar vinger zweefde boven de muis.

Hij tuurde over haar schouder naar het scherm. 'Ja. En als je de grootte wilt veranderen, dan moet je hiernaartoe.' Hij wees.

'O, ja. Nu weet ik het weer.' Ze typte verder, waarbij ze van haar aantekeningen naar het scherm keek. Na een paar minuten keek ze stralend naar hem op en zei met verbazing in haar stem: 'Je hebt gelijk. Het schiet me *inderdaad* weer te binnen.'

'Vind je het goed als ik even een paar dingetjes ga regelen in de drukkerij?'

'Ja, hoor.'

'Geef maar een gil als je het niet meer weet.'

Ze knikte afwezig en zat alweer met haar hoofd over het toetsenbord gebogen te klikken en de cursor te verplaatsen.

Toen hij tien minuten later terugkwam, staarde hij naar het indrukwekkende grafische ontwerp op het beeldscherm. Op de een of andere manier had ze een grillige, geometrische gelijkenis van Wrens Nest gecreëerd en daar de letters op kunstzinnige wijze omheen geschikt. Haar keuze van lettertypes was perfect en het resultaat was opvallend en kleurig. 'Hé, dat ziet er fantastisch uit!'

Ze rolde haar stoel naar achteren en keek met half dichtgeknepen ogen naar haar werk. 'Het is best mooi geworden, hè? Ik ben lang niet zo veel vergeten als ik vreesde. Het is net zoiets als fietsen.' Ze giechelde. 'Nou ja, dat denk ik. Dat heb ik ook heel lang niet gedaan. Maar dit is eigenlijk best leuk.'

'Geef maar een seintje als je iets klaar hebt om uit te printen. Dan testen we er eerst een paar uit op de printer voor we zijn grote broer opstarten.'

'Ik ben bijna klaar. Laat me nog even een paar kleine dingetjes aanpassen, en wil jij dan even kijken of ik soms iets vergeten ben? Of dat je iets aan de kleur wilt veranderen?'

Hij stak zijn handen in een gebaar van overgave omhoog. 'Ik pieker er niet over. Jij bent de kunstenaar. Ik ben hier alleen maar de klusjesman.'

Drie kwartier later schoof ze haar stoel naar achteren en rolde opzij, zodat hij het resultaat van haar inspanningen kon zien.

'Ongelooflijk. Laten we hem een keer uitprinten en eens kijken hoe het eruitziet.'

Ze stond op om hem in de bureaustoel te laten plaatsnemen. Zodra hij zat, ging ze op de kruk naast hem zitten en keek toe wat hij deed. Haar nabijheid verwarde hem, op een heel prettige manier. Ze rook naar verf en naar het hotel en naar iets heerlijk bloemigs en vrouwelijks. Haar shampoo? Hij vocht tegen de aandrang om zo dicht bij haar te gaan zitten dat hij er een vleugje van zou kunnen opsnuiven, terwijl de printer ratelend opstartte.

Ze liep achter hem aan naar de printer in de hoek en ze bogen zich over het apparaat om te wachten tot de eerste poster eruit rolde.

Zo bleven ze een paar minuten zonder iets te zeggen staan. De printer draaide en zoemde, maar het papier ging er in een frustrerend langzaam tempo doorheen. 'Het duurt een poosje om iets in kleur uit te printen,' legde hij uit, terwijl hij wegliep bij de printer. 'Hé, wil je gebruikmaken van internet? Om je e-mail te checken of zo?'

Haar gezicht klaarde op. 'Kan dat hier?'

'Natuurlijk. Ik zal het je laten zien.' Hij nam haar even opmerkzaam op. 'Heb je… al iets van je zus gehoord?'

Maggie schudde haar hoofd en de glans verdween uit haar ogen.

Hij had er onmiddellijk spijt van dat hij iets gezegd had. 'Nou ja, misschien is er vanavond iets.' Hij hoopte vurig dat hij haar geen valse hoop bood.

Hij maakte verbinding met internet, opende een browser en bood Meg toen zijn stoel aan. Ze ging zitten en typte iets in. Hij liep terug naar de printer om haar wat privacy te geven.

Even later zag hij haar wenkbrauwen omhooggaan. Ze hapte even naar adem en er gleed een blijde glimlach over haar gezicht.

'Heb je iets ontvangen?'

De lach op haar gezicht werd breder en ze keek zijn kant op. 'Ja. Van Jenn.'

'Mooi zo.'

Hij zag de uitdrukkingen op haar gezicht veranderen als een

zonsondergang: van hoopvol enthousiasme naar sombere onzeker-
heid tot iets wat hij niet helemaal kon duiden. 'Is alles goed?'

Ze keek op alsof ze was vergeten dat hij in dezelfde ruimte was.
'Ik… ik denk het wel.'

Meer zei ze niet. Hij wees naar de voorkant van de winkel. 'Ik
ga even naar voren. Ik ben zo terug.'

Hij liet de deur van zijn kantoor op een kiertje staan en liep
naar de winkelruimte. Omdat het daar donker was, kon hij Megs
silhouet zien door het glas dat de twee ruimtes van elkaar scheidde.
De jaloezieën waren dicht, maar gekanteld in een hoek die het
interieur van zijn kantoortje zichtbaar maakte. Hij zag dat Megs
schouders een beetje in elkaar gezakt waren. Ze moest bericht
hebben gehad van de zus, van wie ze duidelijk hield. Had er slecht
nieuws in de e-mail gestaan?

Plotseling drong het tot Trevor door dat het nieuws dat Meg
ontvangen had, misschien wel haar vertrek uit Clayburn zou betekenen. Weg bij hem.

Hij snoof de geuren van de winkel op: inkt, papier, stof. Meestal
verkwikten die hem.

Hij kende Meg pas een paar weken, maar op de een of andere
manier had hij het gevoel dat ze al hun hele leven vrienden waren. Ondanks het feit dat ze nog niet haar diepste gedachten met
hem gedeeld had. Eerlijk gezegd was hun relatie tamelijk eenzijdig,
waarbij hij het grootste deel van het praten voor zijn rekening nam
en zij, nou ja, dingen voor hem verzweeg. Dat wist hij en toch had
hij er alle vertrouwen in dat ze hem te zijner tijd de waarheid zou
vertellen.

Vreemd genoeg had hij, terwijl hij de afgelopen paar weken
tijd met Meg had doorgebracht, veel aan Amy gedacht. Dat durfde
hij Meg natuurlijk niet te vertellen. Niet bepaald de manier om
het hart van een meisje te winnen. En hij zou Meg waarschijnlijk
nooit kunnen doen begrijpen dat het een goede zaak was geweest,
zijn denken aan Amy.

Hij had de afgelopen paar dagen dingen losgelaten die hij allang had moeten loslaten. Ook al was Amy al twee jaar dood, tot nu toe had hij nog geen afscheid genomen. Niet echt.

Grappig. Hoezeer hij ook geleden had onder het verlies van zijn zoon, hij had ten slotte ruimte in zijn hart toegestaan voor de mogelijkheid van een nieuw kind, een ander jongetje of meisje, om ooit van te houden. Hij had zijn hart geopend voor de kinderen in het kinderdagverblijf.

Maar tot hij Meg ontmoette was hij niet in staat geweest een plek in zijn hart vrij te maken voor een andere vrouw. Hoe Meg Anders het gepresteerd had om dat voor elkaar te krijgen, wist hij niet. Het maakte hem een beetje bang, omdat hij niet met zekerheid kon zeggen of ze over een jaar nog in zijn leven zou zijn, of zelfs over een week. Het was niet gemakkelijk om te wachten. Om geduldig te zijn terwijl God in Megs leven aan het werk was.

Maar hij had een bepaald gevoel... een goed gevoel.

Hij was vergeten hoe die vrede aanvoelde. Dit overweldigende gevoel van welbevinden. Hij hoopte vurig dat hij het ooit zou kunnen delen met de vrouw die op zijn bureaustoel zat. Hij wilde dat ze wist hoe geweldig dat was.

· 38 ·

'Meg?' Maggie hoorde Wrens stem door de deur van haar kamer heen en deed hem snel open. Wren stond daar met een eigenaardige uitdrukking op haar gezicht.

'Wren? Wat is er aan de hand?'

'Er is iemand aan de telefoon die naar ene Maggie Anderson vraagt. Weet jij daar toevallig iets van?'

Maggie hield haar adem in en haar wangen werden vuurrood. Ze ontweek Wrens blik. 'Wie is het?'

Wren schudde haar hoofd. 'Dat wilde ze niet zeggen.'

Maggie liep achter Wren aan naar de hal en pakte de hoorn van de balie.

'Ik ben in de keuken,' zei Wren geluidloos, terwijl ze naar de gebogen deuropening wees.

Maggie bracht de hoorn naar haar oor. 'Hallo?'

'Maggie!'

'Jenn! Is alles goed met je?'

'Ja, het gaat prima. Maar waarom noemde die vrouw je Meg? Ze verbrak bijna de verbinding.'

Maggie zuchtte. Ze had Jenn nooit verteld dat ze onder een valse naam door het leven ging. Pas gisteravond in Trevors kantoortje had ze Jenn het adres van het hotel doorgegeven, zodat ze haar zou kunnen schrijven en hopelijk haar nieuwe identiteitsbewijs zou opsturen. Jenn moest het telefoonnummer van het hotel opgezocht hebben.

O, wat moest Wren nu wel niet denken? Maggie had het een en ander uit te leggen als ze de telefoon ophing.

Ze keerde haar rug naar de eetzaal en dempte haar stem. 'Waarom bel je, Jenn? Gaat het echt goed met je? O, het is zo fijn om je stem te horen.'

'Ja, jouw stem ook. Wat is er aan de hand, Maggie? Wat doe je ▌aar? Je zei dat je in veiligheid was. Maar waarom ben je…'

'Ik *ben* in veiligheid, Jenn.' Maggie merkte dat haar zus bijna in ▌ranen was en ze was bang dat ze zelf ook zou instorten. Ze draaide ▌et telefoonsnoer om haar pols. 'Het is te veel om nu allemaal uit ▌e leggen. Maar alles is goed met me. Echt. Bart en Wren zijn ge- ▌veldig. Maar ze weten niet…' Waar moest ze beginnen als ze haar ▌eugens wilde ontwarren? 'Ik heb hun nog niet alles verteld. Ik leef ▌u min of meer onder een andere naam.'

'Waarom?' Jenns stem ging een octaaf de hoogte in en Maggie ▌ield de telefoon even een stukje van haar oor vandaan.

'Ik was bang. Ik wilde gewoon opnieuw beginnen.' Ze liep zo ▌ver weg als het telefoonsnoer toestond. 'Ik was bang dat Kevin me ▌zou vinden en…'

'Volgens mij probeert hij dat, Maggie.'

Het bloed stolde in haar aderen. 'Wat? Waarom denk je dat?'

'Mark heeft geprobeerd je spullen op te halen.'

Maggie hapte naar adem. 'Echt? O, Jenn, jullie moeten bij hem uit de buurt blijven. Het is te gevaarlijk. Wat is er gebeurd?' Ze hield haar adem in, terwijl ze op Jenns reactie wachtte.

'Mark zei dat Kevin hem zover probeerde te krijgen dat hij hem vertelde waar je was.'

'Hij heeft toch niets gezegd, hè?' Ze hield haar adem in.

'Nee. Natuurlijk niet. Hij heeft geen flauw idee. Maar hij gooide Mark bijna de flat uit. Hij zei dat hij je spullen weg- gedaan had. Mark geloofde hem niet, maar hij wilde niet verder aandringen.'

Maggie liet haar adem ontsnappen. 'Blijf bij hem uit de buurt, Jenn. Ik meen het. Er is daar niets wat ik niet kan missen.'

'En je identiteitsbewijs dan? Heb je je rijbewijs en je geboorte- akte en zo niet nodig voor je werk?'

'Komt tijd, komt raad. Het enige wat Kevin heeft, waar ik om geef, is Piccolo. En het is het niet waard om…'

Jenn gaf een gil. 'Ik *heb* Piccolo, Maggie! Hij is hier!'

'Echt? Maar hoe dan?' Ze durfde niet te geloven dat het waar was.

Jenn zei met een lachje: 'Kevin liep achter Mark aan naar de auto en gooide Piccolo op de achterbank.'

'Nee!'

'Ja. En je weet hoeveel Mark van katten houdt. Je mag blij zijn dat hij hem onderweg naar huis niet op straat gezet heeft.'

Maggie glimlachte om het sarcasme in de stem van haar zus en begon toen te stralen toen het tot haar doordrong. *Piccolo is in veiligheid.* Ze wilde iemand om de nek vliegen. 'O, Jenn, dank je wel. En zeg tegen Mark dat ik bij hem in het krijt sta.'

'O, geloof me, dat weet hij. Eerlijk gezegd denk ik dat hij van dat beestje begint te houden.' Jenns gegiechel was aanstekelijk.

Ze praatten nog een poosje verder, tot Maggie Wren in de keuken hoorde. 'Ik moet nu echt ophangen, Jenn. Maar ik ben blij dat je gebeld hebt. Het is fijn om je stem te horen.'

'Ja, ik vond het ook fijn. Pas goed op jezelf.' De stilte hing tastbaar tussen de kilometers telefoonkabel die hen verbond. 'Ik hou van je, Mag.'

Maggie legde een hand op haar hart. 'Ik ook van jou, Jenn.'

Ze legde de hoorn op de haak en kneep haar ogen stijf dicht tegen de tranen. Die woorden hadden Jenn en zij nog nooit tegen elkaar gezegd, in elk geval niet als volwassenen. Ze had ze in brieven geschreven en had altijd geweten dat Jenn van haar hield... en aangenomen dat haar zus wist dat zij ook van haar hield. Maar het voelde goed om het te zeggen.

Maggie haalde diep adem. Nu. Nu moest ze met Wren praten.

Ze liep naar de eetzaal en bleef in de deuropening staan, terwijl ze zich afvroeg of Wren wel met haar wilde praten. 'Wren?'

Wren draaide zich om van de gootsteen, waar ze tot aan haar ellebogen in het sop stond. Was dat teleurstelling in haar ogen?

Maggie boog haar hoofd. 'Kan ik even met je praten?'

'Heel graag, schat.' Wren droogde haar handen af en liep om het werkblad heen naar de eetzaal. Ze schoof een stoel bij een van de afels naar achteren en klopte op de stoel naast haar.

'O, Wren.' Maggie barstte in tranen uit en zakte in elkaar tegen Wrens zachte lichaam. 'Het spijt me zo.'

Wren sloeg haar armen om haar heen, zoals ze dat ook gedaan had toen ze terugkwam van het busstation, en liet haar huilen. 'Kom, kom,' kirde ze, alsof Maggie weer een klein meisje was. 'Niets is zo erg dat je het me niet kunt vertellen.'

'Ik ben een grote bedrieger! Een vieze, vette bedrieger.'

Wren grinnikte zo dat Maggie zich eerder geliefd dan gestraft voelde. 'Als je iets niet bent, is het wel vet. Wat is er aan de hand, Meg? Waar ben je voor op de vlucht?'

Ze kreeg zich weer onder controle en snufte, niet wetend waar ze moest beginnen. 'Mijn hele leven hier in Clayburn is één grote leugen geweest, Wren.' Bij stukjes en beetjes biechtte ze alles op, beginnend bij de autodiefstal en haar vlucht voor Kevin Bryson. 'Die lieve oude vrouw gaf me geld… veel geld. En ik heb het aangenomen. Zo heb ik voor mijn eerste nacht hier betaald. Ik weet niet eens hoe ik haar terug moet vinden om haar terug te betalen.'

'Misschien kunnen we haar wel vinden,' zei Wren zachtjes.

'Je begrijpt het niet. Het gaat niet alleen om haar. Ik heb me met leugens het land door gewerkt. Ik vertelde mensen datgene waarvan ik dacht dat het me een lift zou opleveren, of een maaltijd. Het was niet mijn bedoeling om te liegen, Wren. Het *gebeurde* gewoon en toen kon ik er niet meer mee ophouden. Ik heb tegen jou gelogen! En tegen Bart… Trevor… *iedereen!* Over zo veel dingen. Over alles, eigenlijk.' Ze barstte weer in tranen uit.

Ze vertelde Wren over haar vlucht uit het supermarktje, over het laten zitten van de Blakely's en over de nacht die ze doorbracht in het speeltuintje in Kansas City, doodsbang dat de politie achter haar aan zat, maar nog banger dat Kevin haar zou vinden.

Haar druppelsgewijs begonnen biecht werd een stortvloed en haar leugens werden stuk voor stuk aan het licht gebracht en weggespoeld. Toen al Maggies tranen waren opgedroogd, wist Wren alles. *Alles.* Terwijl ze diep inademde, wilde Maggie zich terugtrekken, bereid om de straf die ze verdiende onder ogen te zien.

Maar Wren liet haar niet los. Haar armen sloten zich alleen maar nog vaster om Maggie heen. En op dat moment begreep Maggie het oude spreekwoord dat de waarheid een mens vrijmaakt.

· 39 ·

Op de zaterdag na Onafhankelijkheidsdag, vier weken nadat Maggie in Kansas aangekomen was, zwiepte er een harde wind door Clayburns Main Street. Maggie keek door de ramen van de hal naar de digitale thermometer op de Clayburn State Bank, waar de graden opliepen alsof het minuten waren. *32… 33… 34…* Tegen twaalven zou het kwik een snikhete 38 graden bereiken. De airconditioning stond al bijna de hele ochtend aan en nog steeds veegde ze om de vijf minuten het zweet van haar gezicht.

Ze was vergeten haar wekker te zetten en het was bijna acht uur toen ze uit bed kwam. Trevor had beloofd vanmorgen langs te komen om haar te helpen met het verspreiden van een nieuwe stapel posters voor Operatie Wrens Nest. Nadat Trevor en zij die eerste proefposter hadden afgedrukt, was ze met een slim idee voor een grootscheepse advertentiecampagne op de proppen gekomen.

'Je pakt het meteen groot aan, hè?' zei Trevor plagend toen ze hem haar idee voorlegde.

Maar het leek te werken. De posters van de eerste week hadden de tongen losgemaakt en de mensen nieuwsgierig gemaakt naar de open dag van Wrens Nest. In de tweede week had ze de posters vervangen door andere, die wat meer bijzonderheden onthulden. De posters van vandaag waren een zorgvuldig bewaard geheim, waarop nauwkeurig omschreven werd wat Operatie Wrens Nest inhield.

Wren had al reserveringen voor vijf kamers in het weekend van het open huis en veel verzoeken om informatie. Het stadje had gegonsd van vragen over het geheimzinnige evenement. Wren was dolenthousiast en zelfs Bart was tevreden.

Nu, om negen uur, ging Maggie als een wervelwind door het

hotel. Ze hadden vannacht gasten gehad, het staartje van de oogst ploegen, en Bart was de laatste groep aan het uitchecken bij d balie. Voor vanavond had Wrens Nest een reservering voor no; eens twee kamers ontvangen: een uit zes personen bestaand gezii dat op vakantie was. Dat betekende een heleboel was en beddei die opgemaakt moesten worden.

Maggie ging op zoek naar Wren om te zien waarmee ze koi helpen voor ze wegging om de posters op te hangen. *Kom alsjeblief niet te vroeg, Trevor.*

In de hal verzamelde ze vuile koffiekopjes, die ze meenam naa: de keuken. Wren lag op haar knieën voor de gootsteen, waar ze bezig was met het vervangen van de oude handgrepen van alle laden en kastjes. 'Hé, die zien er leuk uit, Wren. Zal ik het voor je afmaken? Sorry dat ik me verslapen heb.'

Wren keek op met de schroevendraaier in haar hand en een knalrood hoofd van de inspanning. 'Ik ben bijna klaar. Sommige van die oude handgrepen zijn bijna doorgeroest.' Ze gaf het kastje waar ze mee bezig was een flinke tik met haar vlakke hand.

'Zorg nou maar dat je niet ziek wordt door te hard te werken. Je ziet er moe uit.'

Wren lachte en wuifde Maggies opmerking weg. 'Ik *ben* ook moe. Maar ik ben weleens eerder moe geweest en dat heb ik ook overleefd.'

'Trevor en ik zijn rond een uur of twaalf terug. Ik zal de bedden opmaken als ik terug ben. Zal ik bij het café langsgaan en een paar salades meenemen voor de lunch? Ik trakteer.'

Wren had haar gisterochtend een briefje van vijftig gegeven, salaris voor haar werk aan Operatie Wrens Nest, en Maggie voelde zich een beetje schuldig. Ze had geprotesteerd dat kost en inwoning meer dan genoeg waren voor wat ze had gedaan, maar ze had er niet echt een punt van gemaakt. Het voelde goed om weer wat geld in haar zak te hebben, geld dat ze in het zweet haars aanschijns verdiend had.

Het bleef haar verbazen hoe ze bijna een maand had weten te

verleven met amper een cent op zak. Met haar gezellige kamer ier bij Wren, haar gratis maaltijden en het leven in een stadje dat aar alle vertier bood dat ze maar wenste, had ze alles wat ze nodig ad.

Vorige week had ze nog een stel kleren en een paar sandalen ge-ocht in een tweedehands kledingzaak in Salina en de laatste keer lat zij en Wren in Salina waren om boodschappen te doen, was ze ich zelfs te buiten gegaan aan een set goedkope aquarelverf. Ze oelde zich rijk. 'Wat vind je daarvan… van salades? En is Bart hier net de lunch?'

'Nee, hij eet vandaag met zijn vrienden in het ouderencentrum. Houd jij je geld nu maar in je zak, Meg. Er staan nog wat restjes van gisteren in de koelkast. Als je het niet erg vindt, kunnen we die kip gewoon koud eten. Dan hoef ik niet eens de oven aan te doen. Er is genoeg, dus zeg maar tegen Trevor dat hij mee kan eten als hij wil.'

Maggie glimlachte. 'We zullen wel zien. Neem jij nu maar even pauze, dan maak ik dat wel af.'

Wren trok zich overeind aan de rand van het aanrecht. 'Zullen we allebei even pauze nemen? Hoe laat komt Trevor?'

Maggie keek op de klok. 'Hij kan elk ogenblik komen.'

'Ga zitten dan.' Wren wees naar de tafel.

Ze ploften allebei neer op een stoel bij de kleine ontbijttafel en bleven even zwijgend zitten, genietend van de rust. Maggie liet haar blik door de aantrekkelijke ruimte dwalen, terwijl ze eraan terugdacht hoe zij en Trevor elkaar hadden leren kennen toen ze deze muren schilderden. Ze stond versteld van de verandering die de ruimte ondergaan had in de weken dat ze in het hotel woonde. Op de een of andere manier voelde ze zich thuis doordat ze deel uitgemaakt had van het proces.

Haar blik bleef rusten op Wren en ze glimlachte naar haar, ter-wijl ze terugdacht aan de avond dat ze al haar geheimen verteld had. 'Ik hou van deze ruimte.' Op de een of andere manier kon ze de woorden nog niet zeggen, maar wat ze eigenlijk bedoelde was

dat ze van *Wren* hield. En van Bart. En van haar nieuwe leven i
Clayburn. Wat een last was er die avond van haar afgevallen toen z
Wren alles opgebiecht had.

Kon ze nu maar de moed opbrengen om Trevor ook alles t
vertellen. Wren had haar verzekerd dat hij het zou begrijpen. Da
hij haar zou vergeven.

Maggie dacht dat hij haar waarschijnlijk inderdaad zou vergever
Maar ze betwijfelde ook of hij haar ooit nog zou willen zien als z
hem eenmaal verteld had dat haar leven hier één grote leugen wa
geweest. Dat was een mogelijkheid die ze nu eenvoudigweg nie
onder ogen kon zien. Ze had het open huis als excuus gebruikt er
zichzelf beloofd dat ze het hem daarna zou vertellen. Het was nu
allemaal te hectisch. Vooral met gasten in het hotel.

Zoals iedere week nodigde Wren Maggie uit om de volgende
dag mee te gaan naar de kerk. Wren oefende nooit druk op haar
uit en bezorgde haar nooit een schuldgevoel als ze de uitnodiging
afsloeg. Maar nu ze Wren alles opgebiecht had, voelde ze zich nog
schuldiger, of misschien was *overtuigd van schuld* een betere uitdrukking. Ze zou echt moeten gaan, uit respect voor Bart en Wren.
Maar ze leek de moed niet te kunnen opbrengen. Ze dacht niet
dat God mensen met een bliksemschicht zou treffen voor zonden
zoals zij die begaan had, maar ze wilde Hem nu ook niet bepaald
op de proef stellen.

Ze trok een rimpel in haar voorhoofd en wreef over haar slapen
omdat er in haar onderbewuste nog een knagende angst zat. *Jenn.*
Jenn en zij hadden elkaar verscheidene keren gemaild sinds de dag
dat haar zus naar het hotel gebeld had. Jenn leek oprecht blij voor
haar en ze waren er zelfs over gaan fantaseren dat Jenn en Mark
haar zouden komen opzoeken. Ze durfde ervan te dromen dat ze
Piccolo misschien toch naar Kansas zou kunnen halen.

Maar het was nu al vijf dagen geleden dat ze iets gehoord had
van Jenn. Ze checkte haar e-mail iedere dag, ofwel in de bibliotheek, ofwel in Travis' kantoortje, en er was alleen maar junkmail in
haar inbox verschenen. Maar Jenn had in haar laatste e-mail gezegd

dat er wat problemen waren met de computers op haar werk en dat ze hun veiligheidssysteem moesten vernieuwen. Dat was waarschijnlijk de reden dat ze niets gehoord had.

Een beweging buiten het raam van de eetzaal haalde haar uit haar dagdroom. Trevors pick-uptruck stopte op een parkeerplek op Main Street. Zijn gespierde gestalte stapte uit de cabine.

Wren wierp haar een glimlach toe. 'Aan de blik in je ogen te zien is Trevor Ashlock zojuist gearriveerd.'

Maggie beantwoordde haar glimlach.

Wren gaf Maggie een klopje op haar hand. 'Veel plezier, schat.'

'Bedankt, Wren. Ik ben over een paar uur terug.'

'Wil je mij het plakband even geven?' Trevor hield met zijn onderarm een poster tegen de etalageruit gedrukt en stak zijn andere hand naar achteren.

In plaats van dat ze hem het plakband gaf, sloeg Maggie haar hand in een overwinningsgebaar tegen de zijne en schoot toen in de lach om de sullige blik die hij haar over zijn schouder toewierp. Ze trok een stuk plakband los en reikte het hem aan.

Hij plakte de bovenste hoeken van de poster tegen het glas. 'Hangt hij zo een beetje recht?'

Ze deed een paar stappen naar achteren en keek met half dichtgeknepen ogen. Het was moeilijk te zeggen met nog een stuk of zes posters die allemaal schots en scheef in de etalage van het café hingen, maar ze stak goedkeurend haar duim op naar Trevor.

Hij streek het papier glad en plakte de laatste hoek vast, waarna hij zich met een vermoeide zucht naar haar omdraaide. 'Goed... waar gaan we nu heen?'

'Wat is er aan de hand?' Ze zette haar handen op haar heupen en knipoogde, in haar beste imitatie van een boerenkinkel. 'Ben je nou al moe?'

Hij grijnsde en wreef met zijn vuist over haar hoofd, alsof hij het wilde oppoetsen.

'Een beetje dimmen, jij.' Ze dook onder zijn hand vandaan en haalde lachend haar lijstje uit haar zak. Deze klus werd steeds leuker.

Ze waren naar de bedrijven langs de snelweg gereden die toestemming hadden gegeven om de posters op te hangen en nu was deze kant van de straat klaar. Ze vinkte de namen op haar lijstje af en wees een eindje verder de straat in. Ze voelde zich net een gids op een Afrikaanse safari.

Ze staken Main Street over en passeerden het hotel. Toen ze langsliepen, tikte Trevor op het raam. Wren zwaaide naar hen vanuit de eetzaal.

Maggie zwaaide terug. 'Ik hoop echt voor Wren dat we een goede opkomst krijgen.'

'Zei je niet dat jullie al een aantal reserveringen hebben?'

'Zeven inmiddels. Om het hotel vol te krijgen, hebben we nog vier echtparen nodig, vijf als je mijn kamer meerekent.'

Trevor keek haar schuins aan. 'Moet je misschien je kamer opgeven?'

Ze haalde haar schouders op. 'Als we genoeg reserveringen krijgen wel, denk ik.'

'Waar moet je dan heen?'

'Dat weet ik niet… maar als we een volle bak hebben, is het me dat wel waard.'

Ze liepen langs twee leegstaande panden en een antiekwinkel die de posters geweigerd had. Voor Maggie het goed en wel besefte, stonden ze voor de deur van Jackson Linders galerie. Maggie keek Trevor aan, niet wetend hoe hij het zou vinden om Jack te zien.

'Heeft Jack je de poster laten ophangen?'

Ze knikte. 'Volgens mij zijn de zaken tussen hem en Wren een beetje tot bedaren gekomen. Wil je dat ik deze voor mijn rekening neem?'

Hij schudde zijn hoofd. 'Nee. Ik ga met je mee.'

Jack was de eerste week dat de posters opgehangen werden niet in de galerie geweest. Vorige week was hij er wel, maar toen was er net een klant binnengekomen toen Maggie de poster kwam bren-

;en en had hij zijn moeder geroepen om met Maggie te praten. Twila Linder leek een beetje afstandelijk tegen Maggie en ze had ich afgevraagd of de vrouw kwaad was dat ze niet voor Jackson vas komen werken. Of misschien was het omdat ze bevriend was met Wren.

Vandaag stond Jack achter de toonbank. Hij keek op toen ze binnenkwamen en zijn gezicht betrok toen hij Trevor zag. Maar hij stond op en kwam hen begroeten. Hij leek volkomen nuchter.

Trevor stak zijn hand uit. 'Hé, Jack. Fijn om je te zien, man.' ◦

Jack pakte zijn hand en Trevor trok hem even tegen zich aan.

Jack verstrakte, zag Maggie, maar hij wurmde zich niet los. Toen ze allebei een stap achteruit deden, knikte Jack haar toe, maar maakte geen praatje zoals de andere keren dat ze binnengekomen was. Misschien was dit de echte Jack en was het de drank die hem eerder zo vriendelijk had gemaakt.

De spanning was te snijden tussen de twee mannen, maar Maggie voelde dat Trevors genegenheid voor de man echt was. Het verbaasde haar nog steeds, wetend wat er tussen deze twee mannen voorgevallen was, dat Trevor het klaargespeeld had om Jack te vergeven.

'Heb je nog een poster om op te hangen?' vroeg Jackson met een hoofdgebaar naar de stapel posters over Trevors arm, maar zijn vraag was gericht aan Maggie.

'Nou, we vervangen de oude.' Ze legde hem in het kort uit hoe de campagne in elkaar zat. 'Maar dit is de laatste, hoor. Na volgend weekend kun je hem weggooien. Of als je dat liever hebt, komen wij hem wel weghalen.'

'Hij ziet er mooi uit.'

Trevor legde lichtjes zijn hand op haar onderrug. 'Meg heeft de hele serie ontworpen.'

Ze sloeg haar ogen neer. 'Dank je.'

Jackson keek Trevor aan, maar richtte zich tot Maggie. 'Als je nog van gedachten verandert over dat werk…' hij wees naar achteren, naar de studio, 'bel me dan. Ik zou echt een assistent kunne gebruiken.'

'Meg werkt vrijwel fulltime in het hotel.' Er was geen spoor va vijandigheid in Trevors stem, maar zijn hand drukte nog wat stevi ger op haar onderrug.

Jack leek Trevors opmerking te negeren en keek haar doordrin gend aan. 'Je hebt mijn nummer, als je van gedachten verandert Hij wees met zijn hoofd naar de posters die Trevor vasthield. 'He is duidelijk dat je erg artistiek bent.'

Maggies blik vloog als een pingpongbal heen en weer tusser Trevor en Jack. Ze vroeg zich af hoe ze verzeild was geraakt ir deze oude strijd tussen hen. Door de manier waarop zijn hanc van haar rug naar haar middel gleed, vroeg ze zich heel even af o Trevor soms jaloers was. Kevin was een onzinnig jaloerse vriend geweest. Ze had niet eens naar een foto van een andere man in een tijdschrift kunnen kijken, laat staan een onschuldig praatje kunnen maken met een medewerker in de supermarkt, zonder dat hij ont- plofte en haar het vuur aan de schenen legde.

Maar dit was iets anders. Trevors bezitterigheid leek niet zozeer te gaan om *zijn* onzekerheden, maar meer om het behartigen van *haar* belangen. Toch stemde het haar tot nadenken. Ze had net een relatie achter de rug met een man die dacht dat ze zijn bezit was. Wilde ze dat opnieuw? Niet dat Trevor enige aanspraak op haar had gemaakt. Daar was ze zich heel goed van bewust. Sterker nog, hij leek er angstvallig op te letten alleen vriendschap aan te bieden en een broederlijke schouder om op te leunen.

Ze deed een stap opzij. Trevors hand gleed van haar rug.

'Dank je, Jack. Ik waardeer het aanbod. Als er iets verandert, zal ik het je laten weten.' Ze stak haar hand uit om een poster van de kleiner wordende stapel in Trevors hand te pakken. 'Ik zal deze even ophangen.'

Terwijl ze de mannen achterliet om het mentaal uit te vechten, liep ze vlug naar de etalage en haalde de poster van de vorige week eraf.

'Ben je zo ver?' Trevor stond achter haar, zo dichtbij dat ze zijn ]em in haar nek voelde.

Ze plakte het laatste hoekje van de nieuwe poster vast, draaide ch om en knikte zonder zijn blik te ontmoeten. Haar hoofd tol-e, omdat ze nog altijd probeerde haar tegenstrijdige emoties op en rijtje te krijgen. Ze wilde bij Trevor horen. Dat besef deed haar :hrikken. Dat gevoel had ze nog bij geen enkele andere man ge-ad. Maar nu ze Trevor had leren kennen, zijn onzelfzuchtige zorg oor haar had ervaren, wist ze dat ze zich zonder hem op de een f andere manier incompleet zou voelen in haar leven. Als hij ooit ijn hart voor haar zou openen, ging ze voor de bijl.

Maar de oude angsten knaagden aan haar. Trevor wist nog niet 'an haar bedrog. Wren had beloofd haar mond te houden tot Mag-;ie de kans had gehad om hem alles te vertellen. Maggie was bang lat Wren het zou vergeten en haar bij haar echte naam zou noe-nen.

Soms vroeg ze zich af of de barrières die haar leugens hadden )pgeworpen tussen haar en Trevor juist goed waren. Na alles wat :e met Kevin had meegemaakt was het misschien niet goed om veer in een relatie verwikkeld te raken. Zou dat eerlijk zijn tegen-)ver Trevor, die zo veel meer verdiende?

Ze liep de galerie uit en zette koers naar de kleine ijzerhandel die als volgende op hun lijstje stond. Ze hoorde Trevor afscheid nemen van Jack en daarna het geluid van zijn schoenen op de straatstenen, rennend om haar in te halen. Ze keek niet achterom.

'Hé. Loop eens een beetje langzamer, alsjeblieft.'

Ze ging langzamer lopen, maar bleef strak voor zich uit kijken.

'Meg?'

Ze nam de zes treden naar de deur van de ijzerhandel met twee tegelijk.

'Wacht even, Meg.'

Met een hand op de deurknop draaide ze zich om en keek hem aan. Wat ze in zijn ogen zag maakte haar bang. Want wat ze daarin zag, verdiende ze niet.

'Heb ik iets verkeerds gezegd?'

Ze schudde haar hoofd, niet wetend hoe ze hem de marteli♦ die ze ervoer, moest verklaren. Maar ze had het zich niet verbee♦ Nu ze hem recht aankeek, zag ze zijn liefde voor haar. Zijn m♦ dedogen. Klip en klaar, net als zijn blauwe ogen. Maar hoe was d♦ mogelijk? Hoe kon hij in vredesnaam van haar houden? Misschi♦ hield ze zichzelf voor de gek.

'Meg?'

Toen ze hem die naam hoorde uitspreken, kwam ze tot zichze♦ Trevor Ashlock *kon* niet van haar houden. Hij *kende* haar niet. H♦ kende niet eens haar echte naam.

· 40 ·

Maggie liep door haar kamer en controleerde de badkamer nog
een laatste keer om zich ervan te vergewissen dat ze al haar persoonlijke spulletjes had ingepakt. Ze probeerde de kamer te bekijken door de ogen van de gasten die hem de komende twee
nachten zouden betrekken.

Operatie Wrens Nest was een geweldig succes geworden. Iedere
kamer in het hotel was gereserveerd voor het hele weekend.

Wren was er niet te veel tegenin gegaan toen Maggie aanbood haar kamer op te geven, maar had erop gestaan dat ze de
komende paar dagen bij hen boven zou logeren. 'Je kunt onze
logeerkamer nemen. Hij is klein en de wanden zijn dun, je zult
Bart misschien horen snurken, maar ik denk dat we toch geen
van allen veel slaap zullen krijgen dit weekend.' Wren slaakte een
diepe zucht.

Even voelde Maggie zich bezorgd en verantwoordelijk voor
Wrens uitputting. Dit hele open huis was tenslotte haar idee.

Maar Wren leek haar schuldgevoel aan te voelen en begon haar
vol vuur te overladen met loftuitingen vanwege het succes van het
idee. 'Ik zal niet ontkennen dat ik blij zal zijn als dit waanzinnige
weekend voorbij is. En geloof me, het eerste wat ik maandagochtend met onze verdiensten doe, is jou inhuren om de boel schoon
te maken.'

Daar moest Maggie om lachen en ze beloofde mee te helpen.

Nu, terwijl ze in de gezellige kamer stond die vijf weken haar
thuis was geweest, voelde ze zich een beetje verdrietig. Opnieuw
had ze al haar bezittingen in een kleine canvas tas gepakt. Er kroop
een rilling langs haar rug omhoog, tot tussen haar schouderbladen
waar de riem van haar tas op rustte. Zou ze zondagavond, nadat

de laatste gasten naar huis waren gegaan, echt terug verhuizen na
deze kamer? Of zou het tijd zijn om verder te gaan?

Clayburn was haar thuis geworden. Ze kon zich niet voorstelle
waar ze anders heen zou moeten. Behalve misschien naar het hu
van Jenn en Mark. Maar ze wilde zich niet aan hen opdringe
Nu Mark zonder werk zat, hadden ze al genoeg zorgen aan hu
hoofd.

Geen tijd om daar nu over na te denken. Ze ging met haar han
over de beddensprei om een niet-bestaande kreukel glad te stri
ken. Over een uur zouden de eerste gasten arriveren en er was no
veel te doen, maar eerst moest ze douchen en proberen haar haa
er een beetje toonbaar uit te laten zien.

Ze bracht haar spullen naar de logeerkamer in het appartemen
van Bart en Wren en hield plotseling halt toen ze een vrolijk inge
pakt pakje op het voeteneind zag liggen.

Ze bukte zich om het te bekijken. Er stond alleen maar *Meg* op.

Nieuwsgierig maakte ze de strik los en haalde het inpakpapie
er voorzichtig af. Toen ze de doos openmaakte, hield ze haar aden
in. In de doos lag een eenvoudige, soepel vallende zomerjurk ir
een rood met geel patroontje. Ze moest lachen. Ze zou perfect bij
de opgeknapte keuken en eetzaal passen.

Ze haalde de jurk uit de doos en hield hem omhoog. Hij wa
vrouwelijk en mooi en zou haar zo te zien prima passen. Ze keek
op het merkje. *Speciaal voor jou gemaakt door: Wren Johannsen.*

De tranen prikten in Maggies ogen. Hoe had Wren in vredesnaam tijd gevonden om een jurk te naaien te midden van alle
voorbereidingen voor het open huis?

Ze neuriede tijdens het douchen en twintig minuten later, aangekleed en met haar haar opgestoken, zweefde Maggie bijna de
trap af en de keuken in.

Wren haalde net een zware ovenschotel met lasagne uit de oven.
Maggie draaide rond in de kleine ruimte tussen twee met linnen
tafellakens gedekte tafels. 'Dank je, Wren! Hij is prachtig. Ik ben er
dolblij mee.'

Wren deed haar ovenhandschoenen uit, veegde een pluk wit haar van haar voorhoofd en keek op. 'O, schat. *Jij* bent prachtig. ast hij goed? Ik zou hem nog in kunnen nemen als je hem te wijd indt...'

'O, nee, hij is perfect! Ik snap niet dat je de tijd gevonden hebt m eraan te werken zonder dat ik het wist.'

Wren bewoog haar wenkbrauwen veelbetekenend op en neer n Maggie schoot in de lach. 'O, ik heb wel een paar keer tot in e kleine uurtjes doorgewerkt, hoor. Maar het was iedere minuut vaard. Je ziet er *beeldig* uit.'

'Dank je, Wren.' Maggie liep met uitgestrekte armen op haar af. e sloeg haar armen om Wren heen. Haar keel zat te dicht om iets e kunnen zeggen.

Wren omhelsde haar en wuifde haar bedankje weg. 'Het was leuk m te doen. Heb je gezien hoe leuk je bij de inrichting past?'

Maggie trippelde door de ruimte en ging tussen een stel nieuwe gordijnen en de gebogen deuropening staan, die ze in dezelfde kleur geschilderd had. Ze nam een gekke houding aan. Wren beoonde haar met een vrolijke lach. Haar leven was zo anders hier dat ze soms vergat wie ze eerst was. Ze wilde alleen aan het nu denken... niet aan wat er vroeger gebeurd was.

Op Wrens strikte aanwijzingen zette Trevor zijn auto achter het hotel, zodat er genoeg plaats voor de gasten overbleef om op Main Street en Elm Street aan de zuidkant van het hotel te parkeren. Hij ging door de achterdeur naar binnen en liep door de lange gang naar de hal. Enkele kamers in de gang waren open en pronkten met keurig opgemaakte bedden en kleine vaasjes bloemen op ieder bureautje, speciaal gearrangeerd voor deze gelegenheid. Op een aantal gesloten deuren hing al een van Wrens grappige *niet storen*-bordjes aan de deurknop, ten teken dat enkele gasten al ingecheckt hadden.

Hij liep de hal in en stond versteld van de verandering. De bank was vlakbij de open haard geschoven en op strategische plekken

in de ruimte waren vier gezellige zithoekjes gevormd. Door c
gebogen deuropening zag hij nog een stuk of zes tafels voor twe
elk met een wit linnen tafellaken en gedekt met het luxe roodwitt
servies dat van Wrens moeder was geweest. Op elke tafel stonde
kaarsen en vazen met felgekleurde bloemen.

Megs kaarsen brandden in de open haard en hij grinnikte bij he
zien van de knipperende, witte kerstverlichting in de ramen van d
hal en de eetzaal. Daar zou hij haar mooi mee kunnen plagen!

Ze koos precies dat moment om de hoek om te komen renner
Toen ze hem zag, hield ze plotseling halt, perfect omlijst onder d
deurboog.

Trevor kon haar alleen maar aangapen. Iedere gedachte aan pla
gen verdween als sneeuw voor de zon en het enige woord dat ir
zijn gedachten opkwam, was… *oogverblindend.*

*Rustig aan, Ashlock. Ze is niet van jou.*

Meg glimlachte, zich duidelijk niet bewust van zijn emoties. 'C
Trevor, ben jij het. Hé, kun je Wren en mij even helpen om deze
tafel te verplaatsen?' Ze draaide zich snel om en verdween weer ir
de eetzaal.

Hij bleef als aan de grond genageld staan, tot ze weer in de deuropening verscheen. 'Hé, kom je nog of niet?'

Hij gaapte haar aan. Meg, in een jurk die haar vormen prachtig
deed uitkomen. Ze bewoog en de zoom van haar jurk ruiste langs
goedgevormde kuiten die naar bevallige enkels en in sandalen gestoken voeten leidden. Haar haar was uit haar gezicht weggetrok-
ken, op een paar zachte krullen na, die op een uiterst gracieuze
manier langs haar wangen streken.

'Goeiedag. Je ziet er… oogverblindend uit.'

Haar wangen werden rood, waardoor ze er nog mooier uitzag.
Hij verwachtte half en half dat ze terug zou rennen naar de keuken, maar ze verraste hem door zijn hand te pakken en hem mee
te trekken.

'Allemensen,' mompelde ze binnensmonds. 'Je zou denken dat
die man nog nooit een vrouw in een jurk gezien heeft.'

Hij schoot in de lach. 'Ik heb *deze* vrouw nog nooit in een jurk zien.' Hij floot zachtjes.

Ze beloonde hem door in het rond te draaien en een reverence te maken. 'Wren heeft hem voor me gemaakt. Mooi is hij, hè?'

Hij kon alleen maar knikken en grijnzen als de dorpsgek. 'Wren heeft een heel knap staaltje werk afgeleverd,' bracht hij uiteindelijk stamelend uit.

Wren en Maggie moesten om hem lachen.

'Je ziet er zelf anders ook piekfijn uit.' Maggie gaf hem een duwtje in de richting van de tafel waar Wren stond. 'We willen deze tafel een stukje deze kant op schuiven.' Ze wees naar het raam aan de achterkant van de eetzaal. 'Maar we zouden het graag willen doen zonder alles eraf te moeten halen. Denk je dat dat kan?'

Hij keek naar de tafel met het gesteven tafellaken, de vaas bloemen en de kandelaar en schatte de situatie in. 'Als jullie allebei een hoek optillen en ik hem hier pak, is het te doen. Zijn jullie er klaar voor?'

Wren en Maggie pakten allebei een hoek en hij nam de tegenovergestelde kant. 'Een... twee... drie.' Ze tilden de tafel op en zetten voorzichtig koers naar het raam. Eén moment hielden ze hun adem in toen de waterglazen overhelden en de borden rammelden, maar alles herstelde zich weer en Wren deed een stap naar achteren om de zaal te overzien.

Ze knikte goedkeurend en veegde haar handen af. 'Goed, ik ga naar boven om me om te kleden en Bart aan het werk te zetten. Kunnen jullie de mensen die vroeg komen opvangen en ervoor zorgen dat de boel niet afbrandt?'

'Jazeker.' Trevor salueerde. 'Wat moet er nog meer gedaan worden?'

Wren beet op haar lip, terwijl ze in haar hoofd haar lijstje afvinkte. Ze keek op de klok. 'Het is waarschijnlijk niet te vroeg om de kaarsen op tafel aan te steken. Als jullie dat zouden willen doen. O, en Trevor, zet een mooi muziekje op, wil je? Van die achtergrondmuziek waar je altijd naar luistert.'

Hij grinnikte. 'Wren, dat zijn grote meesters over wie je h
hebt... de klassieken. Kom nou toch... achtergrondmuziek?' H
schudde zijn hoofd en maakte een schimpend geluid.

Wren legde hem met een handgebaar het zwijgen op. 'Maa
niet uit. En over een minuut of tien kunnen jullie de waterglaze
vullen met water en ijs. Ik heb de koffie aangezet, maar misschie
moeten jullie die even in de gaten houden.'

Maggie schoot in de lach, legde haar handen op Wrens schou
ders en duwde haar naar de deur. 'Ga nu maar, Wren. Je hebt du
delijk alles onder controle hier. Ik denk niet dat wij in de komend
twintig minuten iets kunnen verknoeien. Ga nu maar.'

'Goed, goed, ik ga al.' Ze liep de kamer uit, maar draaide zic
toen weer om om hen aan te kijken. 'Bedankt voor alles, julli
twee. Ik had dit niet zonder jullie kunnen doen.'

Trevor knipoogde naar Maggie en zei toen tegen Wren: 'Ik he
zo het gevoel dat het je prima afgegaan zou zijn.'

Wren wuifde zijn opmerking weg en liep toen snel de trap o
naar haar appartement.

'Het ziet er mooi uit,' zei hij, zodra hij en Maggie alleen ware
Ze volgde zijn blik door de ruimte en naar de hal. 'Ja, hè? I
ben blij dat we alle kamers vol hebben gekregen. Volgens mi
heeft Wren al haar geld erin gestoken om dit voor elkaar te krij
gen.'

'Ja, maar misschien levert het wat mond-tot-mondreclame o
Misschien wordt het voor sommige echtparen wel een traditie. O
die manier weten mensen dat ze niet de stad uit hoeven om ee
beetje vakantie te hebben.'

'Precies.'

Hij liep naar de hal om de muziek aan te zetten. Toen hij te
rugkwam, was Maggie in de keukenladen aan het rommelen. Ze
haalde er een paar aanstekers uit en gaf er een aan Trevor. 'Alsje
blieft, als jij hier de kaarsen aansteekt, doe ik de hal. En vergeet de
kaarsen op de vensterbank niet.'

'Begrepen.'

Hij keek haar na toen ze naar de hal liep en zich bukte om de
arsen in het midden van een van de tafeltjes aan te steken. Hij
hudde zichzelf een beetje door elkaar en dwong zichzelf om
ch te richten op de taak die Meg hem opgedragen had. Hij was
rliefd op haar. Tot over zijn oren.

· 41 ·

Door de ramen van de hal zag Maggie twee paar koplampen voo[r]
het hotel stoppen om te parkeren. Ze dacht dat ze op Elm Stre[et]
ook portieren hoorde dichtslaan. Haar hart begon een beetje snel[-]
ler te kloppen. Het leek wel alsof iedereen tegelijk arriveerde.

Ze stak de laatste kaars aan en legde de aansteker uit het zicht o[p]
de ontvangstbalie. Ze inspecteerde de ruimte nog een laatste keer e[n]
haar hart zwol van trots. Het zag er absoluut prachtig uit. Met over[a]l
kaarsen, knipperende minilampjes in de ramen en Mozart die d[e]
ruimte vulde, was het effect in alle opzichten precies zo romantisc[h]
als ze in de advertentiecampagne beloofd hadden. Om nog maar nie[t]
te spreken van de verrukkelijke geuren die uit de keuken kwamen[.]
Het beloofde een gedenkwaardige avond te worden.

Ze streek de voorkant van haar jurk glad en bereidde zich ero[p]
voor om hun gasten te begroeten.

Kaye DeVore en haar man waren de eersten van de nieuw[e]
groep die binnenkwam. Nog voordat ze helemaal binnen ware[n]
staarden ze met open mond in het rond en de verraste kreten ove[r]
de gedaanteverandering van het hotel waren niet van de lucht[.]
Kaye zag er trots en zwanger uit in haar positieversie van een zwart[e]
cocktailjurkje. Haar haar hing in elegante krullen rond haar ronde
gezicht en ze was lichtjes opgemaakt, maar ze straalde van binnenuit.

Kayes blik bleef op Maggie rusten. 'Meg! Wat ziet het er prachtig
uit! Ik kan je niet vertellen hoe enthousiast ik ben over dit weekend.' Ze stootte haar man aan. 'Douglas, dit is Meg Anders.'

Hij zette twee kleine reistassen op de grond, veegde zijn hand
af aan zijn broek en gaf Maggie een hand. 'Dit was een heel goed
idee van je.'

Ze haalde een schouder op. 'Nou ja, uw vrouw heeft me op het idee gebracht, dus dat compliment kunt u beter aan haar geven.' Ze zei tegen Kaye: 'Wat zie je er mooi uit!'

Douglas DeVore gaf zijn vrouw een kneepje in haar schouder en keek haar aan met een uitdrukking die Maggie duidelijk maakte dat dit weekendje weg iets was waar het drukke echtpaar lang naar had uitgezien. Ze was blij dat Wren hun de beste kamer in het hotel gegeven had. 'Kom, dan zal ik jullie even inchecken en dan zal Trevor jullie naar jullie kamer brengen.' Ze liep even naar de keuken om Trevor te roepen, waarna ze naar de ontvangstbalie ging om een inschrijfformulier in te vullen voor de DeVores.

Ze was nauwelijks klaar toen er nog twee echtparen binnenkwamen. Het begon een beetje druk te worden in de hal en erg warm.

Trevor kwam door de gebogen deuropening aanlopen. Maggie gaf hem de sleutel van de DeVores en vertelde hem welke kamer van hen was. 'Het diner wordt over ongeveer twintig minuten opgediend, maar er staan koffie en aperitiefjes op het buffet, dus kom als jullie uitgepakt hebben maar terug naar de hal.'

Er had zich een korte wachtrij gevormd voor de ontvangstbalie. Maggie begroette de volgende gasten en deelde de inschrijfformulieren uit die Bart bij binnenkomst van de reserveringen al had ingevuld. Ze was blij met zijn vooruitziende blik, anders was ze nu in paniek geraakt.

Ze hoorde Bart en Wren in de keuken het buffet klaarzetten.

Trevor kwam terug en bracht het volgende echtpaar naar hun kamer. Ze had vier echtparen ingecheckt, de twee stellen die eerder die middag aangekomen waren, niet meegerekend. Even was het rustig, hoewel Maggie nog een auto zag afremmen voor de ramen.

Ze pakte Trevor vast toen hij terugkwam van het wegbrengen van de bagage van het laatste echtpaar. 'Zou jij even achter de balie kunnen gaan staan? Ik ga kijken of Wren nog iets nodig heeft in de keuken.'

'Ja, hoor. Maar zorg dat je snel terug bent.'

Ze glimlachte. 'Maak je geen zorgen. Ik zal je niet aan je l[...] overlaten.'

Wren dribbelde druk heen en weer, zoals alleen Wren dat ko[...] Ze had een schone katoenen jurk aan en een nieuwe, patchwor[...] schort, waar stukjes stof van Maggies jurk in verwerkt waren.

'O, wat zie je er leuk uit.'

'En ik?' Bart kwam vanachter de koelkast tevoorschijn. Hij droe[...] een wit schort en zijn kerstmanbaard was keurig bijgeknipt.

Maggie onderdrukte een grinnik. 'Jij ook, Bart. Je ziet er schatti[...] uit.'

Hij nam een gekke houding aan en ze liet haar lach ontsnapper[...] 'Gaat alles goed daar?' Bart wees naar de hal.

Maggie knikte. 'Ze zijn er bijna allemaal. Zijn jullie zover dat w[...] iedereen naar de eetzaal kunnen begeleiden?' Wren inspecteerd[...] de kleurige uitstalling. 'Ik denk dat we wel zo'n beetje klaar zijn.'

Trevor was nog meer mensen aan het inschrijven bij de ont-vangstbalie en er zat een groepje mensen te wachten in de zitje[...] rond de open haard. Trevor leek het wel aan te kunnen, dus Mag-gie ging de gasten die zaten te wachten, begroeten.

Kaye DeVore pakte haar hand toen ze langs de balie liep. 'Je ziet er fantastisch uit vanavond, Meg! Geen wonder dat Trevor zijn ogen niet van je af kan houden!'

Maggie bloosde en keek even of Trevor Kayes opmerking niet gehoord had.

'Het is echt waar. Hij kijkt al de hele tijd naar je.'

'Lief dat je dat zegt,' fluisterde ze tegen Kaye. Maar o, wat wilde ze graag dat het waar was. Met een rood hoofd en omdat ze vrese-lijk graag van onderwerp wilde veranderen, wees ze naar de men-sen die bij de open haard zaten. 'Ik kan maar beter voor gastvrouw gaan spelen.'

'O, ik zal je niet ophouden.' Kaye keek om zich heen en Mag-gie volgde haar blik naar een groepje lawaaiige mannen, die bij de voordeur over sport stonden te praten.

Kaye zuchtte. 'Ik zal maar eens gaan kijken of ik mijn vriendje eg kan krijgen bij dat mannenclubje daar.'

Ze zwaaide over haar schouder en Maggie ging met de gasten raten. Ze likte met haar tong langs haar lippen en probeerde haar lamme handen droog te krijgen. Hoe enthousiast ze ook was dat eze avond eindelijk aangebroken was, als gastvrouw was ze niet in aar element.

Ze schraapte haar keel. 'Goedenavond allemaal. Fijn dat u vanvond kon komen.' Ze wachtte tot hun gesprekken verder vertomden. 'Wren is de hele week aan het werk geweest en zoals u an de heerlijke geuren die uit de keuken komen kunt ruiken,' zei e met een breed armgebaar naar de eetzaal, 'wordt het diner opgediend.'

Er ging gejuich op onder de gasten en Maggie ontspande zich. Het weekend zou een daverend succes worden.

Anderhalf uur later waren de maaltijd en het heerlijke dessert dat erop gevolgd was, nog slechts een herinnering. Een stuk of tien gasten had de avond echter veranderd in een feestje en bleef in kleine groepjes in de hal koffiedrinken.

Bart kwam in de deuropening van de keuken staan. Zijn schort zat scheef en onder de sausspetters en zijn grote handen waren in rubberen handschoenen gestoken, die onder het sop zaten. Hij wenkte Maggie en ze liep tussen de groepjes gasten door naar hem toe.

Bart wees met zijn hoofd naar de drankenkar in de hoek. 'De koffie is bijna op. Wren is even naar boven gegaan om iets in te nemen tegen de hoofdpijn en ik heb geen flauw idee hoe dat grote koffiezetapparaat werkt. Weet jij dat?'

Maggie spreidde haar handen. 'Ik heb geen idee, maar ik ga wel even naar boven om het Wren te vragen.'

Hij knikte en ging verder met de afwas.

Maggie rende de trap op en klopte op de deur van het appartement van de Johannsens. 'Wren?'

Geen reactie. Ze klopte nog een keer, harder ditmaal. 'Wren Ben je daar?'

Ze hoorde voetstappen in het appartement en even later deed Wren de deur open.

'Gaat het wel met je? Bart zei dat je hoofdpijn had.'

'O, dat is zo verholpen met een aspirientje.' Wren bracht ee hand naar haar slaap. 'Is alles onder controle beneden?'

Maggie zei met een zenuwachtig lachje: 'Grotendeels wel. D koffie is op en Bart en ik wisten niet hoe we het koffiezetappara; moesten bedienen.'

Wren streek haar schort glad. 'Neem de zaken nog even waar. I kom zo.'

'Goed... bedankt.'

Wren salueerde op net zo'n gekke manier als Trevor altijd deec Maggie schoot in de lach en deed de deur achter zich dicht. Z nam de trap naar beneden met twee treden tegelijk.

De hal gonsde nog steeds van de gesprekken en de klanken var Mozart, maar het gebabbel verstomde toen ze door de hal liep alsof de gasten nog een mededeling verwachtten. Bij de open haard zaten twee echtparen op de banken en in de diepe fauteuil zat een man met zijn rug naar haar toe. Ze glimlachte en de gesprekken werden hervat.

Maggie zag dat een van de kaarsen in de open haard dreigde om te vallen en ze liep ernaartoe om hem weer recht te zetten. Toen ze overeind kwam, haakte haar blik zich in die van de man in de diepe fauteuil.

'Hallo, Maggie. Of is het Meg?'

Het bloed trok weg uit haar gezicht. Ze balde haar handen tot vuisten en kneep zo hard, dat haar nagels in haar vlees sneden. Ze worstelde om genoeg lucht te krijgen om zijn naam te fluisteren.

'Kevin.'

· 42 ·

'Wat… wat doe jij hier?'

Kevin Bryson, gekleed in een wit overhemd en een das, zijn kantoorkleding, was goed aangepast bij de avondgasten. Zijn rosse haar was korter geknipt dan normaal, maar verder zag hij er onmiddellijk vertrouwd uit.

Hij keek naar het echtpaar op de bank naast hem. Ze waren verdiept in een gesprek. Hij richtte zich weer tot Maggie en vroeg op gedempte toon: 'De vraag is: wat doe *jij* hier?'

'Ik… ik wil dat je weggaat,' fluisterde ze.

Hij schoot in de lach, alsof ze een ontzettend leuke mop had verteld. Zijn glimlach bleef en iedereen zou gedacht hebben dat ze een aangenaam gesprek voerden, maar ze kende de hardheid die in zijn ogen verscheen maar al te goed. 'Dat is precies wat ik van plan ben. Ga je spullen halen.'

'Wat bedoel je?'

Zijn ogen lieten de hare geen moment los. 'Ga je spullen halen. Ik neem je mee naar huis… terug naar New York.'

'Nee, Kevin. Ik ga niet mee. Alsjeblieft. Ga weg.' Ze balde en ontspande haar vuisten. Het geroezemoes van de gesprekken in de ruimte was in haar oren uitgegroeid tot een zacht gebrul.

Kevin keek met een steelse blik om zich heen en toen begon hij te praten. Zijn toon was vlak, onderhoudend. 'Ik ga pas weg als ik heb waar ik voor gekomen ben.'

Maggie keek in paniek om zich heen. Als ze ruzie ging maken, zou ze een scène maken en de hele avond bederven. Dat wilde ze Bart en Wren voor geen goud aandoen.

Wren was nog niet naar beneden gekomen en ze hoorde Bart en Trevor praten en lachen onder de afwas in de keuken.

'Ik praat straks wel met je, maar ik ben nu bezig.' Zodra ze he gezegd had, wist Maggie dat die woorden hem woedend zoude maken. Zes weken geleden zou ze het niet gewaagd hebben op di toon tegen hem te spreken.

Nog altijd met zijn hoofd gebogen schoof hij van de stoel naa de bank. Hij pakte haar pols en kneep tot haar gezicht van pij vertrok. De uitdrukking op zijn gezicht veranderde geen momen Iedereen die naar hen gekeken had, zou gedacht hebben dat hi dol op haar was. Het was een techniek die hij tot in de puntje beheerste. Een techniek die hij kon gebruiken om haar onder con trole te houden als ze onder de mensen waren.

'Alsjeblieft, Kevin.' Ze keek naar de straat buiten en liet haar blik nog een keer door de hal dwalen. Niemand leek te merken dat er iets aan de hand was. 'Kom even mee naar buiten. Daar kunnen we praten.'

Hij nam haar achterdochtig op, liet haar toen los en kwam overeind van de bank. 'Mij best.' Hij liep naar de deur en hield die voor haar open. Het toonbeeld van ridderlijkheid.

Maar zodra ze buiten waren, veranderde zijn vriendelijke lach in een blik van haat. 'Wat probeer je nou eigenlijk te bewijzen?'

'Ik probeer niets te bewijzen. Dit heeft niks met jou te maken.' Ze deed een paar passen opzij en probeerde uit het zicht van de ramen van het hotel te komen. Terwijl ze door de ramen naar de feestelijke lichtjes en de drukte binnen keek, vroeg ze zich af of ook maar iemand zou opmerken dat ze weg was.

Het was nu bijna donker buiten. Ze liep nog een stukje achteruit en probeerde nog altijd om hem weg te trekken bij het hotel.

Hij liep achter haar aan en prikte met een beschuldigende vinger in de lucht. 'Je bent bij me weggelopen. Zonder een woord te zeggen. Had je me niet kunnen zeggen dat je weg wilde? Hadden we hier niet als volwassen mensen over kunnen praten?'

'Ik heb *geprobeerd* om met je te praten. Meer dan eens. Je wilde niet luisteren. En je… je had me zo afhankelijk van je gemaakt dat ik op geen enkele manier weg had *kunnen* gaan.'

Hij gromde en keek om naar het hotel. 'Volgens mij is het je prima gelukt.'

'Je begrijpt het niet. Mijn auto werd gestolen. Alles liep in het honderd. Ik wist niet wat ik moest doen. Ik was bang en ik…'

'Wat, je kon mij niet bellen?' Zijn stem werd luider en ze hoorde dat zijn boosheid uitgroeide tot een woede die ze vaker had meegemaakt dan ze kon tellen. 'Wilde je dat ik je kwam zoeken?'

Als hij zo ging doen, kon je geen normaal gesprek meer met hem voeren. Ze dwong zichzelf zachtjes te blijven praten en koos haar woorden met zorg. 'Ik heb je niet gevraagd om hierheen te komen.'

Maar hij leek haar niet te hebben gehoord. Hij begon te ijsberen, kriskras over het trottoir, schoppend tegen steentjes en stampend met zijn nette schoenen. Hij stak zijn handen diep in de zakken van zijn broek. 'Is er een slijterij in dit stadje?' Hij wees naar de stoeprand. 'Kom. Kom mee. Ik heb een borrel nodig. We kunnen in de auto wel praten.'

Nu pas zag ze de Honda, die aan het eind van de straat geparkeerd stond.

'Nee. Ik heb een feestje.' Haar woorden klonken dwaas en onlogisch. Maar ze was hem geen uitleg schuldig. Hij had het recht niet om tot hier achter haar aan te komen. 'Ik ga weer naar binnen.' Met trillende handen dwong ze moed in haar stem. 'En jij moet gaan.'

Hij gaf geen antwoord, maar keek haar meer geschokt dan kwaad aan.

Gebruikmakend van de afleiding rende ze de hoek van het gebouw om. Als ze de achteringang zou gebruiken, zou niemand misschien merken dat ze weg was geweest. Ze zou de bijkeuken kunnen binnenglippen en daar een beetje kunnen kalmeren. Ze stelde zich voor hoe Kevin daar nu stond, volkomen verbijsterd. Hoe had ze het twee jaar met die man kunnen uithouden? Wat een dwaas was ze geweest.

'Maggie! Kom terug!'

Toen ze zijn stem achter zich hoorde, ging ze nog harder l pen.

Haar hand lag al op het warme metaal van de deurknop toe zijn vingers zich om haar pols sloten. Hij drukte zijn lichaam tege het hare. 'Ik zei: laten we een borrel gaan halen.'

Ze wurmde zich los en draaide zich om om hem aan te kijke met haar rug tegen de deur gedrukt. 'Nee. Ik ga naar binnen.'

Hij schold weer en draaide haar onderarm om. Een felle pij schoot door haar arm en haar elleboog. 'Hou op! Je doet me pijn 'Je meent het.'

Zijn lach verkilde haar en riep herinneringen op die ze bijn had weten te begraven. 'En denk je dat je mij geen pijn hebt ge- daan toen je wegging?'

De deurknop drukte pijnlijk in haar onderrug. Ze kromp ineen 'Het spijt me. Ik… ik had met je moeten praten.' Ze had een heke aan zichzelf wanneer ze zich zo voor hem vernederde.

'Nou, daar is het nu een beetje te laat voor, hè?' Zijn stem had dat neerbuigende toontje gekregen dat ze zo was gaan verafschu- wen.

Haar gedachten buitelden door elkaar, terwijl ze probeerde te bedenken hoe ze hem ervan zou kunnen overtuigen dat hij weg moest. Ze moest hem hier weg zien te krijgen voor hij een scène zou schoppen en alles bedierf.

Een kalmte in haar stem forcerend die ze niet voelde, probeer- de ze een andere tactiek. 'Het spijt me. Kunnen we hier morgen over praten? Dan kun je terugkomen als het niet meer zo druk is en…'

'Nee! Hou op met praten.' Hij keek haar kwaad aan. 'Denk je dat ik daar intrap? Kom mee…' Hij pakte haar arm en sleepte haar weg bij de deur. 'Stap in de auto.' Hij gaf haar een duw in de rich- ting van de plek waar de Honda geparkeerd stond.

Maggie wist niet hoe ze hem aan moest pakken, maar één ding wist ze wel. Ze zou *niet* bij hem in de auto stappen. Ze begon terug te rennen naar de vooringang van het hotel, maar hij haalde haar in

n greep haar bij haar armen. Ze probeerde te gillen, maar hij sloeg
en hand voor haar mond.

'Hou je mond!'

Ze liet haar lichaam slap worden en liet zich op de harde aarde
an de rand van het trottoir zakken. Ze worstelde zich los uit zijn
reep. 'Help! Trevor! Wie dan ook!'

Uit het hotel klonk muziek en gelach op. Maggie wist dat ze
aar niet gehoord hadden.

Kevin kwam weer op haar af. Ze schopte naar zijn benen en
oen hij wankelde, kroop ze op handen en knieën overeind en
vluchtte als een krab naar de deur van het hotel. Hij probeerde
haar onderuit te halen, maar ze rolde uit zijn greep en krabbelde
overeind.

Hij kwam achter haar aan en ze begon te rennen, blindelings, in
de enige richting waarin ze kon gaan: weg van het hotel. Ze moest
terug zien te komen. Misschien kon ze hem te snel af zijn en met
een omweg teruglopen. De man had haar het halve land door achternagezeten. Als hij daartoe bereid was… Ze huiverde en wilde er
liever niet verder over nadenken.

Hij kwam dichterbij en dook weer op haar af om haar onderuit
te halen. Hij greep haar hielen beet en ze struikelde en bleef met
de hak van haar sandaal in de zoom van haar jurk haken. De stof
scheurde en haar zoom zakte uit. Ze gaf een gil, maar bleef over
het stuk gras tussen het trottoir en de straat rennen.

De rivier.

De woorden weergalmden in haar hoofd, net zoals toen ze New
York ontvlucht was. Die zachte fluistering in haar oor. Die er was,
maar toch ook weer niet was. En diezelfde mysterieuze aandrang
om zijn aanwijzing op te volgen.

Ga naar de rivier.

De oevers van de Smoky Hill River waren haar bijzondere plekje geworden. Om te wandelen. Om na te denken. En natuurlijk
om tijd door te brengen met Trevor. Als ze de kortste weg nam,
door het steegje, deed ze er twaalf minuten over om van het hotel

naar het park te wandelen. Ze had dat verschillende keren getime als ze er met Trevor afsprak om te gaan wandelen. Als ze rend zou ze het misschien in acht minuten kunnen halen. Ze kende d stukje van de rivier, met zijn ondiepe inhammen en overhangend takken.

Ze keek omhoog. De hemel was inmiddels donkerblauw ge worden. Ze was nog nooit na het donker naar de rivier gewees maar Kevin zou daar de weg niet weten. Daar zou ze veilig zijn.

Ze versnelde haar pas en sloeg het steegje in. Toen ze over haa schouder keek, zag ze dat hij haar niet meer volgde. Hij stond daa en keek alleen maar naar haar.

Terwijl ze onder het rennen haar gescheurde jurk bij elkaa haalde, vertraagde ze tot een looppas, buiten adem en trillend. Z keek weer over haar schouder. Misschien had hij het opgegeven Maar ze was niet van plan om dat te gaan uitzoeken. Nog niet. Z zou naar de rivier gaan.

Ze kwam het steegje uit en sloeg Pickering Street in, in noord-waartse richting, de stad uit.

Koplampen knipperden toen ze een zijstraat passeerde. Ze hield haar pas in en wachtte tot de auto zou oversteken. Maar ze ver-strakte toen ze de auto herkende.

Kevins witte Honda. En hij, woedend, achter het stuur.

· 43 ·

Maggie rende achter de auto langs en zette het op een lopen in de tegenovergestelde richting, naar het hotel. Ze hoorde zijn remmen achter haar piepen en de motor brullen, maar ze nam niet de tijd om te kijken. Ze rende uit alle macht verder, met brandende spieren en haar nu aan flarden gescheurde jurk om haar benen wapperend, waardoor ze elk ogenblik dreigde te struikelen.

De Honda kwam achter haar aan. Kevin kwam naast haar rijden. Hij reed lachend op haar in, week weer uit en kwam weer op haar af, waardoor hij haar de toegang tot het hotel afsneed. Ze zag de lichtjes verderop in de straat knipperen, hoorde gelach binnen en flarden Mozartmuziek. Maar Kevin had haar klemgereden. Happend naar adem rende ze de parkeerplaats achter de drukkerij over.

GA NAAR DE RIVIER.

Opnieuw hoorde ze het. Bijna hoorbaar. En nu had ze geen keus meer. Ze rende door het steegje en toen tussen de drukkerij en het gebouw ernaast door. Van daaraf rende ze door een lege straat.

Kevins auto was verdwenen. Ze rende nog een paar straten verder, buiten adem en trillend. Algauw zag ze het park in de verte liggen, donker en verlaten. Een paar minuten later rende ze door de zanderige speeltuin. In het zwakke schijnsel van de maan zag ze het zilverachtige opflakkeren van het water, dat zijn trage gang door het rivierbed maakte. Maar de vriendelijke muziek van golven die tegen de wortels van de bomen kabbelden, klonk vanavond op de een of andere manier sinister, als de muziek van een griezelfilm.

Ze ging langzamer lopen, maar stevende regelrecht af op het

knoestige silhouet van een oude populier. Zijn dikke stam z(
haar uit het zicht houden. Daar zou ze wachten tot ze er zeker v
was dat het veilig was om het park te verlaten.

Op nog een paar centimeter van de veiligheid hoorde ze e(
motor brullen. Toen zetten de hoge stralen van een paar koplan
pen haar in de schijnwerpers. Ze bleef als versteend staan.

Het dichtslaan van een autoportier rukte haar uit haar verlam
ming. Ze haastte zich achter de boom en liet zich doelbewust va
de steile oever glijden, vurig hopend dat het geritsel van broos gr
en bladeren haar niet zou verraden.

En toen stond hij boven haar op de oever, met zijn armen ove
elkaar. Geduldig wachtend, haar vasthoudend met zijn blik als ee
jager die zijn prooi bekijkt.

Maggie liet zich in het water glijden. Het slib was dik onde
haar sandalen. Ze trok haar hoofd in, doopte haar gezicht in he
water en ging toen helemaal kopje-onder. Ze beeldde zich in da
ze een zeemeermin was en gebruikte haar benen en voeten al
een krachtige staart, waarbij ze erop lette niet te spetteren en z(
haar positie te verraden. Ze kwam omhoog om adem te halen en
de aardachtige muskusgeur van modder en vis omhulde haar. Ze
dook weer onder, dieper ditmaal en voelde zich gewichtloos en
onbelangrijk.

Haar longen stonden in brand en ze spartelde tegen het natte
gewicht van haar jurk. Uiteindelijk brak ze door het wateropper-
vlak heen en zoog de avondlucht naar binnen.

Ze werd rustig en dwong zichzelf rustig en gelijkmatig adem te
halen.

Door een plons achter haar keek ze over haar schouder. Maar
voor haar ogen zich konden richten op de donkere gestalte in het
water achter haar, bezoedelde de zoetige, zware geur van Kevins
reukwater de leemachtige geur van de Smoky Hill River.

Hij klemde haar nek in de gespierde kromming van zijn arm en
trok haar in een wurggreep tegen zich aan. Ze gilde en verzette
zich tegen hem, happend naar adem die niet wilde komen. Haar

orst brandde en ze hapte naar lucht, maar ze kreeg maar een heel klein beetje binnen, wat haar behoefte aan meer alleen maar aanwakkerde.

Ze hoorde stemmen op de oever, schel, maar te veraf om iets voor haar te betekenen. *Ga naar de rivier,* had de stille stem gezegd. *Ga naar de rivier.*

Had die stem haar naar haar dood geleid? Waren de verwarde stemmen van haar moeder uiteindelijk ook de hare geworden?

Haar leven begon aan haar voorbij te trekken en langzaam trok haar verwarring weg, totdat ze wist dat dit het einde was. Ze zag haar moeders gezicht, lachend en gelukkig, en Jenn als klein meisje, tegen Maggie aangekropen op de bank. Daar had je de familie Tarkan en… Opal Sanchez, de vrouw die haar een lift had gegeven nadat haar auto was gestolen. Rick en Sandy, en de Blakely's. Ze waren er allemaal. Zo veel zorgzame mensen die haar onderweg geholpen hadden, ook al was zij allesbehalve vriendelijk tegen hen. Kaye DeVore en Bart en Wren verschenen.

En Trevor. Ze zag hem glashelder, zittend in de pick-uptruck op die dag dat hij tegen haar zei… wat zei hij ook weer?

*'Als er ook maar iets is wat ik kan doen, hoef je me alleen maar te roepen. Ik wil dat je dat gelooft.'*

*Trevor.* Ze nam een hap lucht en perste die uit haar longen, schreeuwend met haar laatste beetje kracht. 'Trevor! Trevor! O, God! Alstublieft! Help me, God! *Vader!'*

Bij die woorden brak er in haar binnenste een dam door. Er veranderde iets en onmiddellijk wist ze dat ze nooit meer dezelfde zou zijn.

Ze hoorde de stemmen weer, de *echte* stemmen, alleen klonken ze deze keer dichterbij. Ze trok haar benen onder zich op in het water en zette haar voeten tegen Kevins gespierde buik. Ze duwde zichzelf omhoog uit het water en haalde nog een keer adem. Deze keer kregen haar longen genoeg lucht.

Ze schreeuwde weer, waarbij haar eigen schrille stem haar de stuipen op het lijf joeg. 'Trevor!'

Ze zag Kevins arm boven zich, zijn witte overhemd doorweek glinsterend tegen de nachtelijke hemel. En in een oogwenk wer de hemel zwart en verdween alles in het niets.

Er kabbelde water tegen haar borst. Maggie voelde haar lichaan dobberen en deinen op de wervelingen van de rivier. Ze probeer de zich om te draaien. Ze moest naar de kant zien te komen. Maa ze ondervond tegenstand bij haar pogingen en door haar zwakheic lukte het haar niet om het nog een keer te proberen.

Stukjes van herinneringen aan de afgelopen uren kwamen drup-pelsgewijs terug in haar bewustzijn, en de verschrikking van de nacht werd werkelijkheid. Kevin was achter haar aan gekomen Hij was haar gevolgd naar Clayburn. Had haar opgejaagd en had geprobeerd haar te vermoorden.

Ze kwam langzaam bij haar positieven en opeens begreep ze waarom ze zich niet kon bewegen. Hij was er nog. Had haar nog in zijn greep. Misschien dacht hij dat ze dood was. Ze ging langzamer ademhalen, liet zichzelf weer slap worden.

Het gekabbel van het water wiegde haar in slaap. Ze voelde zich vredig. Misschien *was* ze wel dood. Maar nee. Ze werd door het water gesleept. Maar niet in de houdgreep waarin hij haar eerst gehouden had. Haar lichaam was gevoelloos, haar spieren onbruik-baar, maar ze had het gevoel alsof ze… gekoesterd werd. Een hand streelde haar wang.

'Meg. Meg? Kun je me horen?'

*Meg?* Zo zou Kevin haar nooit noemen. Ze probeerde haar ogen open te doen, maar haar oogleden voelden aan als lood.

'Meg? Maggie?'

'Nee, ik heet Meg,' wilde ze zeggen. Maggie bestond niet meer. De oude Maggie tenminste. Ze was een nieuw mens. Ze hoorde niet meer thuis in het verleden. Ze probeerde te praten, hem alles te vertellen. Maar haar tong lag als een dot dikke watten in haar mond. Ze hoorde de stem weer, laag en zacht in haar oor. En ze hoefde haar ogen niet te openen om te weten wie het was. Maar aarom had hij haar bij haar echte naam genoemd? Wist hij het? terke armen sloten zich om haar heen en ze liet zich tegen hem an vallen. Trevor zou niet toestaan dat Kevin haar iets aandeed. Het water kabbelde tegen hen aan en kalmeerde haar ziel. Trevor ei haar naam weer. Ze voelde hoe zijn handen het natte haar van aar voorhoofd veegden.

'Meg? Word wakker.' Hij gaf haar een paar vriendelijke tikjes op haar wang.

Ze wilde niet wakker worden. Ze wilde hier alleen maar in zijn rmen blijven liggen. Veilig zijn bij hem.

'Meg. Maggie? Word wakker!' Zijn stem had nu een dringende klank. Deze keer hoorde ze de pets van zijn hand tegen haar wangen en haar lichaam registreerde pijn.

Ze zoog met moeite wat lucht in haar longen en opende haar ogen. Knipperde. En wist toen met grote moeite haar ogen open te houden. Trevors gezicht bevond zich op enkele centimeters van het hare, half in de schaduw. Een zwak schijnsel weerkaatste in het blauw van zijn ogen.

'Trev…?' Ze verslikte zich in zijn naam en kreeg een hoestbui. Hij hield haar wat rechterop en ondersteunde haar met zijn knie, terwijl ze rivierwater en gal ophoestte. Hij klopte haar op haar rug en fluisterde haar naam tot ze weer rustig was.

'Trevor,' fluisterde ze, toen ze eindelijk weer kon praten. 'Kevin! Hij is hier. Hij… kwam achter me aan. Hij probeerde me te vermoorden.'

'Sst, je bent nu veilig. Het is voorbij, Meg. Je bent hier veilig.'

Ze sloeg wild met haar armen in het water, worstelend om te gaan staan in de donkere rivier. Om met eigen ogen te zien dat hij weg was.

'Gaat het wel met je?' Trevor trok haar dichter tegen zich aan en droeg haar steeds dichter naar de kant.

Ze spartelde niet langer tegen en ontspande zich weer tegen hem aan. In de verte doorkliefde het gehuil van sirenes de nacht. Na een poosje durfde ze het te vragen. 'Waar is hij?'

'Hij sloeg op de vlucht toen hij mij zag aankomen. De polit heeft zijn auto. Ze zijn nu naar hem op zoek.' Hij keek even ov zijn schouder, in de richting van de sirenes. 'Ben je gewond? L ambulance komt eraan.'

'Nee!' Ze sloeg haar armen nog vaster om zijn middel. Als z haar naar het ziekenhuis wilden brengen, zou de waarheid aan h licht komen en zou ze hem kwijtraken. 'Ik mankeer niets. Ecl niet.'

Ze liet hem los en kwam met moeite overeind in het tot haa borst reikende water, vertwijfeld bewijzend dat ze geen ambulanc nodig had.

Ze werd overvallen door duizeligheid en wankelde.

Maar hij ving haar op en trok haar weer tegen zich aan. 'Laa je even nakijken, goed? Gewoon voor de zekerheid. Heb je he koud?'

'Nee. Het water is warm. Ik, ik heb niets. Heus. Ik ben alleen eer beetje zwak.'

'Sla je armen om mijn nek.'

Dat deed ze en hij liep voorzichtig door het water, haar meedra-gend op het rijzen en deinen van de stroming van de rivier.

'Trevor? Hoe wist je het? Dat ik hier zou zijn?'

'Kaye zei dat ze je met iemand had zien weggaan. Ze hoorde dat je hem Kevin noemde. Ik wist dat dat niet goed was.'

'Maar hoe wist je… dat je me hier zou kunnen vinden?'

Zelfs in het donker zag ze zijn glimlach. 'Dat wist ik gewoon. Ik wist dat het jouw speciale plekje was. *Ons* speciale plekje. Ik ken je, Meg.'

Haar hoop verflauwde. 'O, Trevor. Nee, je kent me niet. Ik ben niet wie je denkt dat ik ben. Ik ben zo oneerlijk geweest. Zo'n bedrieger. Je zult me nooit kunnen vergeven.'

Hij hield halt in het water. Boog zich voorover om haar hoofd in zijn handen te wiegen en een tedere kus op haar voorhoofd te geven. 'Wren heeft me alles verteld… Maggie.'

Ze hield haar adem in en keek op in zijn gezicht. Het enige wat daar zag was liefde. En aanvaarding.

'Ik ken je wel. Je bent niet meer dezelfde vrouw als die je was p de dag dat je naar Clayburn kwam. Ik heb je zien veranderen groeien. Je bent hier tot bloei gekomen. Soms denk ik weleens at jij de enige bent die dat niet in de gaten heeft.'

'Maar hoe kun je me ooit vertrouwen na alle leugens? Ik ben o oneerlijk geweest, zelfs tegenover mezelf. En egoïstisch. Ik heb o veel mensen misbruikt om Kevin en New York en alles wat dat oor mij vertegenwoordigde te ontvluchten.'

Hij tilde haar kin op. Dwong haar om hem aan te kijken. 'Als ik aar jou kijk, zie ik niets van dat alles. Het enige wat ik zie is een eve, vriendelijke, grappige, liefdevolle vrouw. Ik zie een mooie rouw – van binnen en van buiten, die zich met hart en ziel heeft ngezet om Bart en Wren te helpen, die alles zou doen om een riend te helpen.'

Het sprankje hoop in haar binnenste groeide en kreeg vleugels, gaf haar kracht. Was het mogelijk? Zouden de dingen die Trevor over haar zei werkelijkheid zijn geworden, zelfs zonder dat ze zich daarvan bewust was? Langgeleden had ze zich aan Kevin vastgeklampt omdat hij haar het gevoel gaf dat ze niet zonder hem kon en dat hij haar nodig had. Het was het tegenovergestelde van de onafhankelijkheid die haar van haar moeder en daarna van Jennifer gescheiden had.

Maar nu begreep ze dat haar ideeën over afhankelijkheid verwrongen waren. Het was *goed* om mensen te hebben op wie je kon vertrouwen. Om mensen op jou te laten vertrouwen.

Ze sloeg haar ogen op naar de sterrenhemel boven hen. De wolken waren weggedreven en een volle maan bescheen hen. Trevors armen waren sterk onder haar. Ze herinnerde zich dat ze het uitgeschreeuwd had tot God in het water. Hij had haar gehoord! Hij had Trevor gestuurd om haar te redden. Maar ook daarvoor was God al bij haar geweest, bij alle onderdelen van haar reis, zelfs door een autodiefstal te gebruiken om haar de vrijheid in te slingeren.

Haar hoofd tolde van de waarheid. Gods stem had haar na Clayburn geleid. Niet de stem van haar moeder. Geen stemme van dood, maar de Stem van het Leven zelf. Het was God gewee die tot haar gefluisterd had, haar naar het westen geleid had. Z kende Zijn stem. Kende *Hem* nu. En, o, het geweldigst van alle Hij kende haar. Hij was het geweest die haar ingefluisterd had d: ze naar de rivier moest gaan.

Zijn stem had haar bewaard voor de verdrinkingsdood, had ha: door het water heen geleid, veilig in Trevors armen.

'Ik… ik heb zo veel geheimen bewaard.' Haar stem trilde.

Trevor volgde haar blik naar de nachtelijke hemel boven hur hoofd. 'Je kunt eigenlijk nooit geheimen bewaren, Meg. Er is e Eén die altijd alles weet.'

Een uitzinnige vreugde maakte zich van Maggie meester toer ze een nieuwe mogelijkheid overwoog. Nu durfde ze die wel ui te spreken. 'Als je Jack kon vergeven… als je kon vergeven wat er op die vreselijke dag gebeurd is, kun je dan misschien… mij ook vergeven? Misschien kan God me vergeven.'

'Wat valt er te vergeven, Meg?'

De manier waarop hij die woorden uitsprak, maakte Maggie duidelijk dat hij het haar niet makkelijk wilde maken. Hij vroeg haar eerlijk te zijn tegenover hem. Op te biechten waarmee ze hem onrecht had aangedaan. Een maand geleden zou zo'n verzoek haar hebben doen terugschrikken. Maar nu spoelde de vriendelijk- heid in zijn ogen, in zijn aanraking al haar angsten weg.

Toen vertelde ze het hem, terwijl de rivier hen liefkoosde. Alles wat ze al aan Wren opgebiecht had. Ze vermoedde dat Trevor het al wist, maar ze moest het uitspreken. Moest het zichzelf horen uitspreken. 'Zelfs mijn naam was een leugen,' zei ze toen ze hem alles verteld had. 'Kun je me vergeven?'

Hij trok zijn hand uit het water en legde die op haar wang. 'Dat heb ik al gedaan. Ik hou van je, Meg.' Hij kuste haar weer, deze keer op de brug van haar neus.

Ze legde haar hoofd tegen zijn natte overhemd, nauwelijks ge-

vend dat zijn woorden voor haar bestemd konden zijn. Maar de
derheid in zijn aanraking vertelde haar de waarheid.

'Meg…?'

Ze keek afwachtend op, terwijl ze haar hand door de rivier liet
epen. Toen tilde ze haar hand op en volgde de lijn van zijn kaak
iet haar vingertoppen.

'Meg Anders.' Hij zei het alsof hij het voor het eerst hoorde.
Zou je het heel erg vinden als ik je Meg blijf noemen? Ik weet
iet goed wie Maggie is. Het is Meg van wie ik houd.'

De klank van haar naam, haar nieuwe naam, op zijn lippen was
ls een lied.

In het park, boven hen, verschenen koplampen en het rode
waailicht van een ambulance weerkaatste op het water. Ze wilde
lat ze weg zouden gaan. Haar mankeerde niets. Ze had zich nog
iooit zo goed gevoeld.

Ze legde een vinger op zijn lippen. 'Ik hou ook van jou, Trevor.
Zo veel.'

Hij nam haar gezicht in zijn sterke handen en hield haar blik
vast. 'Vanavond begin je helemaal opnieuw. Geen leugens meer.
Geen geheimen meer. Vanavond is een nieuw begin voor je. Voor
ons.' Hij streek een sliert vochtig haar uit haar gezicht en knikte
met zijn hoofd naar de voertuigen van de hulpdiensten die zich in
het park verzameld hadden. 'Zullen we gaan?'

Ze knikte tegen zijn borst. Ze was zo ver. Het werd tijd.

Hij tilde haar op uit het water. Ze sloeg haar armen nog vaster
om zijn nek en liet zich door hem de kant op dragen.

# Van de auteur

Wat ben ik dankbaar dat God nooit vergeet aan Zijn beloften t
denken en er altijd aan denkt mijn zonden te vergeten, allema:
vanwege het fantastische offer van Jezus Christus. Wat ben ik bl
dat Christus zich met mij bezighield, zelfs toen ik nog niet wis
waar ik naar op zoek was, waar ik naar *verlangde*.

Ik denk dat er in ieder van ons wel iets van Maggie zit: op zoel
naar iemand die ons niet ziet zoals we zijn, maar zoals we zoudei
kunnen zijn. Toch vinden we het moeilijk te geloven dat zo'n volmaakte liefde echt kan bestaan. Als je Zijn volmaakte liefde nog
niet gevonden hebt, bid ik dat je tegen de tijd dat je de laatste bladzijde van dit boek hebt omgeslagen, zult weten dat die echt bestaa
en voor jou bedoeld is. Je hoeft er alleen maar om te vragen.

Ook als je Christus' vergeving wel hebt ontvangen kun je het er
moeilijk mee hebben om te vergeten wat er gebeurd is. Maar als je
aanvaardt wat Christus voor jou gedaan heeft, *is alles vergeven.* Alles
is gereinigd door Gods 'rivier' van genade en genezing. Je hoeft je
niet langer te wentelen in de modder die je naar beneden wil trekken of alle vreugde uit je wil persen. Niets wat je ooit gedaan hebt
is te erg voor Gods vergeving. Daar kun je zeker van zijn.

*Daarom ook is iemand die één met Christus is, een nieuwe schepping.*
*Het oude is voorbij, het nieuwe is gekomen.*

2 Korintiërs 5:17

# Dankwoord

Ik wil de volgende mensen bedanken voor hun aandeel in de totandkoming van dit verhaal:

Voor hulp bij de research en redactionele aanwijzingen: Tamera Alexander, Ken Raney, Terry Stucky, Max en Winifred Teeter, mijn schrijversgroepen ChiLibris en ACFW die altijd klaarstaan met deskundige hulp, en de aardige mensen van de *Swedish Country Inn* in Lindsborg in Kansas, die model heeft gestaan voor Wrens Nest en waar het idee voor dit verhaal ontstaan is.

Ook wil ik de afdeling Midwest van ChiLibris bedanken voor de hulp bij het brainstormen voor dit verhaal: Dr. Mel en Cheryl Hodde, Dave en Colleen Coble, Till Fell, Judy Miller, Nancy Moser en Steph Whitson.

Mijn bijzondere dank gaat uit naar mijn collega Tamera Alexander, voor haar uitstekende suggesties, naar mijn getalenteerde redacteuren Ramona Cramer Tucker, Philis Boultinghouse en Terry Whalin van Howard Books en naar mijn buitengewone agent Steve Laube. Zoals altijd zouden jullie namen eigenlijk naast de mijne op het omslag moeten staan.

Tegen mijn geweldige man, onze kinderen en verdere familie wil ik zeggen: wat een geschenk van God zijn jullie allemaal. Jullie maken het allemaal de moeite waard.